KB168078

봄

빛

정지아

소설집

봄
빛

창비

차 례

못

푸르스름한 달빛이 세상천지에 그득 고여 있었다. 걸을수록 짙어진 농밀한 달빛은 한움큼 손으로 움켜쥘 수도 있을 듯했다. 쌓이자마자 녹기 시작하는 이른 봄의 폭설처럼 달빛이 그의 발을 쑥쑥 잡아당겼다. 그 서늘한 촉감에 진저리를 치며 건우씨는 잠에서 깨어났다. 푸르스름한 여명의 빛이 창호지 문틈으로 스며들고 있었다. 작은집에 맡겨진 이래 육십년을 한결같이 그는 달빛에 발목이 붙들린 채 눈을 떴다. 누이가 새벽 단잠에 취한 그의 몸을 흔들었던 바로 그날 새벽의 달빛이 그러했다. 채 잠기가 가시지 않은 그는 영문도 모른 채 꿈결인 듯 푸른 달빛을 밟아 새벽길을 걸었다. 건우야, 오늘부텀 새복에 인나야 혀. 니가 젤 먼처 일나서 마당 씰고 군불 떼고 그려야 혀. 알았제? 시방맨치로 해가 훤히 뜰 때꺼정 늦잠을 자믄 천덕꾸레기배끼 안 돼야. 누나랑 약속허제? 천덕꾸러기가 무슨 말인지도 몰랐던 일곱살의 그는 달빛처럼 창백한 누이가 안쓰러워 고개를 끄덕였다. 매일 밤 만나는 푸른 달빛이 누이의 파리한 얼굴 같았다.

여느 때라면 벌떡 일어나 마당으로 달려 나갔을 것이지만 건우씨는 뭉그적뭉그적 이불 속을 파고들었다. 해가 환히 밝을 때까지 잠을 자보는 것이 평생의 소원이었다. 어려서는 웬 잠이 그리 쏟아지던지 일부러 불을 때지 않고 잔 적도 많았다. 죽음 같은 잠에 취했다가도 새벽 서너시면 방바닥의 선득선득한 냉기에 절로 눈이 떠졌던 것이다. 이제야 소원이 이루어졌는지 일도 없는 이른 봄, 도무지 잠이 오지 않았다. 누나야, 나 인자 늦잠 안 자야. 역부러 잘라 캐도 잠이 안 온당게. 지난해 이맘때, 그가 가슴까지 뒤로 활짝 열어젖힌 채 자랑스레 내뱉은 말에 누이는 눈물을 글썽거렸다. 그러고는 골 깊은 주름이 빼곡히 들어찬 그의 얼굴을 하염없이 어루만졌다.

동창에 햇살이 어른거리도록 안방에서는 기척이 없었다. 꼬르륵, 어김없이 배꼽시계가 울었다. 아마 여덟시일 터였다. 먼 놈의 배꼽시계가 고장 한번 나는 벱 읎이 시계보담 더 정확허냐,고 평생 작은어머니의 지청구를 들었다. 작은아버지가 돌아간 뒤로는, 나가 전생에 먼 죄를 지었가니 팔자에도 없는 반뼝신 아침상꺼정 따박따박 차례내야 헝가 모리겄고,고 아침상을 차릴 때마다 작은어머니는 입이 한발이나 나왔다. 말은 모질어도 손은 그 입과 달리 품이 넉넉하여 콧바람에 푸슬푸슬 날아가는 보리밥일지언정 끼니를 거르게 한 적 없는 작은어머니가 하필 오늘아침, 보란 듯이 늑장을 부리고 있는 것은 어젯저녁에 걸려온 한통의 전화 때문이었다.

"헹, 그놈의 속을 누가 모릴 줄 알고. 백날 그래봐라. 나가 꼼짝이나 허간디."

독하게 마음을 먹었지만 배꼽시계는 일분일초가 다르게 요동을 쳤고 건우씨는 기어이 벌떡 일어나 문을 뺑 걷어찼다. 아귀가 틀렸는지 건조한 겨울만 되면 빡빡하여 문이 잘 열리지 않는 탓도 있지만 밥 내놓으라는 시위이기도 했다. 동시에 안방 문이 벌컥 열렸다.

"썩을놈, 지랄 옘벵헌다고 애맨 문은 걷어차고 지랄이여, 지랄이. 몸할라 찌푸둥해 죽겄그마 지는 손이 읎능가, 발이 읎능가. 밥 한끼를 안 해 처묵고 허리 꼬부라진 늙은 이헌티 이래라저래라, 참말로 눈꼴이 셔서 나가 쌧바닥을 콱 깨물고 죽어뿔등가 워쩌등가……"

작은어머니는 비녀를 틀며 쭉 찢어진 가는 눈으로 건우씨를 째려보았다. 부신 봄 햇살이 안방 구석구석 어룽거리고 있었으나 작은어머니의 동비녀는 청회색 녹이 잔뜩 슬어 을씨년스러웠다.

"멩색이 사내대장분디 정제나 가서 엎졌으라 그 말이요, 시방?"

사내대장부,라는 것은 일곱살까지 함께 산 아버지가 입만 열면 버릇처럼 하던 말이었다. 길거리에 떨어진 돈을 주워도, 누이와 부엌에서 시시덕거려도, 늦잠을 자도, 엄동설한에 십리 길을 걷다 손이 곱아 눈물을 찔끔거려도, 아버지는 멩색 사내대장부가, 하며 눈살을 찌푸렸다.

"아이고, 찢어진 구멍이라고 넙죽넙죽 말은 잘헌다. 사내대장부? 아나, 사내대장부!"

여든 넘어 죽을 날 받아둔 체면에 작은어머니는 건우씨를 향해 감자를 한번 먹인 뒤 뒷마무리처럼 끌끌 혀를 찼다.

"아이고, 누가 한산 이씨 종자 아니랄깝시 저 벵신꺼정 사내대장부를 찾네그랴."

건우씨가 오른발로 마룻장을 쾅쾅 울려댔다.

"벵신? 시방 나헌티 벵신이라캤제?"

"뚫린 귓구녕으로 머슬 들었는고. 벵신은 누가 벵신이 랴? 귀신이라 캤그만은. 아이고, 밥이 늦겄네."

작은어머니가 능청스레 받아치고는 후닥닥 부엌으로 튀어들어갔다. 병신이라는 말만 들으면 이성을 잃고 날뛰는 건우씨의 버릇을 익히 아는 탓이었다. 반병신이라는 말까지는 허허 웃어넘기지만 병신이라는 말만은 절대 그냥 넘어가는 법이 없는 건우씨였다. 벵신헌티 온삯이 당키나 허냐,고 일당을 반만 주었던 동네사람은 건우씨가 낫을 들고 밤낮없이 대문을 지키는 통에 일주일이나 한뎃잠을 자야 했다. 병신이 사람 잡게 생겼다고 동네사람들이 합심해서 쫓아낼 태세라 광주 사는 누이까지 불려왔지만 건우씨는 쫓아냈담만 보라고, 그랬다가는 다 죽에뿔고 나도 칵 죽어불란다,고 더 패악을 부렸다. 온정신이라야 말이라도 대보제 벵신 고집 센 것은 어쩨볼 도리가 없다,며 마을사람들은 고개를 절레절레 흔들었다. 건우씨는 당사자의 사과를 받고서야 낫을 놓았다.

진달래, 개나리가 진작 꽃망울을 떨어뜨린 봄인데도 아침바람에서는 아직 서늘한 한기가 느껴졌다. 오스스 어깨를 떨던 건우씨는 마루 끝에 서서 바지춤을 풀다 말고 후닥닥 방으로 튀어들어갔다. 뻑뻑한 문을 힘껏 끌어당겨

문고리까지 야물게 채운 건우씨는 작은어머니가 시집올 때 유일한 세간으로 가져왔다는 알루미늄 반닫이 속을 뒤지기 시작했다. 그가 꺼내든 것은 보자기에 고이 싸인, 누이가 보내준 헌 양복도 아니고, 누이의 하나밖에 없는 외동딸이 결혼하면서 해보낸 새 한복도 아니고, 무릎을 서너번이나 덧대 꿰맨 작업복 바지였다. 주름을 잡아 네번 야무지게 개켜놓은 바지를 펼치고 건우씨는 고무줄이 당겨진 바짓단 밑으로 손을 집어넣었다. 표지가 너덜너덜한 농협 예금통장에는 잔고 일천팔백구십오만 이천육백오십사원이라고 선명하게 찍혀 있었다.

얼마 전 작은어머니가 도둑처럼 그의 통장에서 삼만원을 인출한 적이 있었다. 삼만원을 빌려달라기에 싫다고 딱 잘랐더니 말도 없이 남의 통장에 손을 댄 것이다. 오갈 데 없는 반벵신을 친자석보담 더 위해줬등만 매겁시 사램을 도둑년으로 몬다,고 작은어머니가 미친년 널뛰듯 날뛰었지만 하필이면 빌려달라는 삼만원이 꼭 빌 건 뭐란 말인가. 그날 이후 건우씨는 하루에도 몇번씩 통장 숨겨놓는 장소를 바꿨다. 작은어매라도 돌아가세불면 니가 워디로 갈 것이냐? 글고 작은어매가 살아 계세도 근다. 요거라도 손에 꼭 쥐고 있어야 니가 천덕꾸레기 신세를 면해야.

알았제? 전화를 할 때마다 누이는 귀에 못이 박히도록 말했다. 누이의 말이 옳았다. 통장이 있다는 것을 안 다음부터 작은어머니의 대접이 사뭇 달라진 것이다. 어제만 해도 저녁밥상에 동탯국이 올랐고, 통통하게 알이 밴 가운데토막이 떡하니 건우씨의 국대접에 들어 있었다. 또 무신 돈이 필요한 일이 생겼는갑다,고 구시렁대면서도 그는 동탯국에 밥 한사발을 뚝딱 비웠다. 어쨌거나 힘도 예전 같지 않은 판에 통장은 그의 유일한 행셋거리였다.

통장과 인감도장을 점퍼 안주머니에 넣고 단추까지 채운 건우씨는 마루 끝에 서서 배를 한껏 앞으로 내밀고는 힘차게 오줌줄기를 쏟아냈다. 그래도 미역국은 끓여줄 요량이었는지 건미역이 담긴 그릇을 들고 수돗가로 나오던 작은어머니가 기겁을 하며 자발스럽게 몸을 피했다.

"썩을놈, 고 심으로 예펜네나 꽉 붙들 일이제. 예펜네도 읎는 놈이 오줌줄기만 쎄먼 머 할 것이여!"

시조카의 아랫도리를 무람없이 흘겨본 작은어머니는 수돗가에 쪼그리고 앉아 홈이 파인 양푼에 물을 가득 받고는 건미역을 서너 차례 슬슬 흔들었다.

"아따, 미역을 싹싹 비벼 빨아야제 고래 흔들기만 허먼 갯비린내 난당게로."

건우씨가 바지를 추켜올리며 참견을 했다.

"안다니 초벵이 위짠 일로 얌전항고 했다. 그리 잘났으면 니가 해묵등가 처묵들 말등가. 누가 저걸 반벵신이랴. 저런 똑똑새가 또 워디 있다고."

손과 입을 동시에 놀리며 작은어머니는 번갯불에 콩볶듯이 아침상을 차렸다. 미역국에 계란찜에 손바닥만 한 간조기까지 제법 푸짐한 밥상이었다. 숟가락을 눈높이까지 추켜들고 초등학교 선생이 청소 검사하듯 앞뒤 뒤집어가며 꼼꼼히 살피던 건우씨가 자리에서 벌떡 일어났다. 마른 밥풀에 고춧가루까지 두어개 양념처럼 묻어 있었던 것이다. 작은어머니가 차린 밥상에서는 드물지 않은 일이었다.

"니미랄."

배가 고프면 건우씨는 먹을 게 입속으로 들어가기 전까지 단 하나 할 줄 아는 욕을 계속 중얼거리는 버릇이 있었다. 신발을 꿰찰 시간도 없이 수돗가로 달려간 건우씨는 수세미에 세제를 풀어 수저를 네댓번이나 박박 문질렀다. 그러고는 콸콸 흐르는 수돗물에 오독오독 소리가 날 때까지 헹궜다. 숟가락의 물기를 탁탁 털며 안방으로 돌아가자 손바닥만이나 하게 대충 손으로 찢어놓은 김에 밥

을 가득 싸서 볼이 미어져라 쑤셔 넣고 있던 작은어머니
가 눈을 흘기며 한소리 했다.

"가자는 거이 꼬갑흐네."

입안에 든 밥 때문에 말이 샜으나 같잖은 것이 꼴값한
다는 뜻임이 분명했다. 그러거나 말거나 얼룩 하나 없이
깨끗한 숟가락을 미역국에 살짝 담갔다가 밥을 한술 푸
는 건우씨는 비식비식 웃음을 흘리고 있었다. 아무리 화
가 났다가도 밥상머리에만 앉으면 기분이 좋아지는 건우
씨였다. 고봉밥을 뚝딱 해치우던 건우씨가 밥그릇에 코를
들이박더니 양미간에 깊은 팔자주름을 만들며 뭔가를 손
으로 집어냈다. 희끗희끗 절반쯤 센 머리카락이었다. 파
마기가 남아 구불구불한 모양이 작은어머니의 것임이 분
명했다.

"밥 먹을 때마동 더라 죽겄네 참말로. 수건으로 머리 잠
짬매랑게, 말도 징글징글허게 안 들어야."

작은어머니가 탕 소리가 나게 숟가락을 밥상에 내려놓
았다.

"아이고, 반뱅신 시집살이허는 내 사정을 누가 알아나
줄랑가. 밥 때마동 목구녕으로 밥이 안 넘어간다 나가. 위
장벵도 매접시 생겼가니. 위장할라 잔소리가 징글징글헝

16

게 구멍이 빵 뚫레분 거시여."

작은어머니는 수돗물을 입에 담고 욱적욱적 아래윗니가 절반이나 빈 입을 헹군 후 끼니마다 대놓고 먹는 소다를 한술 털어넣었다.

"하느님도 한산 이씬가 워쩐가. 열벵으로 머리를 자글자글 녹에불라믄 쩌 성질할라 녹에불 일이제 워째 성질은 한산 이씨 그대론가 모리겄당게. 핏줄 도둑 못헌다는 옛말이 맞긴 맞는갑서."

전기밥솥이 생긴 이래 숭늉이 사라진 것도 불만인 건우씨가 뭐라고 구시렁거리며 밥상을 번쩍 들었다. 사내대장부인 건우씨가 밥상을 부엌 앞까지나마 날라주기 시작한 것은 작은어머니가 밤 부대를 들다 허리를 삐끗한 뒤부터였다. 정제에 들어오면 귀신이 잡아간다디야, 다리 몽뎅이가 뿌사진다디야, 작은어머니가 제발 밥상 좀 부뚜막에 내려놓으라고 매번 종주먹을 들이대도 사내대장부 건우씨는 절대 부엌으로는 발을 딛지 않았다. 시멘트 포장도 하지 않아 흙먼지가 날리는 부엌 안 땅바닥에 상을 내려놓으면 그걸로 끝이었다.

건우씨는 오랜만에 집을 나섰다. 버스가 서는 마을 입구 팽나무 정자까지 나가볼 작정이었다. 새벽같이 출발한다고 했으니 누이가 오전 중으로 도착할 터였다. 지난가을 서울서 이사 온 옆집 남자가 텃밭에 거름을 주고 있었다. 대학교수를 하다 어려서부터의 꿈이던 전원생활을 해볼까 하고 내려왔다는 옆집 남자는 이사 온 당일 인사하러 온 참에 말을 섞어보았을 뿐이다. 급할 것 없는 건우씨는 어른 키보다 큰 탱자나무 울타리를 다 베어낸 자리 너머로 불쑥 고개를 들이밀었다. 부엽토며 농협퇴비 등등이 어지러이 널려 있었고, 덜 삭은 닭똥 냄새가 진동했다.

"머 흐요?"

건우씨는 나들이 차림으로 엉거주춤 엉덩이를 뒤로 뺀 채 계분을 뿌리는 옆집 남자에게 말을 건넸다. 건우씨가 보기에는 도무지 일을 하는 것 같지 않았다. 바쁜 와중에 말을 섞기가 귀찮았는지 남자는 흘깃 건우씨를 한번 쳐다보고는 다시 계분을 뿌리기 시작했다.

"먼 거름을 쏟아붓는다요?"

건우씨는 앉은걸음으로 뽀짝뽀짝 다가갔다.

"여개는 거름 안 해도 되라."

몇번이나 말을 붙여도 건우씨보다 한참 젊어 보이는 옆집 남자는 아예 눈길조차 보내지 않았다. 마음이 다급해진 건우씨가 남자의 손에 들린 계분 부대를 획 낚아챘다. 그제야 남자가 눈살을 찌푸리며 눈길을 주었다. 바보가 웬 참견이냐는, 노골적인 멸시가 담긴 시선이었지만 건우씨는 아랑곳하지 않았다. 다섯살 때 열병을 앓은 이래 사람들은 누구나 그런 눈으로 그를 보았다. 심지어는 그를 바라보는 아버지나 누이의 슬픈 시선 뒤에서도 건우씨는 그런 느낌을 받았다.

"아따, 참말로. 거름을 너무 많이 해도 뿌랭이가 다 썩어뿐단 말이요."

남자가 긴가민가하는 표정으로 고개를 갸웃거리며 건우씨를 바라보았다.

"마사토와 부사토를 팔 대 이 비율로 섞고, 계분도 조금 섞으라고 책에 쓰여 있던데……"

남자가 망설이는 틈에 건우씨는 계분 부대를 길에 휙 쏟아부었다. 황급히 건우씨의 손에서 부대를 빼앗았으나 이미 다 비어 있었다. 이마를 잔뜩 찌푸린 채 무슨 말을 할 듯 입술을 달싹이던 남자는 한숨을 후 내쉬며 말을 꿀꺽 삼키는 눈치였다. 부연 흙먼지를 일으키며 달려온 오토바이가 건우씨 옆에 멈춰 섰다. 뒷집 사는 길수였다.

"건우 아재 말이 맞아라. 몇년 묵해논 밭인디다 해마둥 탱자가 수북이 떨어져가꼬 거름이 됐을 것잉마요."

"책에는……"

길수는 갈 길이 바쁜지 오토바이 시동을 켰다.

"인생이 워디 책에 써진 대로만 돼가니요."

건우씨는 보란 듯이 양 옆구리에 떡하니 손을 짚고는 큰소리를 쳤다.

"헹! 거 보씨요. 내 말이 맞제라? 알도 못함시로……"

건우씨는 야무지게 콧방귀를 뀌고는 독일 병정처럼 팔을 직각으로 들어 올리며 위풍당당하게 걸었다. 허, 참, 하고 저쪽에서도 콧방귀를 뀌는 소리가 들렸다.

거무죽죽한 팽나무 가지 끝에 얕은 잠 사이사이 산만하게 스쳐가는 늙은이의 꿈인 양 연둣빛 잎사귀들이 드문드문 피어나고 있었다. 길수의 오토바이가 먼지구름을 일으키며 멀어졌다. 노인네 셋이 해바라기하듯 멀어지는 길수의 뒷모습을 바라보고 있었다. 지팡이에 손을 얹은 채 미동도 없는 그들은 마치 팽나무의 툭 불거진 옹이 같았다.

"일을 옆댕이에 끼고 사는 놈이 장날도 아닌디 웬 나들이랴?"

표정의 변화도 없고 입도 별로 벌리지 않은 채 우물우물 하는 말이라 누구 입에서 나온 말인지 도무지 짐작이 되질 않았다.

"시악시 데릴러 비양기 탄당만."

"먼 시악시를 또 델꼬 와?"

"아이가, 삘리삔 시악시가 도망쳐분 것이 원제라고."

"글먼 이번에는 워디 처니랴?"

"월남 처니랴."

길수 오토바이가 신작로를 돌아 시야에서 완전히 사라졌는데도 노인들은 아스라이 뻗어 있는 신작로에 시선을 던져둔 채 구시렁구시렁 말들이 많았다. 누구랄 것 없이 가래 그렁그렁한 저음이라 삼백년 넘게 이 마을 입구를 지켜온 팽나무 둥치 저 안쪽에서 울려 퍼지는 정령의 소리처럼 들렸다. 건우씨는 노인네들 옆, 반반한 돌에 가만히 엉덩이를 걸쳤다.

"건우 니도 외국 삭시나 얻제 와."

처음부터 건우씨가 거기 있었던 양 노인네 하나가 천연덕스럽게 말을 건넸다. 그가 입을 열기도 전에 옆의 노인이 냉큼 말을 받았다.

"아이가, 외국 시약시라고 눈이 없가니. 누가 다 늙어빠진 반벵신헌티 시집을 올라겄어? 돈이나 많음사 모를까."

건우씨는 통장이 든 주머니를 툭툭 두드렸다. 돈이 왜 없어라, 하는 말이 목구멍까지 치받쳤으나 건우씨는 꿀꺽 말을 삼켰다. 누구에게도 돈 있다는 말을 하지 말라는 게 누이의 당부였다.

"건우 돈이 솔찮을 거라. 처니 하나 델꼬 올 돈은 있고도 남지맹."

"계집 델따 어따 쓸라고요."

건우씨가 퉁명스럽게 쏘아붙였다. 거의 동시에 노인네들 셋이 고개를 외로 꼬고는 산 밑자락을 쳐다보았다. 한때는 그곳에 건우씨의 논이 있었다. 건우씨가 처음으로 가져본 자기 명의의 땅이었다. 땅을 밑천으로 그도 결혼이라는 것을 했었다. 고아나 다름없이 남의 집을 떠돌며 살던 여자였다. 작은집 문간방에 살림을 차린 건우씨는 날이면 날마다 사방천지에 웃음을 흘리고 다녔다. 반뱅신이 장가가등만 온뱅신이 되야부렀다,고 건우씨를 보는 사람마다 농을 걸었다. 그래도 그는 허허 웃기만 했다. 장가간 후로 건우씨는 부유스름한 달빛 아래서도 일손을 놓지 않았다. 남들맹키 식구 건사허고 살라면 남들보담 시배는 열심을 부레야 헌다,고 누이가 그랬던 것이다. 어느 날, 만월이 휘영청 밝은 밤, 백일 갓 지난 어린것이 눈앞에 삼삼하여 곡괭이를 집어던지고 집으로 달려왔을 때 여자는 사라지고 없었다. 여자가 데려간 것은 고추를 달고 나온 핏덩이만이 아니었다. 논문서는 물론이고 제 옷 한벌 사 입는 법 없던 건우씨가 철철이 장만해준 옷까지 깡그리 쓸어갔다. 소주 됫병을 들이붓지 않고는 마음에 일렁이는 화증을 견딜 수 없던 시절도 있었다. 명치께에서 시작하여 너울너울 온몸을 휘감는 그 불길은 도망간 여자에 대한 원망 같은 것과는 달랐다. 열병을 앓고 난 여름, 건우씨는 동네 아이들과 미역을 감으러 갔다. 작열하는 햇살이 낫처럼 수면에 꽂혔고, 선혈이 낭자하듯 빛의 파편이 사방으로 튀었다. 빛에 홀린 건우씨는 물결을 한움큼 움켜쥐었다. 따스하게 손안에 만져지던 물은 금세 손가락 사이로 흘러나갔다. 건우씨는 등껍질이 홀랑 벗겨질 때까지 냇가에 쭈그려 앉아 엉엉 울면서 물을 쥐고 또 쥐었다. 논도 여자도 그날의 물결처럼 건우씨의 손을 빠져나갔다. 그는 물끄러미 제 손을 바라보았다. 미역 감던 그날처럼 빈손이었다. 거북이등처럼 갈라터지고 마디마다 옹이가 박힌 손바닥은 타고난 손금마저 지워져 거의 보이지 않았다.

잠시 제 것이었던 다랑논을 건우씨는 요즘에도 걸핏하면 찾아가곤 했다. 이상하게 그곳에만 가면 아이의 자그마한 고추가 생생하게 떠올랐다. 얼굴조차 가물가물한

데 손가락 한마디보다도 짧은, 햇볕조차 쐬지 못하여 야들야들한 고추는 그 주름까지 어쩌자고 그리 생생한 것인지 건우씨는 허공으로 손을 내뻗기도 했다. 동네사람들은 제 것도 아닌 다랑논에서 땀을 쏟는 건우씨를 볼 때마다 쯧쯧, 혀를 찼다. 엄연히 소작 짓는 사람이 따로 있었지만 그 논의 수확 중 절반은 건우씨 덕이었다. 노인네들은 아직 자신들의 등허리가 튼실하여 지게에 나무를 가득 지고 건우씨의 다랑논 옆으로 걸어 내려오던 호시절을 떠올리는 듯했다. 소소히 바람이 일었다. 어린 잎사귀들이 잔바람에 요동을 치며 햇살을 튕겨냈다. 여자가 아이를 품에 끼고 살았으려나. 사람들은 어디 고아원에 버리고 팔자를 고쳤으리라 했다. 아비 떠난 어린것도 온몸으로 바람을 맞으며 어디선가 몸살을 앓고 있으려니, 건우씨는 또 명치께가 화끈거렸다. 빈 신작로를 점령한 햇살이 아지랑이를 피워 올렸다. 아스라한 길은 어른거리는 아지랑이 속에 파묻혔다.

어룽대는 빛의 커튼을 뚫고 낡은 버스가 탈탈거리며 달려왔다. 비포장길을 달려온 버스는 꼬르륵, 숨넘어가는 소리를 내며 팽나무 조금 못 미쳐 공터에서 멈췄다. 건우씨는 벌떡 몸을 일으켰다. 그러나 버스 문은 아예 열리지

도 않았다. 손님 하나 없는 버스에 립스틱 짙게 바르고, 청
승맞은 뽕짝소리만 와작와작 울려 퍼지고 있었다. 건우씨
는 어깨를 축 늘어뜨린 채 빈차로 왔다가 빈차로 돌아가
는 버스의 뒤꽁무니를 물끄러미 바라보았다. 부연 먼지가
소리 없이 가라앉자 길은 또다시 아지랑이에 묻혔다.

"다음 차로 올란갑제."

노인 하나가 알은체를 하며 건우씨를 위로했다.

"누가 말이여?"

"아 누긴 누여! 건우 누이 말이제. 해마동 자운영이 피
먼 쟈 누이가 한번썩 댕게가잖애."

"금메이. 요새는 통 자운영이 봬야 말이제. 폴세 자운영
필 때가 됐능가?"

체로 깨를 까불듯 노인네들이 건우씨의 등 뒤에서 콩
닥콩닥 말을 섞었다.

"쩌그 쩌것은 자운영이 아니믄 뭐가니?"

"아이가, 오다가다 한나썩 피먼 눈에 뵈기나 허가니. 논
바닥이 뺄개야 자운영이제."

배곯은 사람들의 서러운 눈물인 양 자줏빛 자운영이
들판을 물들이던 어느 날, 건우씨의 어머니는 세상을 떠
났다. 건우씨가 첫울음을 운 직후였다. 어미 목숨을 잡아

먹고 나온 자식이라고 아버지도 누이도 어린 그에게 눈길조차 주지 않았다. 첨에는 니를 업어주도 안했어야. 백일 쪼까 지난 훈께 여섯달이나 됐을랑가, 니가 뽈뽈 기어 감시로 밥, 밥, 허길래 봉게 방바닥에 밥알이 하나 떨어져 있어야. 니는 어무이 소리보담 밥 소리를 먼첨 했니라. 어미 목숨과 맞바꿔 세상에 나온 그는 죄갚음이라도 할 듯 동네 서당의 글 읽는 소리를 귀동냥으로 듣고 네살 때부터 천자문을 줄줄 외웠다. 아비의 사랑은 산골 마을 겨울해보다 짧았다. 신동 났다고 동네방네 소문 자자하던 그가 다섯살 되던 해 열병을 심하게 앓았던 것이다. 그 무렵 동생을 낳은 새어머니는 배다른 자식을 병원 한번 데려갈 돈도 마음도 없었다. 이름도 모르는 병을 앓고 반병신이 된 것 역시 자운영 붉게 피던 봄이었다. 그의 운명을 바꿔놓은 자운영은 밟아도 밟아도 천지사방 들불처럼 번져 서럽게 피어났다. 언젠가부터 자운영이 자취를 감추었다. 덩실덩실 춤이라도 추고 싶었으나 얼마간의 세월이 흐르고 나자 흐드러진 자운영이 그리워 몸살을 앓는 것은 무슨 까닭인지 몰랐다.

"담 차로 올 모양이지맹."

노인의 위로가 축 늘어진 건우씨의 어깨를 봄바람처럼

어루만졌다. 누이는 해마다 어김없이 아침 버스로 왔다. 다음 버스로 온 적은 한번도 없었다. 누이가 오지 않은 것은 건우씨를 맡기고 시집간 첫 몇년이었다. 층층시하라 몸을 빼기가 어려웠는지 아니면 뒷산이 밤마다 총소리로 어지럽던 시절 산에 들어간 매형 때문인지 연락이 뚝 끊긴 누이는 자운영이 지천에 붉게 핀 봄날, 불현듯 찾아왔다. 그의 나이 열셋, 못 본 지 육년이 지났건만 똥지게를 나르고 있던 건우씨는 저 멀리 신작로 끝에서 어른거리는 하나의 점이 꿈틀꿈틀 다가올 때부터 누이임을 알아보았다. 지게를 벗을 틈도 없이 그는 치달렸고, 똥장군에서는 푹 삭은 똥물이 줄줄 흘러 등을 적셨다. 건우씨는 이제 어미가 된 누이의 가슴팍을 모질게 쥐어박으며 소리쳤다. 못된 년! 나 버리고 니만 맛난 것 묵고 잘살았제! 제 자식 입에 따순 밥 먹이기도 어렵던 시절, 누렇게 뜬 건우씨 얼굴에는 마른버짐이 시든 꽃처럼 피어 있었다. 시금한 똥물에 젖은 건우씨에게 몸을 내맡긴 채 누이는 하염없이 울었다. 이미 수염이 거뭇거뭇 나기 시작한 그는 그날 밤 누이의 손과 자신의 손을 새끼줄로 꽁꽁 묶은 채 잠이 들었다. 눈을 떴을 때는 건우씨 손목에 깊이 새겨진 새끼줄 자국만 낙인처럼 선명하게 남아 있었다. 사흘인가 나흘인가 그는 그 좋아하는 밥도 안 먹고, 천덕꾸러기가 되거나 말거나 일도 안 하고, 채 자라지도 않은 위장에 소주를 들이부으며 문짝을 걷어차고 횃대를 때려 부쉈다. 누이가 올 때마다 반복된 일이었다. 그런 세월이 십여년, 어떻게 해도 누이는 떠날 것이고 자운영이 피면 또 돌아올 것임을 알게 되고부터, 건우씨는 더이상 누이의 가슴팍을 쥐어박지도 않았고 새끼줄로 손을 묶지도 않았다.

그가 아무리 패악을 부려도 새벽부터 서둘러 꼭 아침 차로 오던 누이였다. 봄가뭄 끝에 바싹 마른 신작로는 건우씨의 걸음마다 흙냄새 진동하는 먼지를 풀풀 피워 올렸다. 고무신 바닥에 자금자금 흙이 밟혔다.

작은어머니 혼자 있는 안방에서 두런두런 말소리가 들려왔다. 건우씨는 고무신을 획 벗어던지고는 안방으로 뛰어들었다.

"이, 건우 왔다. 쪼깐 지둘려야이."

수화기를 받아들자마자 건우씨는 냅다 고함을 질렀다.

"원제 올 거여?"

한숨소리가 먼저 들렸다.

"건우야, 누나가……"

일곱살 건우씨를 깨우던 누이의 목소리도 바짓자락에

휘감기는 새벽이슬처럼 착 가라앉아 있었다.

"못된 년! 니 또 도망갈라 글제!"

"아이고, 건우야, 글 안해도 니가 내 가슴의 못인디, 와 자꼬 찍자를 붙냐. 나가 안 갈라고 그랬가니? 일찌감치 갈라고 니 좋아하는 센베이랑 싸들고 질을 나섰다가 엎어져가꼬 다리가 부러졌어야. 다리 깁스 하니라고 전화도 인자 하그만은. 아야, 건우야, 나가……"

"글면 지금이라도 와!"

건우씨는 누이의 말이 끝나기도 전에 버럭 소리 지르며 수화기를 집어던졌다. 백년도 더 된 낡은 집에 어울리지 않는, 왁스 냄새 요란한 장식장에 맞은 수화기가 박살이 났다. 건우씨의 고함 끝에 눈물기가 묻어 있는 것을 누이는 느꼈을 것이다. 그러면 누이는 오만 일을 제쳐놓고 달려올지도 몰랐다. 전화기를 박살 낸 것은 연락이 되지 않아야 속이 타서 누이가 한시라도 빨리 달려올 것이라는, 건우씨 나름의 계산이었다.

"아이고, 부락소 겉은 소갈딱지꺼정 워쩌면 고로크롬 딱 한산 이씨 종잔가 몰러. 작은앱씨 판박이랑게. 작은앱씨 죽고 없응게 인차 니 순번이냐? 나 펜헌 꼴은 잠시잠깐도 못 보겄지야?"

작은어머니가 깨진 수화기 파편을 치우며 건우씨를 흘겨보았다. 건우씨에게 그렇듯 누구에게도 말을 참는 법 없는 작은어머니는 작은아버지 살아생전 하루에도 몇번씩 날벼락을 맞았다. 평소 말이 없다가 한번 화가 나면 눈에 보이는 게 없던 작은아버지 덕에 집에 남아나는 살림이 없을 지경이었다. 팔순 넘어 성질 나쁜 조카 뒷수발까지 하려니 속에서 열불이 날 만도 했다.

　누이가 시집가기 전 수놓은 횃댓보 밑으로 작은어머니가 쑥 머리를 집어넣었다. 파편이 횃대 아래까지 튀어 있었던 것이다. 횃댓보에는 한쪽 다리를 감춘 학이 초승달을 바라보고 있었는데, 오랜 세월 먼지를 뒤집어쓴 탓에 바탕색과 잘 구별이 되지 않아 희미하게 사라지는 것처럼 보였다. 어린 건우씨는 누이의 무릎에 머리를 누인 채 한 땀 한땀 학이 도드라지는 모양을 구경하다 잠이 들곤 했다. 누이가 자기를 작은집에 맡기고 새벽 이내 속으로 달려가던 모습이 떠오른 건우씨는 횃댓보를 휙 잡아챘다. 그 바람에 횃댓보를 매달아놓은 대나무봉이 쑥 빠져나왔다. 못이 헐거워진 모양이었다. 대나무봉이 쿵 하고 작은어머니의 머리에 부딪쳤다. 횃댓보를 뒤집어쓴 작은어머니가 사방좌우로 손을 휘저었다. 어느 여름밤 누이와 건우씨도 횃댓보를 뒤집어쓰고 귀신놀이를 한 적이 있었다. 건우씨는 싱긋 웃으며 횃댓보를 들추었다. 머리를 풀어헤친 처녀귀신이 와악, 하고 등장할 차례였다. 건우씨는 제가 먼저 와악, 소리를 지르며 처녀귀신을 담싹 끌어안았다. 그러나 억센 힘으로 그의 가슴팍을 떠민 것은 얼굴 보얀 처녀귀신이 아니라 쭈그렁 할머니였다. 건우씨는 맥을 놓고 털썩 엉덩방아를 찧었다.

"지랄 옘벵허고 자빠졌다! 폴세 노망이 든다냐 워쩐다냐. 인자 벨 짓거리를 다항마이."

작은어머니가 건우씨의 등짝을 야무지게 후려갈겼다. 횃댓보를 벗겨낸 순간 순식간에 흘러가버린 육십여년의 세월이 건우씨는 아직도 어리둥절할 뿐이었다. 넋을 놓은 그의 옆에서 작은어머니는 방바닥에 수북이 떨어진 겨울 옷가지들을 이참에 정리할 모양인지 차곡차곡 개키기 시작했다. 그 옷들이 앉은키 높이로 위태위태 쌓였을 즈음에야 건우씨는 실타래처럼 헝클어진 시간의 끈을 되찾을 수 있었다. 그는 패악난 어린아이처럼 다리를 마구 뻗질렀다. 높이 쌓인 옷가지들이 와르르 무너졌다. 이복동생 입에 묻은 떡고물을 보며 다리를 뻗지르고 울어젖히면 누이는 온힘을 다해 건우씨를 품에 안고 도닥였다. 기어코

땜빵 난 머리통에 누이의 눈물 한방울이 톡 떨어진 뒤에
야 건우씨는 떼를 멈추곤 했다. 누이의 눈물 대신 작은어
머니의 두툼한 손바닥이 그의 등을 쓸어내렸다.

"아이, 늬 누라고 안 오고 잦겄냐? 다 암시롱 얼뚱애기
맨치로 왜 이런다? 어지간히 기동만 헐 수 있게 되믄, 그
라믄 온단다. 늬 누도 인자 꼬부랑할망구여. 누가 원제꺼
정 팔팔한 처닌 중 아냐. 건우야, 긍게 인자 고만해라. 고
만해라 와."

세월 탓인가. 누이의 품에서와 달리 건우씨는 어쩐지 쑥
스러웠다. 건우씨는 휙 돌아앉으며 퉁명스레 쏘아붙였다.

"빨도 안헌 것을 그냥 널라고 그렇게 그랬제! 깨끔허니
빨아서 농에 너란 말이여."

"아이가! 꼴에 염치는 있는갑네. 둘러대기는……"

건우씨를 흘겨보며 작은어머니는 무너진 옷가지들을
대충 끌어모았다. 건우씨의 말을 기어이 듣지 않을 모양
이었다. 하기야 한평생 작은아버지와 건우씨의 타박을 듣
고도 구정물이 줄줄 흐르는, 밥풀 묻은 수저를 상에 올려
놓은 작은어머니였다. 벌떡 일어난 건우씨는 옷가지를 와
락 뺏어 안고는 수돗가로 휙 집어던졌다.

"아이고, 빌어먹을 문뎅이 자석! 삭신이 쑤세 죽겄그만

은 또 일거리를 만드네이……"

작은어머니의 푸념이 이어지는 동안 건우씨는 못 두 개를 주워들었다. 언제 박았던 것인지 녹이 잔뜩 슬어 있었다. 건우씨는 제 방에서 사포를 가져다 꼼꼼하게 녹을 닦았다. 시멘트 알갱이 같은 황갈색 녹덩어리가 뚝뚝 떨어졌다. 제 몸의 오분의 일 가까이나 녹이 먹어들 때까지 못은 긴 세월을 견뎌온 것이다. 반질반질 윤이 난 뒤에야 그는 사포질을 멈췄다. 쾅쾅 못을 두드려 박자 낡은 흙벽에서 흙이 푸슬푸슬 떨어져 내렸다. 흙이 무너지지 않도록 조심스럽게 건우씨는 못을 박았다. 두개의 못에 대나무봉을 걸쳐놓고 살살 흔들어보았다. 벽이 부실한 탓에 조금 흔들리긴 했으나 한동안은 쓸 만했다.

작은어머니가 학이 그려진 알루미늄 쟁반에 꿀물 한사발을 타든 채 기다리고 있었다. 더 없던 시절에도 작은어머니는 일하고 돌아온 그에게 찬 우물물일망정 잊지 않았다. 물사발에도 덜 씻긴 고춧가루나 밥풀이 묻어 있기 일쑤여서 반병신 건우씨의 온갖 타박을 받고, 입으로는 지랄 옘벵허네, 그라믄 니가 떠묵든가 와, 험한 소리를 내뱉으면서도 번번이 수고를 마다하지 않은 작은어머니였다. 보릿고개에는 시늉으로 쌀을 넣은 시래기죽만 먹고 종일

허리 한번 펴지 못한 적도 많았지만 그런대로 그가 작은
집에 마음 붙이고 살아온 것은 누이 말대로 제일 먼저 일
어나고 온갖 궂은일 마다하지 않은 덕분인지 어쩐지, 작
은집의 누구도 반병신 건우씨를 천덕꾸러기로 여기지는
않은 까닭이었다.

"아이, 건우야."

작은어머니의 목소리가 턱없이 다정했다. 평소 쐐기처
럼 쏘아붙이는 작은어머니의 음성이 방금 마신 꿀물처럼
들척지근하다는 것은 뭔가 꿍꿍이속이 있다는 뜻이었다.
건우씨는 누가 손을 대기라도 할 듯 안주머니께를 두 손
으로 움켜쥔 채 냉큼 쏘아붙였다.

"헹, 어림 반푼도 없네. 한푼도 안 돼야!"

"아이고, 누가 저것을 벵신이랴? 조로코롬 속이 놀놀헌
디. 에라이 얌통머리 읎는 놈아! 끝순이가 지를 월매나 생
각허는디, 올 때마동 얼라 하나 업고 걸리고, 오빠 좋아허
는 소주 됫병 사들고 오니라고 손모가지가 다 시큰거린다
등만은, 저놈이 저렇게 염치가 미제여야. 맛나다고 얻어
묵을 때는 언제고, 끝순이 얼라가 죽게 생겼다는디, 돈 몇
푼을 못 빌레줘야!"

작은어머니가 악을 악을 썼다. 웃을 때면 한쪽 보조개

가 쏙 들어가는 끝순이 얼굴이 눈앞에 삼삼해서 건우씨는 되레 버럭 소리를 질렀다.

"나 저승 갈 노잣돈이란 말여!"

뭐라 받아칠 줄 알았던 작은어머니는 뜻밖에 질금질금 눈물을 짜기 시작했다. 미안해서 건우씨는 얼른 덧붙였다.

"글고 얼마 되도 안해."

"얼마 안 되기는! 얼추 이천만원이 다 되등만. 누가 다 돌라냐? 오백만 빌레돌란 말이여."

건우씨의 손이 멈칫멈칫 안주머니로 향했다. 늘그막에 돈할라 없으면 천덕꾸러기 되야, 누이의 말이 귓가에 쟁쟁했다. 누이의 말은 언제나 옳았다. 비록 같이 굶기는 했으나 새어머니와 이복동생들 틈에서 천덕꾸러기로 사는 것보다는 작은집에서 사는 게 나았다. 어미를 잡아먹고 태어나 천덕꾸러기로 살 수밖에 없는 인생이었지만 누이는 그의 손을 잡고 다박다박 용케도 그 길만은 피해왔다. 제 방으로 들어가 문을 잠갔던 건우씨는 다시 밖으로 나왔다. 작은어머니가 통장의 잔액을 알고 있다는 것은 최근에 훔쳐보았다는 뜻이었다. 건우씨는 집 안을 두리번거렸다. 작은어머니의 울음이 나지막이 깔린 마당으로 부신 봄빛이 골고루 따스하게도 내리쪼이고 있었다. 봄빛은 생

떠난 아이처럼 천지사방 흩날리는 흙먼지를 오냐오냐 다 독이고, 생명을 싹 틔우기 위해 마른 흙을 풀썩풀썩 들이받는 새싹의 여린 손을 오냐오냐 잡아당기는 것 같았다. 한번도 느껴보지 못했지만 어머니의 손길이 꼭 저렇게 보드라울 거라고 건우씨는 생각했다. 작은어머니의 눈물도 잊고, 수화기 너머로 들려오던 끝순이 딸내미의 자지러지는 울음도 잊고, 안주머니의 통장도 까맣게 잊고, 건우씨는 봄빛에 우두커니 몸을 내맡겼다. 마당 한편에서는 키만 멀쑥하니 자란 채 꽃이나 아니나 서너 망울 피기도 전에 떨궈버린 지난여름의 봉숭아 몇그루를 거름 삼아 두툼한 떡잎이 젖이나 되는 양 봄빛을 쑥쑥 빨아먹고 있었다.

봄빛

아버지는 눈이 부시게 휘늘어진 샛노란 개나리 울타리 아래 쭈그려 앉은 채 담배를 피우고 있었다. 작업복으로 나 써야겠다며 서울에 다니러 온 어머니가 싸들고 간, 그가 첫 출근할 때 입었던 감색 양복차림의 아버지는 촌에서 보기 드문 양복차림임에도 불구하고 한때는 교직에 몸담았던, 그러니까 인텔리로는 보이지 않았다. 그저 영락없는 촌 노인네일 뿐이었다. 몇 미터 앞에 차를 세운 채 그는 시동을 껐다. 아버지는 담배연기를 내뿜고 그 연기가 따스한 봄의 대기 속으로 흩어지는 모양을 물끄러미 바라보고 있었다. 아버지의 몸속에 도사린 죽음이 개나리의 샛노란 색깔이며 흩어지는 담배연기의 움직임까지 흡입하는 듯 아버지를 중심으로 한 풍경만 유독 을씨년스러웠다. 바로 지척에 차가 멈춘 것도, 그 안에서 누군가 자신을 응시하는 것도 아버지는 느끼지 못하는 모양이었다. 텔레비전의 볼륨을 최대한 키워야 할 정도로 귀가 먹은 것이 벌써 몇년 전이었다.

"아버지!"

그가 댓번이나 목청껏 소리를 지른 뒤에야 아버지는 느릿느릿 고개를 돌리고는 멀뚱멀뚱 그를 올려다보았다. 니코틴이 밴 듯 흰자위가 누렸다. 느그 아부지 눈은 호랑이맨치 불을 뿜어야. 눈만 봐도 사지가 오그라든당게. 평생을 함께 산 어머니가 그렇게 말할 정도로 한 때는 형형하던 눈이 흐리멍덩하게 그를 향해 있었다. 대학 입시에 두번이나 실패한 후 이제 더이상 시험을 보지 않겠다고 통보한 순간 그를 쏘아보던 아버지의 눈빛은 천년 만에 폭발하는 화산과 같은 에너지를 내뿜었다. 그러리라 예상을 했고, 그 때문에 이년이나 원하지 않은 입시 준비에 헛된 시간을 보낸 그였다. 그는 내심 호흡을 가다듬으며 다가올 일전을 준비했다. 그러나 아버지가 준비한 전쟁은 전혀 다른 것이었다.

"그것배끼 안 되는 놈이었냐? 알았다. 니 맴대로 허그라. 니가 그것배끼 안 되는 놈이라믄 나가 오늘부로 암것도 기대를 안 할란다. 자식잉게 밥은 멕에주마."

아버지는 정말 그날 이후 그에게 아무런 요구도 하지 않았고 어떤 잔소리도 하지 않았다. 군대에 다녀오고 어찌어찌 늦은 나이에 이류대학을 졸업하고 이류대학 졸업자치고는 괜찮은 직장에 취직을 하고 나이가 여섯살이나 많은 여자와 결혼을 했지만, 그 어떤 상황에서든 칭찬도 비난도 하지 않았다. 아버지는 그날 이후 절대 넘어설 수 없는 선을 그어버린 것이었고, 그 또한 아버지가 그어놓은 금을 넘어서려는 노력을 하지 않았다. 당신이 나를 버린다면 나 또한 기꺼이 당신을 버려주마, 뭐 그런 오기였을 것이다. 그랬던 아버지가 내가 언제 그랬느냐는 듯이, 과연 그럴 만한 힘이 있기나 했겠느냐는 듯이 천연덕스럽게, 여느 노인네들과 다름없는 흐릿한 시선으로 그를 응시하고 있는 것이었다. 복수의 칼날을 갈며 절치부심, 평생 아미산에서 무술을 연마한 고수가 마침내 일가를 이루고 하산했다가 복수의 상대가 이미 오래전 사소한 시비 끝에 사망했다는 소식을 들었을 때의 기분이라고나 할까. 맥이 풀렸고 뒤이어 누구에게랄 것 없는 화가 치밀었다.

아버지의 뇌가 눈으로 받아들인 정보를 종합해 자신의 아들임을 인식하는 데는 오초쯤의 시간이 필요했다. 흐리멍덩하게 그를 향해 있던 아버지의 눈이 반짝 순간적으로 총기를 되찾았다. 그러나 그 총기는 칠흑 같은 밤의 번개처럼 순식간에 사라졌다.

"왔냐?"

아버지는 무릎을 짚고 천천히 일어났다. 대문을 열고 들어서는 아버지의 걸음은 걸음마를 배우는 어린아이처럼 곧 쓰러질 듯 위태로웠다. 그는 아버지가 가만히 앉아 있는 것을 본 기억이 없었다. 기억 속의 아버지는 짱짱한 걸음으로 늘 어딘가를 향해 바삐 걷고 있었다. 새벽 세시면 어김없이 눈을 뜨고 깜깜한 논으로 달려가던 아버지였다. 어머니의 도움이 있기는 했지만 아버지는 국민학교 교사를 하면서도 스무마지기 논농사와 삼천평 밭농사를 농사만 짓는 다른 집보다 더 야무지게 해냈다. 아버지가 심은 고구마는 물고구마 하나 없이 쩍쩍 벌어지는 밤고구마였으며, 아버지가 키운 호박이나 고추나 감자는 다른 집보다 알이 훨씬 굵었다. 남들이 세번 밭을 맬 때 다섯번 밭을 매고 날이 조금만 가물다 싶으면 일 킬로미터 남짓 떨어져 있는 개울에서 어깨의 피부가 다 벗어지도록 물지게로 물을 져 나른 노고의 결과였다. 정 일손이 달릴 때면 아버지는 고작 열살쯤이던 그를 별이 총총한 새벽에 두들겨 깨웠다. 새벽 내내 물동이를 져 나르고 진이 빠져 밥상 앞에서 꾸벅꾸벅 졸고 있는 그를 보며 아버지는 한심하다는 듯 혀를 찼다.

"어린놈이 고것 쪼깨 움직엤다고…… 나는 니만 헌 나이에 하루 세시간 이상 자본 적이 없어야."

어쩐지 억울하고 분해서 그는 찔끔찔끔 눈물을 쏟았다. 그것이 또 아버지의 심기를 건드렸다.

"뚝 못 그치냐! 사내자식이 그만헌 일로 눈물을 짜기는…… 나는 게우 여덟살 적에 아버지가 돌아가셨어도 안 울었다."

그 딴에는 안간힘을 써도 아버지에게는 언제나 부족한 아들이었다. 부족을 메우고 싶어 발버둥 친 적도 있었고, 발버둥 치기를 포기한 적도 있었다. 어느 쪽이든 아버지와의 대결에 목숨을 거는 것 자체가 쓸데없는 시간낭비임을 깨달은 것은 그리 오래되지 않은 일이다. 그가 대학을 포기한 것도 다시 들어갈 작정을 한 것도 모두 아버지 때문이었다. 불과 몇년 전까지 아버지는 그의 삶을 가로막고 있는 거대한 산맥과도 같았다. 그가 넘어서기도 전에 세월이 야금야금 그 거대한 산맥을 무너뜨리고 있었다. 한 생명을 만개시켰던 시간이라는 것이 악덕 고리대금업자처럼 제가 주었던 모든 것을 냉정하게 회수하고 있는 것이다. 모든 인간이 세월 앞에 무릎을 꿇어도 아버지만큼은 꿋꿋이 버텨낼 줄 알았다. 아버지 스스로 늘 강조했듯 아버지는 세상 그 누구에게보다 가혹했던 운명을 극복해온 사람이었다. 운명을 무릎 꿇렸듯 세월도 무릎 꿇게 할 거라고, 그는 막연히 기대했다. 그의 기대에 부응이라도 하듯 아버지는 작년까지만 해도 청력을 제외하고는 젊은이 못지않은 기억력과 체력을 과시했다. 쩌러다 백살꺼정 살믄 워쩌끄나. 나 죽고 나면 니가 책임져야 할 것인디…… 나가 가만 봉게 빨리 죽는 것이 자석 위허는 길이드라. 오래 살아가꼬 니 짐이나 되믄 워쩌끄나. 글 안해도 니랑 느그 아부지는 소 닭 보디끼 허는 사인디, 하는 것이 작년까지의 어머니의 걱정이었다. 죽기 전에 느닷없이 자식 위하는 마음이라도 생긴 것인지 지난해 말부터 아버지의 건강이 급속도로 나빠졌다. 백세 장수할까봐 걱정이던 어머니가 이번에는 느이 아부지가 암만해도 이상하다고 전화를 하기 시작했다. 한번 댕겨가면 안 되겄냐,는 어머니의 간절한 요청을 묵살해오던 그가 이십년 가까이 직장생활을 하는 동안 한번도 써본 적 없는 월차까지 신청한 것은 지난주 초의 전화 때문이었다. 전화비 몇푼이 아까워 휴대전화로는 절대 전화하지 않는 어머니가 잠깐 산

책을 나갔다는데도 휴대전화로 전화를 해 왔다. 전화를 받자마자 어머니는 그라는 것을 확인하지도 않은 채 거의 울먹이는 소리로 말했다. 아이, 느그 아부지가 참말로 노망이 들었는갑서야. 어제 느그 아부지가 은행에 대출을 갚으러 갔는디 삼백을 갚고 와서는 이백배끼 안 갚았다고 빠락빠락 우긴단 말이다. 그런 일은 느그 아부지가 다 알아서 헝게 펭상 느그 아부지만 보고 살았는디 인자 워쩨야 쓸랑가 앞이 깜깜허다야. 하도 겁이 나서 오늘 벵원을 댕게왔는디 다음주에 곌과 보러 오라드라. 바로 내일이 결과를 보러 가는 날이었다. 잘 걷지도 못하는 어머니가 버스를 타고 낯선 도시의 병원을 찾아다닐 상황이 안타깝긴 하지만 그렇다고 직장 다니는 그가 반드시 내려올 필요는 없었다. 사수를 포기한 후 어머니 말대로 아버지와 소 닭 보듯 살아온 그가 월차까지 내고 내려온 이유를 사실은 그 스스로도 설명하기 어려웠다.

"아이고, 왔냐. 고생 많았제? 우리가 쓸데없이 오래 살아가꼬 니만 고생이 많다이."

고모와 함께 마루에 앉아 있던 어머니가 반색을 하며 달려 나왔다. 그를 유난히 예뻐한 고모는 양손에 고구마를 든 채 눈을 끔벅거리며 무심히 그를 바라보았다.

"성님, 야가 누군지 알아보시겄소?"

"몰라. 누구신디?"

고모는 앙상하게 마른 몸을 배배 꼬며 새색시마냥 수줍게 웃었다. 처음 보는 외간남자쯤으로 생각하는 모양이었다. 고모는 갈라터진 손에 들고 있던 고구마를 얌전하게 내려놓았다. 핏줄 내력으로 바지런하다 못해 잠시도 가만있지 못하는 고모는 노망에 걸려서도 허구한 날 일을 끼고 살았다. 지난겨울 내내 언 땅을 파헤쳐 상추도 심고 고추도 심고 유난을 떠는 통에 손은 물론 얼굴까지 동상에 걸릴 지경이라 어머니가 쫓아다니며 말리느라 진을 뺀 모양이었다.

"나 갈라네."

"왜요? 헐 일도 없으신디 더 놀다 가시제라."

고모는 대꾸도 없이 집 뒤쪽으로 난 샛길로 쏜살같이 달아났다. 노망이 들었어도 체력만큼은 전혀 변함이 없었다.

"저렇게 씽씽해가꼬 일찍 죽도 않게 생겼는디 워째야 쓸랑가 모리겄다. 자석새끼들도 인자 질레가꼬 통 와보도 안코 나가 먼저 죽겄다야. 지발 나 쪼깨 편허라고 우리집에라도 진득이 붙어 있으면 월매나 좋겄냐. 십분을 그냥 못 있고 왔다갔다 저 난리를 친다. 낼모레 아흔인디 심도 좋당게. 또 먼 재를 저지를라고 쩌래 뽈뽈거리고 간가 모리겄다.”

어머니는 말끝에 한숨을 푹 내쉬고는 마루 끝에 우두커니 걸터앉은 아버지를 바라보며 나지막이 속삭였다.

“니그 아부지꺼정 저러니 노망도 피내림인가 워쩐가…… 느그 아부지는 몸할라 션찮아서 쩌러다 쓰러지기라도 하면 워째야 쓸랑가, 나가 밤마동 잠을 못 잔단 말이다. 참말로 노망이면 워쩌끄나? 머리를 쓰면 노망에 안 걸린단 말도 말짱 거짓부렁인갑서야. 시상에 느그 아부지겉이 머리 많이 쓴 사램이 워디 흔하간디……”

“내일 가보면 알겠지요. 치매라고 해도 더이상 진척되지 않게 예방하는 약도 있다니까 너무 걱정 마세요.”

“그리만 되든 먼 걱정이겄냐만……”

아버지와 달리 어머니는 걱정이 많은 사람이었다. 아버지가 그를 소 닭 보듯 하던, 그러니까 자신의 말대로 자식이니 밥은 먹여주던 시절에도 어머니는 엇나가는 그 때문에 아버지 몫까지 대신하여 밤잠을 설쳤다. 사수를 포기했을 때, 아버지 앞에서 발소리도 내지 않던 어머니는 바락바락 악을 쓰며 난생처음 아버지에게 대들었다. 당신이 고래 쥐 잡듯이 잡응게 아가 쩜쩜 어긋나지라. 당신이 우째 살았든동 요즘 아치고 우리 재만이만 헌 아도 없소. 뭣이 문제가니 사사건건 트집이요? 대학만 해도 그요. 판검사가 좋으면 당신이 좋은 것이제 싫다는 아를 와 기언치 법대를 가라 그래가꼬 이 사달이 나게 맹그요? 인자부텀 뭣이든 재만이 뜻대로 허라고 할랑게 그리 아씨요. 아이, 인자부터 느그 아부지 눈치 볼 필요 읎다. 시상천지에 자개 겉은 사램이 자개 말고 또 있가니 똑 자개맨치로 살라고 되도 않은 억지를 부려쌓는가 몰러. 대학을 가든동 말든동 니 맘대로 허그라. 코 뚫린 쇵치맨치 느그 아부지헌티 질질 끌레댕기지 말란 말이여.

일제시대에 사범대학을 나온 아버지와 달리 한글도 모르는 어머니지만 이치에 맞는 소리를 얼마나 야무지게 쏘아붙이는지 못 배웠다는 이유로 평소 은근히 어머니를 무시하던 아버지도 꿀 먹은 벙어리였다. 말은 그렇게 했지만 어머니가 위궤양을 앓기 시작한 것은 그가 사수를 포기한 직후였고, 온갖 약을 먹어도 소용없던 위궤양이 말끔히 완치된 것은 취직한 직후였다. 어머니는 가슴을 졸이며 위태위태한 그의 행로를 말없이 지켜보았던 것이다. 어머니는 요즘에도 해가 뜨기 직전 정화수를 놓고 장독대 앞에서 그의 안녕과 무사를 위해 치성을 드렸다. 그것이

어머니에게는 하루를 여는 의식이었다. 그런 어머니의 정성 덕에 지금 이만큼이라도 살고 있는 게 아닐까, 간혹 가슴이 뻐근하게 미어지기도 했다. 그러나 어머니라고 세월을 비켜갈 수 있는 것은 아니어서 한해가 다르게 말과 걱정이 많아졌다. 남보다 육년이나 늦게 들어간 대학을 몇번이나 휴학할 때도 말이 없던 어머니가 요즘은 뉴스에서 소나기 소식만 들려도 우산 꼭 챙겨가라고 식전 댓바람부터 전화를 했다. 눈 소식이 있는 날은 위험하니 차를 놓고 나가라는 참견에서부터 몸에 좋다니 마늘을 많이 먹어라, 양파를 많이 먹어라, 하루도 어머니 잔소리 없이 지나가는 날이 없었다. 어찌나 지겨웠는지 어머니가 휴대전화로는 전화를 걸지 않는다는 것을 깨달은 어느 날부터는 아침에 전화벨만 울리면 출근했다고 아내에게 거짓말을 시킬 정도였다. 시어머니 전화를 매일 받자면 자식인 그보다 더 짜증이 날 법하건만 아내는 오히려 그를 나무랐다. 얼마나 남으셨다고 그래? 평생 그런 것도 아니고 늙으셔서 그런 건데 그거 하나 못 받아줘? 돌아가시고 나니까 어머니하고 조곤조곤 얘기 한번 제대로 못한 것이 제일 가슴에 사무치더라. 나중에 가슴 치지 말고 살아 계실 때 잘해. 고개를 끄덕였지만 아내의 말이 맞다고 생각하는 것은 그의 머리일 뿐이요, 가슴은 여전히 답답하고 짜증스러웠다. 자신의 감정을 좀처럼 드러내는 법 없이 팔십년 가까이 그 누구에게든 인종으로 견뎌온 어머니의 마음속 어디에 저처럼 도무지 참을 수 없는 표현의 욕구가 도사리고 있었는지, 그는 난감할 뿐이었다. 그동안 전화로 재탕 삼탕 수없이 들은 최근 아버지의 이상한 행태를 어머니가 또 줄줄이 사탕으로 늘어놓을 것만 같아서 그는 얼른 말을 잘랐다.

"저 배고파요."

"아이고, 내 정신 좀 봐라. 먼 질 오니라고 월매나 시장허고 피곤할 것인디…… 쪼깨만 지둘려라. 나물은 다 준비해놨응게 얼른 무치기만 허먼 된다."

어머니는 불편한 다리를 끌고 종종걸음으로 부엌을 향했다. 그럴 때의 어머니는 그가 기억하는 어머니 그대로였다. 아이고, 내 새끼, 시장허지야. 쪼깨만 지둘리소잉. 집을 떠난 이래 어머니는 늘 그렇게 그를 반겼다. 다른 것은 몰라도 자식에 대한 그 정성만큼은 세월도 어쩌지 못하는 모양이라고 그는 잠시 안도했다. 그러나 그 평화는 오래 가지 못했다.

어머니가 차린 밥상을 그는 한동안 물끄러미 바라보았

다. 그가 온다고 아침부터 종종걸음 치며 준비했을 밥상은 한가꾸(엉겅퀴)를 넣은 된장국과 취나물과 머위대와 두릅, 그리고 묵은 김장김치가 전부였다. 물론 그가 좋아하는 것들이었다. 그러나 지난가을만 해도 서너가지 이상의 반찬이 더 있었다. 반찬 가짓수가 줄었다는 것은 어머니의 건강이 그만큼 좋지 않다는 증거였다. 칠십 넘으면 아무리 건강해도 내일을 알 수 없다더니 불과 두 철 사이에 이렇듯 늙었나 싶어 가슴이 철렁 내려앉았다.

"아이, 워쩌끄나. 젓가락 댈 것이 읎지야? 니 온다고 콩나물이랑 꼬막이랑 사다났는디 요것 쪼까 맹글다봉게 시간이 다 돼부렀어야."

먹을 만한 찬이 없어서 숟가락을 들지 않는다고 생각했는지 어머니가 미안해서 어쩔 줄을 몰랐다. 아내라면 이런 때, 아유, 아니에요, 어머님. 다 제가 좋아하는 것들이네요, 하고 씩씩하게 수저를 들었을 것이다. 늙은 어머니의 밥상을 받는 무안함, 늙어가는 어머니에 대한 서러움 같은 것은 얼른 마음에 감춘 채 그걸 들키지 않기 위해서라도 더 열심히 밥을 먹었을 것이다. 그러나 그는 아내가 아니었다. 마음에 얹힌 것이 곧장 혓바늘로 돋았고, 입 안이 까슬하여 도무지 밥을 삼킬 수가 없었다. 그 순간 아버지가 느닷없이 버럭 소리를 지르지 않았다면 그는 눈물이라도 한방울 떨어뜨렸을지 몰랐다.

"내동 일렀는디 또 뚜부가 없그마이!"

귀가 좋지 않은 아버지의 고함소리는 어린 그였다면 경기를 일으켰지 싶게 컸다.

"아이고, 점심에 뚜부를 그렇게 묵고 또 먼 뚜부를 찾소? 저녁은 그냥 자씨요. 오랜만에 재만이가 왔는디 그라면 재만이 좋아하는 것을 해야제 당신만 묵는 것을 해야쓰겠소? 얼뚱애기도 아니고 한끼를 못 참아서 소리는 버럭버럭 지르고 난리디야 난리가."

그는 놀란 눈으로 어머니를 바라보았다. 그가 대학 포기했을 때를 제외하고는 단 한번도 아버지에게 대든 적이 없는 어머니였다.

"나가 원제 점심에 뚜부를 묵어!"

"환장하겄네. 노망이 들어도 단단히 들었그마이. 인자 점심에 멀 묵었능가도 모리겄소?"

어머니는 한마디도 지지 않고 따박따박 말대답이었다. 목청도 아버지 못지않게 시끄러웠다.

"그걸 왜 몰라! 점심에 청국장 묵었제. 나가 그것도 모르깨미 이 사램이 꺼떡하면 노망 들었다고 애맨 사램을 잡고 야단이여, 야단이!"

"청국장에 뚜부가 들었습디여, 안 들었습디여?"

"그까짓 것이 월매나 된다고!"

"뚜부를 한모나 넜그마는 그까짓 것이라네!"

"나가 원제 청국장 해돌랬가니! 뚜부 지지라고 뚜부를 한판이나 사다놨는디 그거슬 한번 안 지져주구마이."

"미치고 환장하것네. 그 징헌 놈의 뚜부, 된장찌개에 넣고 청국장에 넣고, 동태찌개에 넣고, 끼니마동 빠진 적이 없그마는 먼 놈의 뚜부를 또 지지라요?"

"아, 긍게 누가 이녁보고 애맨 디다 뚜부 너랬가니! 뚜부 지져달랬제!"

"아니, 청국장에 든 것은 뚜부가 아니요? 어따 넜든지 뚜부만 묵으면 됐제 또 먼 뚜부지짐이냔 말이요!"

바락바락 대드는 어머니도, 어머니 말에 핏대를 세우며 덤벼드는 아버지도, 그가 아는 어머니, 아버지가 아니었다. 어머니는 아버지 말이라면 껌벅 죽었고, 아버지 또한 독선적이긴 했으나 젊어서부터 관절염이 심한 어머니를 대신해서 국민학교 교감 신분에도 장보기를 마다 않던 애처가였다. 그런 두 사람이 독 오른 쌈닭처럼 다투고 있는 것이었다. 어머니는 눈물까지 글썽이고 있었다.

"서 있들 못해가꼬 밥 한끼 할라면 싱크대에다 팔을 걸어놓고 게우게우 견디는디, 그러니라 팔에 굳은살이 다박인 걸 자개도 뻔히 암시로 그냥 해주는 대로 쫌 먹어주면 워디가 덧이라도 낭가. 나가 원제꺼정 이팔청춘인 중 아요? 나도 죽겄단 말이요."

그만 좀 하시라는 말이 목구멍까지 치받쳤으나 그는 꿀 먹은 벙어리로 아버지의 두부찌개를 밀어내고 오른 반찬들을 우걱우걱 먹어댔다. 입맛 없을 때 한입만 먹어도 입맛이 돋던 쌉쓰름한 머위대가 질긴 종잇장 같았다.

"아 긍게 누가 이것저것 하랬냐고! 그냥 뚜부 듬성듬성 썰어놓고 멜치나 멫마리 너면 될 것을 그거시 뭣이 어렵다고 한끼를 안 해줘! 한끼를!"

아버지가 마침내 숟가락으로 밥상을 쾅 내리쳤다. 그제야 찔끔한 어머니가 그러나 아직도 할 말은 남았다는 듯 뽀로통한 표정으로 자기 밥을 들고 밖으로 나갔다. 아버지와 그는 말없이 밥을 먹었고, 나간 어머니는 다시 들어오지 않았다. 두부타령으로 분위기를 망쳐놓은 아버지는 두부 없이도 된장국에 밥 한사발을 말아 후루룩 깨끗이 비워냈다.

밥상을 들고 나갔을 때 어머니는 시위라도 하듯 한술

뜨지도 않은 밥공기를 빈 싱크대에 턱하니 올려놓고 문지방에 걸터앉아 마늘을 까고 있었다. 마늘이 매운 것인지 설움이 북받친 것인지 어머니는 연신 소맷자락으로 눈물을 훔쳤다. 무슨 말을 해야 할지 난감한데 우는 어머니를 모른 척할 수도 없어서 우두커니 서 있던 그가 겨우 한마디 했다.

"식사는 하셔야죠."

누가 건드려주기를 기다렸다는 듯 어머니의 입에서 신세한탄이 쏟아졌다.

"아이, 나가 참말로 못살겠다. 느그 아부지가 날이 갈수록 이상해져야. 얼뚱애기맨치 반찬타령이나 해쌓고, 씻도 안헐라고 허고, 그러니 나가 견뎌나겄냐? 느그 아부지 뒤치다꺼리 하니라고 하루가 모자란당게. 내가 아조 몸이 열개라도 못 버티겄다. 자개만 늙고 나는 안 늙가니 무신 몸종 부리디끼 부린단 말이다."

이상하기는 어머니도 마찬가지라고, 서로 늙어서 그런 것을 어쩌겠느냐고, 그는 차마 말하지 못했다. 아니, 그런 생각조차 들지 않았다. 어머니의 변화가 그에게는 아버지보다 몇배는 더 큰 충격이었던 것이다. 어머니는 지금까지 그의 고향이었고, 어머니라는 추상의 구체적 현화(現

化)였다. 어머니는 유전자조차 이기적이라는 냉정한 생명의 세계에서 유일하게 다른 존재를 위해 자신을 내던질 수 있는 희생자이며, 바로 그로 인해 누군가의 구원이 되는 사람이라고 그는 굳게 믿었다. 그가 설령 낙오자가 되었다 하더라도 어머니만은 그래서 더욱 애틋하게 자신을 품어줄 것이라고. 그에게만이 아니었다. 어머니는 아버지에게도 시집간 누이에게도 더없이 따뜻하고 순종적인 사람이었다. 문득 며칠 전에 걸려온 큰누이의 전화가 떠올랐다. 아이, 엄마가 이상해야. 인자부텀 된장이고 고추장이고 못해준다고 다 사 묵으란다. 그럼 언제까지 어머니 부려먹을 생각이었느냐고 냉정하게 쏘아붙였더니 여느 때라면 니는 그 싸가지부텀 고쳐야 쓴다고 되레 큰소리쳤을 누이가 풀죽은 목소리로 글긴 글타만은 워째 우리 엄마 같들 않다,고 긴 침묵 끝에 전화를 끊었다. 된장 고추장 사 먹으라는 어머니의 통보를 받은 누이의 마음이 이제야 짐작이 되었다. 누이의 말대로 이건 우리 어머니가 아니었다. 그는 듣는 사람이 무슨 생각을 하는지 돌아볼 여념도 없이 신세한탄을 늘어놓으며 울먹이는 어머니가 처음 보는 사람인 양 낯설었다. 한겨울에 자기는 찬물로 설거지를 하면서도 행여 자식 발 시릴까, 꽁꽁 얼어붙은 신발을 맨가슴에 품어 녹여주던 어머니가 그는 간절히 그리웠다. 어머니를 코앞에 둔 채 그는 어머니를 그리워하고 있었다.

다음 날 아침, 아버지는 새벽같이 그를 깨웠다. 밤새 뒤척이다 푸르스름한 여명이 창호지 사이로 스며든 직후에야 잠이 든 그였다. 쉰이 가까운 자식조차 자기 원칙대로 움직이려는, 치매조차 어쩌지 못하는 독선에 일순간 짜증이 확 치밀었으나 그는 말없이 몸을 일으켰다. 오늘 있을 MRI 판독결과에 아버지도 잔뜩 긴장하고 있을 것임을 짐작한 탓이었다. 약속을 생명으로 생각하는 아버지가 새벽부터 부산을 떨어낸 덕에 병원에 당도한 것은 예약보다 한시간이나 이른 열시였다. 대기실에서 기다리는 사이 아버지는 네댓 차례나 담배를 피우러 들락거렸다.

"아따, 고작 한시간을 못 참고 쥐 풀방구리 드나들디끼 왔다갔다 해쌓소. 고로코롬 엉뎅이가 가벼와가꼬 인자 참말 치매라도 걸렸으면 누구를 잡을라고 그요? 당신 누이 맨치로 헐 일이 없으면 한게울에 언 땅이라도 팔라요?"

"치매는 누가 치매여! 고로코롬 똑똑흐면 자네가 의사 허고 간호사 허고 다 해묵제 와."

두 사람은 병원 대기실이라는 것도 아랑곳없이 언성을

높여가며 콩닥콩닥 말싸움을 주고받았다. 여러 사람의 짜증스러운, 혹은 호기심 서린 시선이 집중되었으나 두 사람은 그것조차 신경 쓰지 않았다. 잠시도 쉬지 않고 말다툼을 하는 통에 가급적이면 피하고 싶었던 예약시간이 다 된 게 외려 반가울 지경이었다. 월차를 내고 그를 이 먼 곳까지 달려오게 한 결과통보는 삼분도 채 걸리지 않았다.

"뇌세포가 상당히 많이 죽었네요."

의사가 가리킨 아버지의 뇌 사진은 의학지식이 전혀 없는 그로서도 죽었다는 표현이 섬뜩하게 실감 날 정도로 곳곳이 거뭇거뭇했다. 언젠가 텔레비전에서 본 치매에 관한 특집 프로그램이 떠올랐다. 치매에 걸린 어머니를 돌보기 위해 직장까지 그만두고 고삼 아들과 남편을 서울에 남겨둔 채 시골집에 내려간 효성 지극한 딸의 이야기였다. 눈시울을 붉히며 흥미진진하게 본 아내와 달리 그는 채널을 돌리고 싶은 충동을 간신히 참았다. 자신의 행동을 컨트롤할 수 없는 지경이 되면 스스로 목숨을 끊어야지. 아무리 치매라도 초기에는 내가 좀 이상하다는 정도는 알 수 있을 거 아냐. 참다 참다 툭 내뱉은 그의 말에 아내는 눈을 동그랗게 뜨고 한참이나 그를 쳐다보더니 이윽고 쿡, 하고 웃음을 터뜨렸다. 형님 말이 갑자기 생각나네.

형님이 나더러 당신 같은 인조인간하고 정붙이고 사는 게 신기하다고, 나중에 혹시 당신이 어디 수술이라도 하게 되면 잘 봐. 뼈와 살 대신 기계부품 같은 게 잔뜩 들어 있을지 모른다고. 머쓱해진 그를 토닥이듯이 아내는 덧붙였다. 스스로 제 목숨 끊는 일이 어디 쉬운 줄 알아? 그렇게 죽기가 힘드니까, 잘났든 못났든 어떻게든 살아보려고 발버둥을 치니까, 그게 사람이니까, 살기가 이렇게 힘들어도 사람들이 아직 살고 있는 거 아니겠어? 아내의 말이 백번 옳다고 해도 그는 그 잘났던 아버지가 치매에 걸려 맨주먹으로 일궈온 자신의 인생을 그야말로 똥덩이 위에 내동댕이쳐가는 모습을 지켜볼 자신이 없었다.

"긍게 그 말은 시방 치매란 말이지라?"

어머니가 냉큼 되물었다. 아버지는 가면이라도 뒤집어 쓴 듯 딱딱하게 굳은 표정이었다.

"뭐 뇌도 늙으니까 당연한 노화의 결과입니다."

"긍게 그것이 치매다요, 아니다요?"

답답해서 그러는 것일 테지만 치매라는 확실한 진단을 요구하는 어머니가 그는 난감했다. 설령 치매라 하더라도 그는 가급적이면 치매라는 확정적인 선고만은 피하고 싶었다. 적당히 얼버무릴 줄 아는 의사의 기지에 내심 감동하고 있는 차였다. 그는 의사가 이번에도 어머니의 칼날을 잘 피해갈 수 있기를 간절히 기도했다.

"그렇다고 볼 수 있지요."

결국 어머니의 덫에 걸려든 의사는 어머니의 또다른 공격이 시작되기 전에 황급히 말을 이었다.

"속도를 완화하는 약은 여러 종류가 나와 있습니다. 처방해드릴 테니까 꾸준히 약을 드시고, 술, 담배는 절대 하지 마세요. 약주 한두잔은 몰라도 담배는 절대 안 됩니다. 신문도 보시고 머리에 자꾸 자극을 주는 게 좋습니다."

아버지는 하루에 세 종류의 신문을 조사 하나 빠뜨리지 않고 꼼꼼히 읽는 사람이었다. 정신을 자극해서 치매가 예방된다면 아버지는 절대 치매에 걸려서는 안 되었다. 정신적으로도 육체적으로도 자신을 가만히 내버려둔 적 없는, 움직이고 성장하지 않으면 살아 있는 게 아니라고 생각하던 아버지는 물끄러미 자신의 뇌 사진을 바라보고 있었다. 크고 작은 주름으로 뒤덮인 아버지의 얼굴에는 어떤 표정도 드러나 있지 않았다. 아버지가 지금 무슨 생각을 하고 있을지 그는 궁금했다. 아직 그가 아버지의 기대에 부응하려고 발버둥 치던 시절의 언젠가, 아버지와 단둘이 할아버지 산소에 간 적이 있었다. 웬일로 고등학생인 그에게 퇴주잔을 건넨 아버지는 봉분이 형편없이 낮아진 데다 아까시 두어그루가 한뼘 남짓 싹을 틔운 무덤을 무표정하게 바라보며 말했다. 여덟살에 아부지가 돌아가셨는디 눈앞이 캄캄허드라. 막내를 낳은 후로 워디가 잘못되얐능가 밥도 잘 못해 묵는 어무이하고, 인차 막걸음을 뗀 갓난쟁이까지 동생이 셋, 시집 안 간 누이꺼정, 누가 갈체준 것도 아닌디, 이 사램들이 다 내 혹이구나, 내가 인차 아부지 대신이구나 싶응게 참말로 눈앞이 캄캄했어야. 나헌티 그 짐을 다 져놓고 덜컥 가분 아부지가 미와 죽겄드라. 이 나이가 되도록 그 생각을 하면 아부지가 미워야. 근디 이상하지야. 눈앞이 캄캄헝게야, 무선 것이 없드라. 죽기배끼 더허겄냐, 나는 여덟살 때부텀 그런 맘으로 살았다. 근디 지금 생각해봉께 아부지가 나를 이만치나 살게 만들었어야. 그때는 그런 아버지가 그로서는 죽어도 올라갈 수 없는 아득한 산으로 보였다. 아버지는 지금도 눈앞이 캄캄할까? 여덟살에 그 어둠 속에서 생에 대한 강렬한 의지를 끌어냈던 아버지가 죽음을 앞둔 지금은 무엇을 끌어낼 것인지 그는 알고 싶었다. 어머니와 그가 소리 나게 의자를 밀며 자리에서 일어났지만 아버지는 뇌 사진을 응시한 채 미동도 하지 않았다. 그가 큰 소리로 세번이나 부르다 포기하고 어깨를 툭툭 두드린 뒤에야 아버지는 현실로 돌아왔다. 뇌 사진을 보고 있을 때는 제법 비장하게 보였으나 그를 올려다본 아버지의 시선은 여느 때처럼 흐릿했다.

"그만 가시죠."

아버지는 말 잘 듣는 아이처럼 순순히 자리에서 일어났다. 병원 문을 나서자마자 아버지는 담배를 한대 피워 물었다.

"아이고, 내가 지레 죽겠네. 치매라는디, 담배는 절대 안 된다는디 돌아서자마자 담배부텀 꼬나무는 것은 먼 심보다요?"

어머니의 성화에도 불구하고 아버지는 담배를 집어넣을 의향이 전혀 없어 보였다. 그도 담배 생각이 간절해질 만큼 아버지는 담배연기를 깊이 삼켰다가 맛나게 음미한 후 천천히 내뱉었다.

"담배를 묵고 죽등가 살등가 맘대로 허씨요. 당신 한나 죽는 것이면 살 만큼 살았는디 나가 먼 지랄을 한다고 이러겄소? 펭상 자개 성에 안 찬다고 문전박대한 자석한테 먼 고생을 시킬라고……"

어머니가 평생 쓰지 않던 욕까지 해가며 다그쳤다. 어

머니는 남의 이목도 아랑곳없이 닭똥 같은 눈물을 뚝뚝 떨구기 시작했다.

"시끄러! 고생은 누가 누구헌티 먼 고생을 시켜! 쟈헌티 얹혀살 지경이 되믄 쎗바닥을 깨물고라도 칵 죽어불 것잉게 걱정 말드라고. 치매 걸리기 전에 자네 잔소리에 치여 죽겄네."

차에 오른 뒤에도 두 사람의 설전은 한참이나 계속되었다. 어머니의 눈물은 솔티재를 넘을 즈음에야 그쳤다. 잠잠하기에 후면경으로 흘깃 보았더니 두 사람은 언제 싸웠느냐는 듯이 머리를 맞댄 채 잠들어 있었다. 이른 새벽에 깨어나 먼 길을 움직였으니 여든의 나이에 피곤하기도 했으리라. 죽음보다 더한 치매 선고를 받고도 잠들 수밖에 없을 만큼 부모님의 몸이 늙었음을 깨달은 순간, 정체를 알 수 없는 물기가 촉촉이 눈에 고였다. 참으로 오랜만의 눈물이었다. 당황조차 할 겨를도 없이 한줄기 눈물이 뺨을 타고 흘러내렸다. 입술에 닿은 물기는 짜디짰다. 치매에 걸린 아버지가 안타까워서가 아니었다. 고리대금업자 같은 비정한 세월이 자신으로부터도 수금을 시작하고 있음을 깨달은 것이었다. 아버지와 어떤 세월을 보냈든 그는 아버지의 자식으로 태어나 아버지의 품 안에서 하나의 인간으로 성장했다. 먼 여행을 할 때마다 어린 그가 부모님의 품에 안겨 칭얼대며 잠들었듯 어머니는, 아버지는 그의 차에서 여행의 피로를 못 이겨 잠들어 있었다. 그들이 그의 생명을 키워냈듯 이제는 그가 그들을 품어 그들이 세월에 빚진 생명을 온전히 놓고 죽음으로 떠나는 것을 지켜보아야 하는 것이다. 받은 것은 반드시 돌려줘야 하는 것, 그것이야말로 냉정한 생명의 법칙이었다. 눈앞이 캄캄했다. 근디 이상하지야. 눈앞이 캄캄형게야, 무선 것이 없드라. 여덟살의 아버지가 그랬듯 이상하게 그 역시 무섭지 않았다. 긴 터널을 빠져나오자 흐드러지게 피었던 개나리며 진달래가 짙어가는 봄빛 속에 시들시들 말라가고 있었다. 그 꽃이 지면 산에는 봄이 농익어 사철 중 가장 찬란하게 타오를 것이었다.

풍경

아침안개가 걷히면서 봄빛에 젖은 골짜기가 모습을 드러냈다. 습기를 듬뿍 머금은 골짜기로 햇살이 폭탄처럼 퍼붓고 있었다. 시시각각 해는 높아지고 새순을 막 피워낸 초목들이 앞다투어 봄빛을 빨아들였다. 산 중턱에 위치한 그의 집으로도 새순처럼 보들보들한 햇살이 발을 딛기 시작했다. 나무 울타리조차 없는 집 둘레에 어느샌가 새싹들이 뻠가웃 자라 있었다. 기억조차 흐릿한 아주 오래전 누이들이 심어놓은 과꽃이며 봉숭아였다. 누가 돌보지 않았건만 꽃은 누이들이 이 집에 떨구고 간 한조각 마음처럼 해마다 점점 더 무성히 자라났다. 다섯 누이와 세 형 들이 아직 이 집에 머물고 있던 시절에는 마을에서 근 십리나 떨어진 외딴 산집에도 떠들썩한 활기가 넘쳐흘렀다. 누이와 형 들이 집을 떠나기 시작했을 때 그는 막냇누이의 등을 오줌으로 적시던 어린아이였다. 그 시절의 기억이 실제로 있었던 일인지 아니면 평생 이 집을 떠난 적 없는 그가 한줌의 기억을 이리저리 매만지고 궁굴린 끝에 빚어낸 환상인지는 분명치 않았다. 다 큰 누이와 형 들이 어느 여름 오후 소나비 끝의 초목처럼 싱싱한 몸뚱이를 벌거숭이로 드러낸 채 집 바로 옆을 굽이져 흐르는 계곡으로 풍덩풍덩 뛰어들던 장면은 사실이라기엔 아무래도 민망했지만 물속으로 뛰어들 때 출렁이던 큰누이의 사발만 한 희디흰 가슴은 환상이라기엔 또 참으로 생생했다. 앵두만 하던 분홍빛 유두며 젖판에 돋아 있던 소름 같은 작은 알갱이까지 눈앞인 양 생생한데 그것이 누이의 것이 아니라면 그는 도대체 여자의 알몸을 사진으로라도 본 적이 없었다. 그리하여 한창때의 그가 밤마다 눈앞에 떠올리며 용두질친 것도 저 젊은 날의 누이의 모습이었으며, 사정 끝의 허탈보다 더 무서운 죄책감으로 멍석 깔린 방바닥에 이마를 짓이기다가 끝내는 조금의 욕정도 담겨 있지 않은 누이에 대한 순전한 그리움으로 긴 밤을 지새우곤 했던 것이다. 깊어진 그리움은 많지도 않은 몇개의 기억에 끈끈히 달라붙어 기억을 괴물처럼 부풀리고는 기억 그 자체로 화했다. 평생을 하루같이 해가 뜨고 해가 지고 때로는 비가 내리고 바람이 불고 순환하는 사계 속에서 기억만이 계절의 순환을 이탈하여 저 홀로 종유석처럼 자라났다. 태고의 정적을 먹고 자라는 깊은 동굴 속 종유석처럼 그 또한 기억을 먹으며 늙어가고 있었다.

겨우내 뒤안에서 바싹 마른 장작은 고작 낙엽송 몇줌으로 쉽게 불이 붙어 이내 기세 좋게 타올랐다. 활활 타오른 불길이 아궁이 안팎으로 넘실거렸다. 아이, 참말 이상하지야. 아궁지 속을 들여다보고 있으면 세상 근심이 다 없어져야. 옛날 어른들이 눈보라가 사람을 홀린다등만 불도 그런갑서야. 아궁지 앞에 앉아 있으면 시간이 휠휠 날아간당게. 꼭 뭣에 홀린 것맨치로. 어머니는 눈 가득 불길을 담은 채 어린 그에게 속삭이곤 했다. 그럴 때의 어머니는 화전에서 돌멩이를 치마폭에 담아 나르거나 형과 누이들을 떠나보내며 옷고름으로 눈물을 찍던 어머니와는 사뭇 달랐다. 발그레 상기된 얼굴로 불에 홀린 어머니는 어쩐지 옛날얘기 속에 나오는 꼬리 아홉 달린 여우 같기도 했고, 아홉 폭 치맛자락 고운 손에 거머쥐고 궁둥이를 실룩실룩, 큰형이 읍내 장터에서 보았다는 화월옥 기생 같기도 했다. 어머니의 겨드랑이 밑에 곧 날개가 돋아 하늘로 날아갈 것만 같아서 어린 그는 야가 성가시럽게 왜 이란다냐, 얼뚱애기맨치로, 다정한 타박을 들으면서도 어머니의 치맛자락을 꼭 붙든 채 아궁이 앞을 떠나지 않았다. 홀린 듯 아궁이 속을 들여다보는 어머니 옆에서 애를 태우던 어린아이는 여전히 어머니의 치맛자락을 휘어잡은 채 죽음 같은 시간의 강을 건너는 중이었다.

그는 활활 타오르는 장작 두어 개비를 끄집어내고 물을 끼얹었다. 치지직, 솔향기가 피어오르며 붉은 혀를 날름거리던 불길이 잦아들었다. 가마솥에 뜸이 들기를 기다리는 동안 그는 숯불을 아궁이 앞으로 끌어냈다. 숯은 발갛게 불이 붙어 투명할 지경이었다. 제 몸의 속까지 드러낸 채 사위어가는 숯을 볼 때마다 그는 뜬금없이 가슴이 먹먹해지곤 했다. 그는 숯불을 동그랗게 모두어 그 위에 검게 그을린 스테인리스 밥주발을 얹었다. 짠 된장내가 부엌 그득히 퍼졌다. 지난겨울 내내 어머니는 강된장에만 밥을 먹었다. 그가 기억하는 한 겨울 동안 그의 집에서 강된장이 떨어진 적이 없었다. 강된장은 일종의 양념처럼 긴 겨울 내내 밥상에 올려져 있었다. 매일 물을 조금 더 붓고 된장을 풀어 다시 끓여낸 강된장은 봄이 다가올 즈음이면 아무리 솜씨 좋은 사람도 솜씨만으로는 흉내 낼 수 없는 깊은 맛이 났다. 모든 기억을 다 잃어버린 뒤에도 어머니의 몸은 강된장의 그 맛만은 잊어버릴 수 없는 듯했다. 어쩌면 어머니는 온 식구가 밥상 앞에 둘러앉아 강된장에 꽁보리밥을 비벼 먹던 그 시간을 살고 있는지도 몰랐다.

삼십년 전, 어머니가 맨 처음으로 잃은 기억은 바로 그였다. 욕정처럼 온몸에 그득 고인 세상에 대한 그리움을 어쩌지 못해 밤봇짐을 몇번이나 쌌던 그를, 읍내를 목전에 둔 채 강 건너 휘황한 불빛을 훔쳐보며 애꿎은 담배만 몇대 축내고 새벽이슬 축축이 젖은 신작로를 되짚어 돌아왔던 그를, 홀로 남은 어미를 끝내 버리지 못한 그를, 어머니는 가장 먼저 잊어버렸다. 늦은 밤 요의를 느낀 그가 마당에서 시원하게 오줌줄기를 뿜어내고 돌아섰을 때 기척도 없이 뒤에 서 있던 어머니가 불안한 눈동자로 사방을 휘둘러보며 그의 손을 끄집었던 그날 밤을 그는 아직도 선연히 기억한다. 호롱불도 켜지 않아 달빛 한점 스며들지 않은 어두운 방 안에서 그의 손등을 어루만지며 어머니는 말했다.

밥은…… 묵었냐? 쪼깨 지둘려라. 쪼깨만. 그만헌 시간은 있지야?

엄니, 왜 그요? 먼 소리요?

그의 목청이 터무니없이 높았는지 어머니는 화들짝 놀라며 그의 입을 틀어막았다. 칠순의 나이를 믿을 수 없는 다부진 힘이었다.

암만 산중이래도 이런 밤중에는 소리가 십리를 간단다. 아랫말에 순사가 와 있는디 야가 시방 잽혀가면 어쩔라고.

뭔가 심상치 않은 기색에 그는 꿀 먹은 벙어리로 앉아 있었고, 어머니는 치맛자락을 휘날리며 식은 보리밥 한덩이를 내왔다. 봄이 다가올 무렵이라 그때도 찬이라고는 강된장에 묵은 김치뿐이었다. 밥상 앞에 묵묵히 앉아 있는 그의 등을 자꾸만 어루만지며 어머니는 눈물을 찍어냈다.

어쩌끄나. 묵을 것이라고는 요것뻬끼다. 어쩌끄나, 내 새끼.

어머니는 그날 쌀 두어되와 곶감, 계란 등속을 책보에 싸 기어이 등에 묶어주며 어둔 산길로 그의 등을 떠밀었다. 그날 이후 걸핏하면 어머니는 그를 여수 14연대를 따라 입산한 큰형이나 작은형으로 착각하곤 했다. 정신을 놓아버린 어머니에 대한 안타까움이나 그때 겨우 서른줄에 들어섰던 자기 미래의 암담함 따위보다 그는 어머니가 가장 먼저 잃은 기억이 하필이면 가장 오래 어머니의 곁을 지킨 자신이라는 사실에 가슴이 홧홧하게 달아올랐다. 참담이라기보다 분노에 가까웠던 감정은 시간이 지나면서 숙어들었지만 그의 얼굴을 어루만지는 어머니의 손길이, 그 손끝의 다정함이, 그가 아니라 고작 열여덟, 열다섯에 집을 떠난 큰형이거나 작은형을 향한 것임을 느끼는 순간마다 눈코입은 말할 것도 없고 몸에 뚫린 온갖 구멍으로 찬바람이 스며들어 뼛속까지 시리는 것은, 오래도록 어쩌지 못했다.

두어해 전부터 밥을 찾지 않게 된 어머니는 오늘도 밥 몇 숟가락을 겨우 받아먹고는 여느 때와 다름없이 마루 끝에 나와 앉았다. 산중턱을 휩쓰는 북풍이 처마 밑에 긴 고드름을 맺거나 뚝뚝 낙숫물 듣는 소리가 춘정을 돋우거나 사시사철 어머니는 마루 끝에 나앉아 신작로를 보았다. 마루 깊숙이 스며든 봄 햇살에 눈이 부신지 가느스름 눈을 뜨고 먼 신작로를 바라보는 어머니는 반쯤 졸고 있는 듯도 했다. 여자의 손길이 미치지 않아 부연 먼지때가 켜켜이 앉은 마룻장은 새치처럼 탁한 회색빛을 뒤집어쓰고 있었다.

연이틀 봄비가 내려 마당 한구석에 내던져놓은 고추모종이 햇볕에 말라가고 있었지만 그는 도무지 일할 마음이 나지 않았다. 자라 등처럼 딱딱해진 늙은네의 가슴으로도 봄바람은 스며드는 모양이었다. 그는 양반다리를 하고 어머니 곁에 앉았다. 햇볕이 노곤노곤, 그의 늙은 몸뚱아리를 간질였다. 여인의 손길 한번 닿은 적 없는 순결한, 제 안으로 욕망을 삼키고 이제 그 서푼어치의 욕망마저 잃어버린, 순결하다 하여 두고 볼 것도 없는, 그저 어쩔 수 없는 세월을 견뎌온, 고목처럼 볼품없는 몸이었다. 살갑게 어루만지는 햇살에 그는 무심히 제 몸을 내맡겼다.

구불구불 이어진 길이 문득 끊기고 나면 제법 폭이 넓은 계곡이었다. 너나없이 나무를 때던 시절에는 집 마루에 앉으면 계곡의 물거품까지 보일 듯했다. 언제부턴지 산에 나무가 늘고 이제 계곡은 보이지 않았다. 평지랄 게 없는 산중마을이라 아랫마을의 집들은 언덕바지에 빼곡히 들어차 있었고, 그곳은 마치 길이 끊겨 다시는 갈 수 없는 곳처럼 보였다. 두어 장 건너 한번씩은 다니러 가는 곳인데도 마을은 멀기만 했고, 계곡에 삼켜진 길은 아무런 욕망도 불러일으키지 않았다. 몸의 욕망, 혹은 알 수 없는 무엇에 대한 욕망이 아직도 그를 사로잡고 있던 시절에는 제 안에서 치밀어 오르는 불덩이 같은 것을 삭이지 못해 노망든 어머니를 남겨둔 채 저 길을 달려가곤 했다. 숨이 턱에 닿도록 달려간들 삼십여호 남짓의 작은 마을,

제 안의 욕망이 무엇인지도 잘 모르던 그가 할 수 있는 일이라곤 고작 친구라고도 할 수 없는, 그러나 간간이 얼굴을 보고 자란 비슷한 연배의 집을 찾아들어 막걸리 몇사발로 급한 불길을 추스르고, 반가울 것 없는 손님 시중에 짜증이 역력한 친구 아내에게나 슬금슬금 능구렁이 혓바닥 같은 시선을 보내고 있는 자신에게 화들짝 놀라, 내려올 때보다 더한, 뭐라 말할 수 없는 꿉꿉하고 서글픈 심정으로 왔던 길을 밟아 되돌아오는 것뿐이었다. 돌아오는 길, 그는 술이 아니라 아낙의 등에 업힌 어린것의 젖비린내 혹은, 빗자국 선명한 곱게 쓸린 마당이나 반들반들 윤이 나는 검은 마루 같은 것들에 취해 길바닥의 질경이보다 나을 것 없는 제 인생을 짓밟듯 달빛을 밟았다. 때로 울기도 했을런가. 그러나 그런 기억은 남아 있지 않다. 마을을 그렇게 오가는 동안 그의 한 생을 산중턱 외딴집에 붙든 어머니나 학교 문턱도 밟아보지 못하게 한 가난, 자신의 볼품없는 삶을 아홉 자식에게 똑같이 남겨준 채 일찍 세상을 떠난 아버지, 제 꿈을 향해 달려가버린 형들, 미련만 이곳에 남겨두고 제 삶에 붙들린 누이들도 그가 그 길에 흩뿌린 시간과 땀방울처럼 아득해졌다. 원망도 미움도 그리움도 죄 시간과 더불어 흘러가버린 것이다. 그의 평생은 이 집과 마을을 오가는 길에 오롯이 순정하게 고여 있었다. 마음을 길바닥에 점점이 떨궈놓은 채 그는 허깨비가 된 것 같기도 하고 때로는 바람이나 되어버린 것 같기도 하였다.

한때는 젊은 그나 나무꾼들이 바삐 오가던 길에 이제는 잡초만 무성했다. 늘 그 길을 다니지 않은 사람이라면 잠시 한눈을 팔았다가는 산중으로 접어들 지경이었다. 그 길에 작은 점만 한 무엇이 느릿느릿 집을 향해 다가오는 것을, 그는 길을 보고 있으면서도 오래도록 눈치 채지 못했다. 숨을 거두기 직전의 동물이나 내뱉을 만한 가쁜 숨소리가 가까워진 뒤에야 그는 초점을 모았다. 상수리숲에 가려 사람은 보이지 않았지만 누군가 오고 있는 것이 분명했다.

가뭄에 콩 나듯 드문드문 그의 집을 찾는 것은 면사무소 사회과 직원들뿐이었다. 생활보호대상자라 나라에서 무상으로 배급하는 쌀자루를 짊어지고 산중턱 외딴집을 찾은 그들은 냉수 한사발을 들이켜고는 휭허케 산을 내려갔다. 산중턱, 다 쓰러져가는 귀신 나올 것 같은 집에 발조차 딛고 싶지 않은 모양이었다. 백살을 바라보는 노망든 할망구와 벌써 환갑이 지난, 세상과 섞여본 일 없는 늙다리 아들이라니, 기이하기도 했을 것이다. 시키지도 않았건만 걸레를 들고 온 집을 헤집어놓은 착한 친구도 없지 않았다. 그 친구는 언젠가 제 아내를 데리고 와 이불까지 죄 빨아놓고, 김치며 나물이며 부엌을 그득 채워놓기도 했다.

근처의 큰 바위에 이불을 널며 아낙은 물었다.

할아버지, 평생 여그서 살았담서요? 외롭지 않으셨어요?

일곱살 때부터 그의 옆에 있는 것은 어머니뿐이었다. 다섯살 차이 나는 막내형이 있었지만, 형은 홀연히 집을 떠났다가 돌아와 잠시 머물렀고, 그럴 때도 집에 있는 시간보다는 마을에 내려가 있는 시간이 더 많았다. 어머니가 밭일을 하면 어린 그는 밭 가장자리에서 꼬물거리는 벌레와 놀았고, 어머니가 밥을 하면 치맛자락을 붙들고 아궁이 속을 들여다보았으며, 몸이 여물기 시작하면서는 어머니와 함께 일을 했다. 그리고 늙은 뒤로는 그가 일을 하는 동안 노망든 어머니가 밭 가장자리에 멍하니 앉아 그를 기다렸다. 어머니는 늘 곁에 있었고, 외롭지는 않았다. 그렇다면 젊은 날 그는 무엇을 찾아 밤길을 내달리곤 했던 것일까. 어두 강둑에 앉아 읍내의 불빛을 바라보면서 무슨 생각을 했는지 아낙이 빨래를 너는 내내 기억해내려 애썼지만 별다른 것은 떠오르지 않았다. 다정하고 따스한 주황색 불빛의 느낌만이 손에 잡히도록 생생할 뿐이었다. 대답 없는 그를 바라보는, 어머니와 함께 마루에 나앉은 그를 바라보는 아낙의 눈이 촉촉이 젖어들었고, 그것은 그가 평생 본 중에서 가장 기이한 것이었다.

그가 아무리 빨아도 지워지지 않던 늙은내, 노망든 어머니의 오줌내를 어찌한 것인지 아낙이 빨아놓고 간 이불에서는 이상한 향기가 났다. 가을볕에 바삭바삭하게 마른 이불은 평소와 달리 사각거렸고, 몸을 뒤챌 때마다 낯선 향기를 피워 올렸다. 며칠 밤 그는 잠을 설쳤다. 어머니 또한 마찬가지였다. 지린 오줌이 영역표시라도 됐던 것인지 다시 자기 냄새가 밸 때까지 이불을 거들떠도 보지 않았다.

낯선 냄새를 끌고 몇차례 집을 찾았던 그들은 어느 순간 뚝 발길을 끊었다. 근무지를 옮긴 것인지, 자비를 베풀어도 고맙다는 말 한마디 하지 않는, 구원의 손을 내밀어도 감사히 그 손을 잡지 않는 그에게 오만정이 떨어진 것인지는 분명치 않았다. 어느 쪽이든 상관없었다. 그들이 잠시 휘저었던 그와 어머니의 삶은 오래된 일상으로 편안히 복귀했다.

숨소리는 잦아들었다 커졌다 하면서 점점 가까워졌고,

상수리숲을 통과해 모습을 드러낸 것은 뜻밖에 하우댁이었다. 뜻밖일 것은 없었다. 하위라는 마을에서 이곳으로 시집왔다는 하우댁은 그가 어린 시절 옆집에 살던, 그러니까 유일한 이웃이었다. 하우댁의 집은 진작 허물어져 기둥이며 문짝은 그의 아궁이 속에서 한줌의 재가 되었고, 집터는 텃밭으로 바뀐 지 오래였다.

여든쯤 되었을 하우댁은 집 바로 가까이까지 와서는 가쁜 숨을 몰아쉬며 털썩 주저앉았다. 그는 그제야 고무신을 찾아 신었다. 하우댁의 겨드랑이 밑에 손을 집어넣고 힘을 주어 일으켰을 때 물컹한 살집이 느껴졌다. 앙상한 뼈만 남은 어머니에게는 오래도록 느껴본 적 없는 이상한 감촉이었다. 그건 살이라기보다 생명의 감촉인 듯했다. 탄력이 없긴 했으나 손에 감겨드는 살의 느낌에 그는 왠지 눈시울이 뜨끈거렸다.

하우댁이 마루에 엉덩이를 걸칠 때까지 어머니는 미동도 하지 않았다. 어머니의 시선은 여전히 먼 신작로를 향해 있었다.

인자 산송장이 돼부렀그마이. 그때게는 날 붙들고 좋아서 어쩔 중 모르등만. 그거이 폴세 한 십년 됐능가? 우리 큰아 갔을 땜께.

그때만 해도 정정했던 하우댁이 산길에 모습을 드러내자 어머니는 신발도 신지 않은 채 달려 나갔다. 이미 말을 잃었던 어머니는 하우댁을 끌어안고 눈물을 한바탕 쏟고 나더니 햇살 환한 마루를 두고 기어이 어둠침침한 방으로 손을 끄집었다. 하우댁이 갈 때까지 어머니는 하염없이 하우댁의 얼굴과 머리와 등을 쓸어내렸다.

하이고, 성님, 그래도 나는 안 잊어부렀소? 고깟 놈의 정이 뭐라고이.

하우댁은 어머니가 자신을 알아본다고 생각한 모양이었지만 어머니는 큰형이나 둘째 형을 만나고 있는 것이었다. 그 무렵 어머니는 누군가 나타나기만 하면 맨발로 뛰쳐나가 안방으로 데려왔다. 어머니에게 손 잡혀 안방으로 끌려온 사람 중에는 마을에 다니러 갔다 온 그도 있고, 약초꾼도 있고, 나물 캐러 온 타지 아낙네도 있었다. 그렇게라도 세상을 향해 열려 있던 어머니의 마음이 완전히 닫히게 된 게 언제인지는 기억나지 않는다. 어느 겨울을 지나고 난 후 어머니는 더이상 맨발로 달려 나가지 않았다.

하우댁이 어머니의 손을 부여잡았다. 손등의 살집만큼이나 두툼한 눈물이 두어 방울 뚝 떨어졌다.

성님, 암만해도 이것이 마지막인 성불르요. 그래 인사

라도 할라고 왔소.

지난번과 달리 하우댁의 눈물은 이내 그쳤다. 십년의 세월이 몸 안의 수분을 죄 증발시키기라도 한 것처럼, 두어 방울의 눈물이 마지막 수분이기라도 한 것처럼. 시간이 지났는데도 하우댁은 여전히 숨을 헐떡이고 있었다.

워디가 아프신게라?

하우댁은 눈물 떨어진 살진 손등으로 이마의 땀을 훔치며 고개를 흔들었다.

모리제. 이래놓고도 자네 어무이맨치 백년을 채울랑가 모리제만 올봄을 못 넘길 것 같그마. 그냥 그럴 것맨치여.

힘드실 텐디 멀라고 오셨어라.

글씨 말이여. 인자 다시는 못 오겠네. 아침밥 묵고 바로 나섰는디도 시방잉마. 폴세 점심때가 다 돼가제이?

하우댁이 마루에 걸린 시계를 보았지만 시계는 아홉시에서 멈춰 있었다. 언제 멈춘 것인지 모르겠으나 해 뜨면 일어나 아침 먹고 해 지면 자리에 눕는 생활이라 굳이 시계를 볼 이유도 없었다. 달력조차 보지 않은 지 오래였다. 날이 풀리고 개구리가 뛰어다니면 곡식을 심었고, 그것이 쑥쑥 자라 땡볕에 열매가 익으면 따먹었으며, 날이 추우면 군불을 지피고 방에 들앉았다. 평생을 그렇게 살았다.

삼면이 산으로 둘러싸인 궁벽한 산촌, 그중에서도 마을과 동떨어진 외딴집에서 하늘과 바람과 태양과 비와 안개와 더불어. 어머니와 함께 세상을 향해 열린 한줄기 신작로를 바라보며.

가쁜 숨소리가 차츰 잦아들더니 하우댁은 폭 한숨을 내쉬었다.

긍께 그때게 마을로 내려갔어야 하는 것이여. 그랬으면 험헌 일도 다 비켜갔을랑가 모리제.

그가 두어살 무렵 아랫마을 최씨집에서 그의 아버지를 머슴으로 데려가려 한 적이 있었다. 아버지의 사냥솜씨를 높이 사서 열이나 되는 식구를 다 먹여주겠다는 꿈같은 조건을 내걸었는데도 아버지는 기어이 마다한 모양이었다. 얼마 뒤 아버지는 멧돼지에 받혀 세상을 떠났다. 느그 압씨가 씰데없는 고집을 부리등만 기언치 목심을 잃었다, 고 어머니는 두고두고 원망이 많았다. 날짐승을 잡아 생계를 연명했던 아버지와 달리 어머니는 제비들이 안방에까지 집을 지어도 그것들을 내쫓지 않았다. 제비들이 돌아오지 않으면 한밤중까지 방문을 활짝 열어놓고 기다렸다. 다 살라고 태어난 목심 아니냐. 느그 압씨가 고로코롬 일찌그니 시상을 뜬 것도 이녁 손에 죽은 목심들의 원이

맺혀서 그란 것이여. 개미 새끼 한나라도 그냥 볿아뿔지 말그라이. 그래야 내 새끼는 복 받고 오래오래 살제. 그 복을 스스로 다 받아 어머니는 백살을 바라보고 있었다.

개명천지에 자석새끼꺼정 종놈으로 맹글 수는 없다고 자네 아부지가 일언지하에 짤라뿐 모양인디, 성님이 나를 붙잡고 종놈이든 뭣이든 굶게 죽이는 것보담은 안 낫으냐고, 울메불메 하등 것이 눈에 선하그만은, 자석들 종 안 맹글라다가 겔국은 산사람 맹글어서 다 죽인 꼴이 돼부렀으니 자네 아부지, 저승서도 편틀 안헐 것이여.

그때 그는 다섯살이었다. 그날 그와 막냇누이를 제외한 가족들은 모두 남의 집 가을걷이에 품을 팔러 갔다가 해가 저문 뒤에야 집에 돌아왔다. 어머니는 품에서 식은 고추전 서너장을 꺼냈고 형은 막걸리 한통을 호기롭게 마당에 쿵 내려놓았다. 큰형이 그 술을 막 사발에 따르려 했을 때 소리도 없이 군복을 입은 청년 몇이 어깨에 긴 총을 멘 채 마당으로 들어섰다. 큰형과 속닥이며 무슨 이야기를 나눈 끝에 그들은 다시 산으로 돌아갔고, 잠시 후 백명도 넘어 보이는 군인들이 집으로 몰려왔다. 큰형과 어머니는 닭을 잡는다, 마당에 가마솥을 내건다 부산을 떨었다. 가마솥에 물 끓는 소리, 닭 우는 소리, 군인들의 웃음소리,

얼굴을 발갛게 물들인 누이들이 쫑쫑 달리던 소리, 달그락거리며 부딪는 총소리. 그는 괜히 흥이 나 고래고래 소리를 지르며 마당을 뛰어다녔다. 그날 큰형과 작은형은 군인들 틈에 끼어 무슨 이야긴가를 열심히 주고받았고, 누이들과 어머니는 종종거리며 전을 지져 날랐으며, 어린 그도 밤늦도록 잠들지 못했다. 다음 날 아침 일찌감치 밥을 먹은 그들은 어머니에게 두끼 밥값으로 적지 않은 돈다발을 안기고 떠났다. 그 행렬의 마지막에 큰형과 작은형도 끼어 있었다. 세상일을 잘 알지 못했던 그의 가족은 큰형과 작은형이 무슨 좋은 구경이라도 가는 줄 아는 양 웃으며 손짓해 보냈다. 그것이 큰형과 작은형을 본 마지막이었고, 외딴집이 세상의 중심처럼 활기찼던 유일한 날이었다. 형님들이 왜 산사람들을 따라갔는지 그는 알지 못했다. 산사람을 따라간 두 형이나 세상으로 날아가버린 막내형이나 어쩌면 날이 새도록 읍내의 따스한 불빛을 바라보던 젊은 날의 그와 같은 심정이었는지 모른다고 막연하게 짐작할 뿐이었다.

성님들 제사는 어짜고 있는가?

아부지 제삿날 항꾼에 모시고 있구마요.

노망들기 전까지 어머니는 두 형의 제사를 지내지 않

았다. 그가 제삿밥이라도 먹게 해주자고 하면 어머니는 불덩이가 이글거리는 눈으로 그를 노려보았다. 그 불덩이가 어머니의 몸을 여기저기 기웃거리고 다니다 끝내 머릿속을 새까맣게 태워버린 것이다. 노망든 어머니가 이십년 넘게 붙들고 있던 집 떠난 자식들의 기억조차 이제는 까맣게 태워졌기를 그는 간절히 바랐다.

막둥이성은?

그는 고개를 흔들었다.

거그 제사도 지내줘야제. 테레비를 보믄 지 이름 석자도 모리는 사람도 부모 행제 잘만 찾아쌓대. 요로코롬 소식이 깜깜헌 것은 필시 죽었다는 뜻이여. 서른 넘어 집 나간 사람이 동네를 몰라서 못 찾아오겄능가 머시 맺힌 것이 있다고 역부로 안 찾아오겄능가. 배운 것 읎고 가진 것 읎이 승질만 고약헌 놈이 승질 부리다 고약헌 일이라도 당했지맹.

철든 후로 걸핏하면 집을 나가 바람처럼 세상을 떠돌던 막내형과 연락이 끊긴 것은 어머니가 정신을 놓기 몇 년 전이었다. 여느 때처럼 아랫마을에 내려가 청년들과 노름을 하던 형은 그 무렵 걸핏하면 노름 단속을 나오던 공무원들에게 걸려 한바탕 싸움을 하고는 집을 나갔다.

나라서 나한테 해준 것이 뭣이 있가니 노름꺼정 허라 마라 허냐,고 대들었던 형은 즈그 허는 짓거리는 생각도 않고 꺼떡허먼 나라 핑계부텀 댄 것 봉께 역시 뽈갱이 피는 못 속인갑다,고 받아친 한 공무원의 머리통을 돌멩이로 내리치고는 내뺀 것이었다. 삼년이 지나도 사년이 지나도 형은 돌아오지 않았다. 동네 누구 집으로 잘 있다는 편지 한장 보낼 법도 하건만 일절 연락이 없었다. 그렇게 삼십몇년이 흘렀다. 그러나 그는 막내형이 예전처럼 얼큰히 술에 취한 채 비틀거리며 지금이라도 나타날 것만 같았다. 찌든 담배냄새와 술냄새, 그리고 뭐라 설명할 수 없는 바깥세상의 공기가 섞인 기묘한 막내형의 냄새가 아직도 코끝에 맴도는 듯했다.

태양이 벌써 집 바로 위를 지나고 있었다. 두어시쯤 된 듯했다. 골이 좁은 이곳에는 느지막이 해가 떠서 일찌감치 해가 졌다. 한뼘 하늘에서 비치는 짧은 햇빛으로도 사람이 살고 나무가 살고 온갖 산짐승들이 그 볕에 기대어 살아가고 있었다. 마루를 비춘 햇살도 짧아지기 시작했다. 하루해는 짧아도 세월은 길었다. 그날이 그날 같은 세월이 벌써 육십년, 살았달 것도 없는 인생이 그리 편하지는 않았다. 그렇다고 어려웠던가. 휘영청 달빛 아래 꿈틀거리며 읍내로 이어진 신작로가 젊은 날에는 그를 손짓해 부르는 듯도 하였지만 언젠가부터 그저 굽이진 길로밖에 보이지 않았고, 밤마다 죄책감에 베갯잇을 적시게 하던 욕정도 점차 뜸해지더니 다시 찾지 않은 지 오래였다. 숲도 계곡도 때로는 땡볕에 마르고 폭우에 젖으며 살아가는 것이다. 편하기로 하자면야 낡고 외딴 집일망정 집을 지키고 살아온 그가 형제자매들 중 그나마 편했으리라. 어머니는 곁에 있는 그 때문에 운 적은 없어도 누이들과 형들 때문에 노망들기 전까지 날이면 날마다 옷고름을 적시고 살았다.

하마 그때가 원젤랑가. 성님이랑 용허다는 무당을 찾아갔제. 뭣이라고 입을 떼도 안했는디 방에 들어선 당장 무당이 글드라고. 다 살아 있어. 두놈은 북쪽에 있고 한놈은 서울에 있구마. 원젠가는 다 돌아올 것잉게 두 발 쭉 뻗고 자드라고이. 성님은 그 말을 참말로 믿었어야. 안즉도 그 무당 말을 믿고 있을 것잉마. 그랑께 저라고 안 죽고 있는 것이여. 자석새끼들 지달리니라고.

처음에는 그도 그런 줄 알았다. 하우댁의 말대로 기다림이 원(怨)이 되어 어머니의 발목을 붙들고 있는 것이라고. 그러나 십여년 전부터 어머니는 기다림마저 버린 듯했다. 그를 형들로 착각하여 어루만지지도 않았고 집에 찾아든 손님을 형들인 양 반기지도 않았다. 그리움도 원망도 모두 잊고 어머니의 머릿속은 백지처럼 하얗게 비었다. 마지막까지 버리지 못했던 먹을 것에 대한 탐도, 배설의 본능도 어머니는 잊었다. 그런 어머니의 목숨줄을 질기게 붙들고 있는 것이 대체 무엇인지 그는 때로 궁금하기도 하였다. 어쩌면 그것은 하나의 습관이리라. 먹고 싸는 본능마저 사라진 후에조차 버릴 수 없는, 기다림이라는, 평생의 서러운 습관. 노망든 어머니의 삼십년은 기억을 쌓아가는 시간이 아니라 잃어가는 시간이었다. 먹고자고 싸는 몸의 습관을 모두 잊은 어머니는 기다림이라는, 마음의 습관마저 모두 버린 어느 날, 비로소 이승의 문턱을 넘어 한생 빌려 입은 고단한 육신을 편히 누일 수 있을 터였다.

끊임없이 주절거리는 하우댁의 말이 바람처럼 귓가를 스쳐 사라졌다. 하우댁의 젊어 별명은 벙어리였다. 어쩌다 그가 마을에 내려가면 자기 집에 데려가 기어이 따뜻한 밥을 한끼 지어 먹이고는, 성님은 잘 계시제,라는 한마디 말조차 끝내지 못하여 성님은, 하고 말끝을 사리던, 아들 연배의 그를 보고도 내외를 하며 수줍어하던, 머리에

희끗한 새치가 생기도록 새댁 같던, 고운 사람이었다. 쉬지 않고 말을 쏟아내는 늙은 하우댁이 그는 노망든 어머니보다 더 낯설었다.

앞마당에서 햇살이 반 넘게 빠져나간 뒤에야 하우댁은 굼뜨게 엉덩이를 일으켰다. 불어난 몸집 때문에 숨이 차그렇지 걷는 것은 아직 정정해 보였다. 그러니 여기까지와볼 생각도 했으리라.

성님, 잘 계시씨요. 성님이나 나나 빨리 가야 쓸 것인디…… 펭상을 살믄서 멋 하나도 내 마음대로 되는 것이 없등만은 죽는 것도 맘대로 안 돼요이. 인자 저세상에나 가서 보겄소, 성님. 원제가 될랑가는 몰라도 잘 계시씨요이.

하우댁은 소맷자락으로 눈물을 훔쳤고, 어머니의 시선은 제 것이 아닌 양 여전히 먼 신작로에 던져져 있었다. 인자 가실라냐,는 인사도 없이 그는 하우댁의 뒤를 따라나섰다. 그냥 들어가라고 손짓을 하던 하우댁이 길에 우뚝서 계곡을 굽어보았다. 이틀 연이어 내린 봄비 탓에 제법실한 물이 계곡을 감돌아 흐르고 있었다. 흰 속살을 드러낸 채 부서지는 달빛에 밤 미역 감던 젊은 어느 한때로 하우댁은 잠시 돌아간 듯했다. 아랫마을 계곡은 십여 년 전부터 거의 말랐지만 집 옆 계곡은 산에 나무가 들어차면서 외려 물이 불었다. 형들과 누이들이 미역 감던 너럭바위 옆의 소도 여전히 시퍼렇게 깊었다. 불 지핀 아랫목처럼 따끈따끈 데워진 너럭바위 위에서 소의 물이 밴 듯 입술이 퍼렇게 변한 아홉 남매가 빨래처럼 몸을 말리곤 했다. 모두가 아직 이 집을 떠나지 않았던 시절에는. 아침나절 햇살을 콩 볶듯 튀겨냈을 너럭바위는 오후의 시든 햇살을 삼키며 검은, 제 본래의 색으로 되돌아가고 있었다.

지난 시절의 기억이 잠시 젊은 하우댁을 불러낸 것일까. 고개를 왼쪽으로 살짝 돌린 채 두어번 끄덕이는 것으로 인사를 대신한 하우댁은 분명 수줍음 많던 저 젊은 날의 그녀였다. 하우댁은 젊은 그의 마음인 양 산길을 따라 무성히 돋아난 질경이를 밟아내려갔다. 내려가는 길은 올라온 길보다 훨씬 힘들 터였다. 하우댁은 상수리숲을 돌아 사라졌다.

아직 해는 중천에 떠 있지만 아침나절의 온기는 느껴지지 않았다. 산골의 밤은 빨리도 찾아올 것이다. 어두워지기 전에 저녁밥을 지어야 했다. 그는 해가 뜨면 일어나 밥을 짓고 밥을 먹고 곡식을 심고 거두고 해가 서산에 걸리면 밥을 짓고 밥을 먹고 그리고 잠을 잤다. 어머니가 노망든 후 그의 삼십년은 하루같이 그러했다. 그전이라고 크게 다르지도 않았다. 다른 사람과 똑같은 시간을 보냈으나 그의 시간을 압축하면 고작 몇줄에 불과할 것이다. 먹고 자고 농사를 짓는 것 말고 그는 다른 삶을 알지 못했다. 읍내의 주황색 불빛 속으로 끝내 발을 딛지 못한 것은 홀로 남은 어머니가 뒷덜미를 당긴 탓이 아니었다. 강나루에서 끝나는 신작로까지가 어머니의 품이며 그의 세계였던 것이다. 다른 삶을 기웃거렸던 형들은 죽고, 외딴집에 머문 그만 살아남았다. 다행일 것도 불행일 것도 없었다. 집 앞 상수리숲이 큰 바람을 껴안고 요동칠 때 질경이는 땅바닥에 납작 엎드려 죽은 듯 바람을 피했고, 키 큰 포플러가 환희에 들떠 온몸으로 햇살을 튕겨낼 때 민들레는 한줌의 햇살로 그 빛을 닮은 샛노란 꽃을 피워냈다. 길바닥의 질경이도, 키 큰 주목도, 아름드리 느티나무도 꼭 저만큼의 바람과 햇볕과 비를 끌어안고 태어나 죽는 것이다. 어머니와 반평생을 마루에 나앉아 그가 본 것은 세상이 아니라 그런 것이었다.

긴 세월을 견뎌온 낡은 집이 제 키보다 큰 긴 그림자를 앞마당에 드리웠다. 골 굵은 주름마다 세상의 그늘을 죄 끌어안은 듯 어두운, 그래 더이상의 어둠을 끌어안을 수 없을 것 같은 어머니의 얼굴에도 그림자는 어김없이 덮여 있었다. 미동조차 없이 그늘과 하나가 된 어머니는 집을 버티는 낡은 기둥 같기도 하였다. 살랑살랑 노곤하던 봄바람도 그늘을 품어 제법 선뜩하였다. 담요라도 걸쳐주려고 어머니를 향해 다가가던 그는 너무 어두운 탓이었는지, 아니면 그의 소망이 빚어낸 환상이었는지, 가면처럼 굳어 있던 어머니의 얼굴이 기이하게 움직이며 하나의 형상을 만들어내는 것을, 보았다. 얼굴 전면을 뒤덮은 주름 때문에 명확하지 않았으나 그것은 웃음이 분명했다. 어머니가 그를 향해 마지막으로 웃어 보인 것이 언제인지 기억조차 가물거렸다. 어머니는 웃음을 아주 빨리 잃어버렸던 것이다. 말보다 먼저.

내 새끼, 그래 한시상 재미났는가?

그의 귀에 와닿은 것은 분명 어머니의 음성이었는데, 순간 놀랄 시간도 없이 묵은 기억 하나가 기억의 어두운 심해에서 전기뱀장어처럼 하얀 불빛을 반짝이며 의식의 표면으로 꿈틀꿈틀 솟아나왔다.

어매, 나가 왜 세상에 나왔는 중 안가?

바삭바삭, 경쾌한 소리가 좋아 멍석에 깔린 콩대 위를 팔짝팔짝 뛰어다니던 그가 어머니에게 물었다. 어머니는 멍석 한편에서 콩대를 두드리는 중이었다. 낭자한 머리에 허옇게 먼지를 뒤집어쓴 어머니는 일손을 놓고 그를 바라보았다.

왜 나왔는디?

어매 배 속에 있는디 되게 심심허잖애. 시상에 나가면 먼 재밌는 일이 있능가 글고 얼릉 나와부렀제.

아직 젊었던 어머니는 땡볕에 까맣게 그을긴 했으나 지금과 달리 윤기 흐르는 얼굴 가득 웃음을 피워올리며 물었다.

내 새끼, 그래 시상에 나와봉께 재미난가?

이.

그는 자글자글 타오르는 한여름 태양처럼 숨이 넘어갈 듯 웃어젖히며 땀에 젖은 채 마른 콩대 위를 팔짝팔짝 뛰었던 것이다. 그래, 한세상 재미났는가, 하고 어머니는 물었다. 혹은 그의 마음이 물었는지도 모를 일이었다. 아궁이 속의 불길에 홀린 듯 한세상이 훨훨 날았으니, 재미있었다고 할 수 있을 것인가. 정신을 차리고 다시 본 어머니는 언제나처럼 가면 같은 얼굴이었고, 좀전의 기이한 미소는 흔적조차 남아 있지 않았다.

그는 담요 한장을 어머니의 어깨에 덮어주었다. 얇은 담요조차 이겨낼까 싶게 어머니의 어깨는 앙상했다. 그림자는 시시각각 짙어지는데 그는 밥할 생각도 잊고 어머니 곁에 다시 앉았다. 노망든 어머니가 하루빨리 가기를 바란 적도 없었고, 오래 살기를 바란 적도 없었다. 해가 뜨면 새로 주어진 하루를 살아내듯 곁에 있는 어머니와 함께 살아왔을 뿐이다. 어머니는 어머니였고 세상이었으며 유일한 동무였다.

영원처럼 느리게 그러나 쏜살같이 빠르게 시간이 흘렀다. 아랫마을부터 기어 올라온 어둠이 어머니와 그를 집어삼키고 산 정상을 향해 달려갔다. 낡아 부스러질 듯한 두 개의 기둥처럼 어머니와 그는 세월을 버티고 있었다. 아직 달은 떠오르지 않았다. 잠시 후면 손톱 끝만 한 그믐달이 어둠속으로 스며들 것이었다.

소멸

여자의 아비는 도망자였다. 언젠가 떼어본 아버지의 호적등본은 깨끗했다. 그러나 여자는 죽은 아버지가 도망자였다는 확신을 포기하지 않았다. 아버지가 죽기 전까지 여자의 가족은 두달이 멀다 하고 이사를 다녔다. 어느 때는 자정이 가까운 시간에, 어느 때는 먼동이 트기 전에 여자의 가족은 누가 볼세라 살금살금 발소리를 죽여 살던 집을 빠져나왔다. 이삿짐이래야 이불 두채와 약간의 식기, 그리고 몇벌 되지 않는 옷이 전부였다. 얼마 되지 않는 세간조차 그대로 놔두고 몸만 빠져나온 적도 있었다.

　여자의 아버지는 이사만 다닌 게 아니었다. 집으로부터도 끊임없이 도망쳤다. 처음으로 도망친 것은 결혼하고 일년도 채 되지 않았을 때였다. 평소처럼 공장에 출근한 아버지는 아무 말도 없이 한달이나 돌아오지 않았다. 여자의 어머니는 사방을 수소문한 끝에 인근 도시의 새 직장을 찾아갔다. 내가 뭘 잘못했느냐고, 말을 해주면 고치겠노라고 사정하는 여자의 어머니에게 아버지는 더듬더듬 말했다.

그냥. 퇴근을 하고 갔는데, 여자 슬리퍼 하나, 남자 슬리퍼 하나, 여자 구두 하나가 일년 내내 그 자리에 얌전히 놓여 있는 게 무서워서. 그 옆에 내 구두를 벗어놓기 무서워서. 하나둘씩 늘어나는 세간도 무섭고, 그것들이 반짝반짝 윤을 내는 것도 무섭고.

아버지의 손을 끌고 집으로 돌아온 어머니는 슬리퍼부터 쓰레기통에 처박았다. 그 뒤로 어머니는 세간을 장만하지 않았다. 반짝반짝 윤을 내지도 않았다. 그래도 여자의 아버지는 수시로 집을 나갔고, 어머니는 기어이 그 뒤를 쫓았다. 여자가 서너살 무렵부터 아버지는 집으로부터 도망치기를 포기했다. 어머니의 집요한 추적에 두 손을 든 것인지 몰랐다. 대신 이사를 다니는 횟수가 부쩍 늘었다. 이런 사실들을 죄 알면서도 여자는 아버지가 도망자라는 어린 시절의 확신을 버리지 않았다. 아버지는 무엇으로부터 도망치려 한 것일까. 그것이 오랫동안 여자의 풀리지 않는 숙제였다.

유년기의 잦은 이사는 여자의 많은 부분을 결정지었다. 여자는 아버지가 죽기 전까지 공장이 있는 전국 대부분의 도시를 전전했다. 여자의 추억은 사방에 흩뿌려져 있지만 그 어느 곳도 고향은 아니었다. 어떤 공간에 뿌려진 추억의 씨앗이 땅의 영양분을 흡수하여 땅 밖으로 고개를 내밀기에 두어달이라는 시간은 너무 짧았다. 여자가 기억하는 것이라곤 어느 도시인지도 구분되지 않는 몇개의 방과 골목의 풍경에 지나지 않았다. 무슨 말끝엔가 그런 이야기를 털어놓았을 때 한 남자는 연민 가득한 눈길로 여자를 바라보며 말했다.

　외로웠겠다.

　뭐가?

　그렇게 이사를 자주 다녔으면 친구도 없었을 거 아냐?

　그랬다. 여자는 대개 혼자였다. 학교에 들어가기 전까지는 친구라는 것을 가져본 적도 없었다. 일곱살까지의 여자의 기억 속에는 가족 외에 그 누구도 존재하지 않았다. 그러나 외롭다는 생각을 해본 적은 없었다.

　외로운 게 어떤 거지?

　사실 여자는 외로운 게 어떤 것인지 알지 못했다. 어쩌면 잦은 이사가 외로움이라는 감정을 학습할 기회를 박탈

한 것일 수도 있었다. 남자는 한참이나 여자를 빤히 쳐다보다가 대답했다.

세상에 나 혼자 남겨진 것 같은 거. 누군가 옆에 있었으면 좋겠다 싶은 거. 무섭고 막막한 거.

혼자라는 것은 여자에게 밥을 먹고 물을 마시는 것처럼 당연한 행위였다. 기억이 존재하는 순간부터 늘 그래왔던 것이다. 다소 난감한 얼굴로 여자는 침묵했고, 남자는 한마디 덧붙였다.

넌 정말 이상해. 늑대의 손에 키워진 아이 같아. 다 자란 후에야 늑대의 품을 떠나 인간의 세상으로 돌아온.

남자의 말이 옳을지도 모른다고 여자는 생각했다. 외로움을 모른다는 것은 인간적인 감정의 결여일 것이라고. 그러나 후천적인 학습을 통해 굳이 그 결여를 메우고 싶지는 않았다. 다른 사람들은 외로움이라고 부르는, 여자에게는 가장 친숙하고 편안한 그 상태를 포기하고 싶지 않았던 것이다. 여자는 젊은 한때 남자와 살림을 차린 적이 있었다. 자신이 외로움이라는 감정이 결여된, 혹은 그 이상의 무엇이 결여된 사람이라는 것을 아직 모를 때였다. 관계는 석달도 지속되지 못했다. 여자는 눈을 떴을 때 다른 존재가 곁에 있는 것을 견딜 수 없었다. 여자는 원래

잠에서 깨어나는 순간을 좋아했다. 사라졌던 의식이 눈을 떠 자기 밖의 세계를 감지하는 그 짧은 순간, 여자는 탄생과 소멸의 본질에 조금이나마 접근하는, 그것의 어떤 실체를 손아귀에 붙잡는 느낌이었다. 기분 좋게 찰랑이는 잠과 의식의 파고 사이에 둥둥 떠 있어야 할 시간, 여자는 낯선 호흡에 의해 날 선 의식의 세계로 급작스럽게 회귀해야 했다. 누군가 곁에 있는 한 여자의 의식은 예리한 각을 곤두세웠다. 제 영역을 벗어난 맹수처럼.

그것만이 아니었다. 남자는 여자와 함께 장을 보고 뭔가를 사들이고 집을 꾸미는 것을 좋아했다. 함께 사는 동안 남자는 매일같이 쿵쾅거리며 앵글 책장과 앵글 침대를 만들고, 못을 박아 액자를 붙였다. 그런 집을 가져본 적이 없는 여자는 처음에 그런 남자가 좋았다. 그렇게 만든 것들이 제자리를 찾기 시작했을 때, 여자는 사물에도 추억이 깃든다는 것을 알게 되었다. 사물은 단순한 사물이 아니었다. 그것을 만들던 남자의 한때와 그런 남자를 바라보던 여자의 한때가 고스란히 그 사물에 전이되어, 바라볼 때마다 그 한때를 환기시켰다. 추억으로 말을 걸어오는 사물들에 둘러싸여 사는 것이 여자에게는 고역이었다. 그 추억들이 자신에로의 몰입을 방해했던 것이다. 외로움을 즐기는 사람들에게는 추억이 위로가 될지도 모르겠지만 여자는 아니었다. 혼자 있는 순간에야 여자는 비로소 자신을 정면으로 응시할 수 있었고, 그런 순간에야 비로소 여자는 생명의 호흡을 하는 것 같았다.

여자에게 집은 추억을 축적하는 그런 곳이 아니었다. 집이란 떠나기 위해 잠시 머무르는 곳이었다. 영원히 머무를 곳이 아니었으므로 여자의 집에는 자잘한 일상을 그럴듯하게 포장하여 보관할 옷장이라든가, 찬장, 책장 같은 것이 없었다. 긴장된 정신으로 일상의 틈을 만들고, 그 분열로 인해 기억에 아로새겨지게 만들 만한 어떤 공간, 이를테면 벽장이나 책상 따위도 물론 없었다. 하루를 가장 단순하게 살아내기 위한 최소한의 도구들이 그 남루함을 노골적으로 드러낸 채 벽에 걸려 있거나 바닥에 널려 있었다. 기억이라는 것이 형성되는 아주 어린 나이부터 여자는 날고기를 먹듯 일상의 남루를 맨눈으로 보며 자랐다.

여자는 언젠가 월말 부근의 혼잡한 은행에서 옆 사람이 유심히 들여다보다 제 번호가 불리자 황급히 놓고 간 잡지를 본 적이 있다. 행복이 가득한 집. 잡지의 제목은 그러했다. 첫장부터 마지막장까지 아마도 그 책을 만든 사람이 행복의 실체라고 믿고 있을 온갖 가구와 옷과 음식들이 즐비했다. 조미료 듬뿍 들어간 식당음식이라도 먹은 듯 여자는 속이 느글거렸다. 클래식하거나 모던하거나, 화려하거나 단아하거나, 옷장 속에는 벗은 몸의 수치를 가리기 위한 천조각이 들어갈 것이었다. 그 천조각이 어떤 모양이든 그 천을 꿰찬 몸은 생명 있는 모든 것들이 그러하듯 먹고 마시고 배설할 터였다. 제 죽음을 각인하는 유일한 존재라 해도 인간은 먹고 성장하고 늙어 죽을 수밖에 없는 생명이며, 그러기 위해 치러내야만 하는 단조롭고 보잘것없는 일상의 절차들을, 사람들은 왜 굳이 가리고 덧칠하고 복잡하게 만드는 것인지 여자는 이해할 수 없었다.

다른 사람들이 여자와 달리 먹고 자며 살아남기 위해 사는 것 이상의 삶을 살고 있거나 적어도 원한다는 것을 깨달은 것은 꽤 오래전의 일이었다. 잠시 시골에서 살 때 어느 집을 가도 대청마루나 안방에는 수십장의 빛바랜 사진이 겹겹이 진열된 액자가 걸려 있었다. 돌 사진 한장 갖고 있지 않던 여자는, 이미 세월의 저편으로 흘러가 실상은 존재하지 않는 것들을 정지된 한순간이긴 하나마 실물로 보는 그 느낌이 궁금하기도 했다. 그러나 이차원의 사진이 흘러간 한순간을 아무리 실감나게 포착하고 있더라도, 그것은 만져지는 것도 아니요, 돌이킬 수 있는 것도 아니었다. 그것은 다만 기억의 환기에 지나지 않았다. 잊지 않으면 살 수 없는 것이 인간이지만, 동시에 흐르는 세월 속에 유포된 기억들을 사진 한장으로나마 환기시켜, 그것이 날것 그대로이든 제 편의에 따라 변조하든, 조각난 기억들을 저마다 하나의 성으로 혹은 초가집으로 축조하여 최소한 제가 살아 있는 동안에는 불멸의 것으로 만들려는 욕망 또한 부인할 수 없는 인간의 속성인 모양이었다.

여자에게도 물론 좀처럼 잊히지 않는 기억들이 있었다. 점점 또렷해지는 그 기억들은 사소한 것은 존재하지 않았던 듯 까맣게 잊히고 어떤 부분만 현미경을 들이댄 것처럼 확대되어, 마침내는 실제로 있었던 것인지 여자 스스로 만들어낸 환상에 불과한 것인지 의심스러울 지경이었다. 같은 공간과 시간 속에서 같은 일을 겪었음에도 불구하고, 어머니와 여자의 기억이 서로 엇갈리는 경우도 있었다. 사진조차도 완전한 복원을 가능케 하지 못했다. 사진이 보여주는 것은 풍경 혹은 이미지에 불과할 뿐이었다. 누군가의 집들이에서 케케묵은 엠티 사진 한장을 놓고 설왕설래한 적도 있었다. 조금씩 다른 모두의 기억을 조각조각 이어붙여도 스무살 강촌에서의 그 밤은 끝끝내 복원되지 못했고, 그리하여 여자는 아무리 생생하다 해도 이미 지나간 것은 영원히 복원 불가능한 것이라고 믿게 되었다. 모든 것은 물처럼 앞을 향해 나아갈 뿐이라고.

몇살 때였는지 어머니는 여자를 등에 업은 채 냇가에서 빨랫방망이를 두드리고 있었다. 봄이었던 듯 들녘에 아지랑이 아른거리고, 따스한 볕이 아직 덜 여문 머리통 위로 따끈따끈 내리쬤였다. 요람처럼 흔들리는 어머니의 등에서 여자는 흐르는 강물을 바라보았다. 비죽 튀어나온 바위에 부딪혀 흰 포말을 만들기도 하면서 강물은 쉼없이 흘렀다. 복숭아꽃이었는지 살구꽃이었는지 분홍빛 꽃잎 하나가 떠내려와 살랑살랑 흔들리며 멀어져갔다. 봄 햇살에 은빛으로 봄을 뒤채며 강물은 흘러가고 또다른 강물이 흘러내려왔다. 눈앞에서 흘러내리는 물은 같은 물이되 좀 전에 본 그 물이 아니었다. 달착지근한 땀냄새 풍기는 어머니가 내가 아는 그 어머니가 맞는가 하여 여자는 괜스레 어머니의 머리카락을 잡아당겼다. 몇번이고 머리카락을 잡아당겼지만 어머니는 뒤돌아보지 않았다. 물 젖은 손으로 여자의 엉덩이께를 툭툭 두드릴 뿐이었다. 그 야무진 손의 감촉은 익숙했지만 그래도 여자는 어머니라는 것을 확신할 수 없었다. 무섭고 막막해서 여자는 울었다. 그날 이후 여자는 자다가도 몇번씩 깨어나 어머니나 아버지의 얼굴을 물끄러미 바라보곤 했다. 피로에 지쳐 찡그린 채 잠든 아버지나 근육의 힘을 죄 풀고 무심하게 입을 벌린 채 잠든 어머니의 얼굴은 처음에는 자신의 부모임이 분명한 것처럼 보였다. 그러나 오래 들여다보고 있으면 점점 낯선 얼굴로 변해갔다. 눈썹과 눈썹 사이의 맨살 같은 곳을 오래 응시하노라면 0.01밀리미터에 지나지 않을 그 좁은 공간이 우주처럼 넓어지고, 그만한 우주를 얼굴에 지닌 기괴한 괴물의 형상이 제 앞에 누워 있는 것 같아 여자는 자지러지는 비명을 지르곤 했다. 친숙하다고 느끼는 어떤 것이 영원하지도 않고 기실 친숙하지 않은 것일지도 모른다는 것, 세상의 모든 것이 물처럼 흘러가버린다는 것. 여자가 생각하는 삶이란 그런 것이었다. 청춘도 사랑도 흘러가고 마침내 한줌의 유골이 되어 흙에 묻힐 때, 생명이란 그 소멸을 통해 비로소 생명으로 인해 짊어지지 않으면 안 되었던 모든 고통으로부터 해방될 수 있을 터였다.

간혹 여자는 생명이 육신을 떠날 때, 소멸을 두려워하던 육신이 꿈꾸었던, 불멸이라 믿고 싶었던 사랑이나 기억들은 어디로 가는 것인지 궁금하기도 했다. 육신에 갇혀 같이 불태워지거나 썩는 것일까. 아니면 불멸이라는 것은 인간의 착각일 뿐 그것들은 이미 내쉬는 호흡과 함께 무한한 시간과 공간 속으로 유출되어버린 것일까. 그렇다면 불멸은 미래가 아니라 과거에 있는 것이고, 과거 속에 존재하는 불멸이란, 말 자체가 이미 모순이어서 존재 불가능한 것인 셈이었다. 흘러갈 것들을 기어이 끌어안은 채 덧칠하고 장식하고 웃고 우는 사람들을 보면서 여자는 죽은 새끼를 품에서 놓지 않는 원숭이를 떠올리곤 했다. 불멸을 꿈꾸는 것은 앞으로 흐르는 시간 속에서 살 수밖에 없는, 그 시간의 흐름을 인식하지 않을 수 없는, 인간이라는 종의 업인지도 몰랐다. 앞으로 흐르는 시간이란 필연적으로 지나간 시간을 만들 수밖에 없는 것이어서, 사람들은 어떻게든 그 지나간 시간을 불멸 속에 위치시키려 발버둥치는 것이다. 그러나 여자가 생각하기에 생은 소멸과 소멸 사이의 한토막에 불과했다.

　오래전 여자는 아이를 낳은 친구 집을 방문한 적이 있다. 소멸이 배태한 갓난아이를 보며 친구는 절로 떠오르는 미소를 어쩌지 못했다. 전에는 한번도 그런 미소를 보인 적이 없는 친구였다. 여자는 막 피어난 여린 잎사귀 같은 손가락을 고물거리는 아이를 물끄러미 바라보았다. 여자가 아이를 보듯 아버지는 여자를 보았다. 기쁨도 슬픔도 없이 약간의 두려움을 담고 물끄러미. 아버지가 무엇을 그토록 두려워했는지, 여자는 그제야 이해할 수 있을 듯했다.

아버지는 언제나 태아처럼 웅크린 채 문 바로 앞에서 잠을 잤다. 아귀가 맞지 않는 여닫이문 틈으로 칼바람이 들락거리는 겨울에도 아버지는 문 앞자리를 고집했다. 먼데서 개만 짖어도 아버지는 벌떡 일어났고, 도둑고양이가 담장으로 뛰어오르는 사소한 기척에도 번쩍 눈을 떴다. 아버지가 코를 골며 깊이 잠든 모습을 여자는 본 기억이 없다. 아버지는 땅거미가 내려앉으면 한숨을 내쉬었다. 어둠이 자신을 잡아먹기라도 할 것처럼. 아버지는 다른 사람들이 보지 못하는 어둠의 정령이라도 보고 있는 듯했는데, 여자가 생각하기에 어둠 속에 도사린 정령이란 소멸의 육화(肉化)나 다름없었다. 결국 아버지는 그 어둠에 의해 잡아먹혔다. 어느 날 밤, 평소처럼 웅크린 채 문 앞에서 잠들었던 아버지는 잠자던 모습 그대로 깨어나지 않았다. 그날 밤따라 동네 개들이 유난히 짖어대고, 도둑고양이들이 수시로 담을 넘나들었으며, 어느 집에선가는 부부

싸움을 하는지 그릇 깨지는 소리가 요란했다. 잦은 공포가 마침내 아버지의 심장을 터뜨려버렸는지도 몰랐다.

염하는 사람이 왔을 때, 아버지의 몸은 이미 사후경직이 완료되어 좀처럼 펴지지 않았다. 우두둑, 소리와 함께 아버지의 다리가 곧게 펴졌다. 아버지는 죽어서야 처음으로 사지를 곧게 펴고 누울 수 있었다. 젊은 나이에 청상과부가 된 어머니는 남편의 시신 앞에서 눈물 한 방울 흘리지 않았다. 아버지의 유골은 아버지가 한번도 가본 적 없는 서해 바닷가에 뿌려졌다. 생의 어떤 기억도 묻어 있지 않은 곳에 한점 먼지로 사라지는 것이 아버지의 소원이었다고 했다. 일곱살짜리 딸아이를 바닷가에 방치한 채 어머니는 처음으로 울음을 터뜨렸다.

좋겠소. 그리 소원하던 대로 됐으니 이제 편하오?

어머니는 아버지의 유골이 썰물에 실려 이미 저 먼바다로 흘러가버린 바닷가에서 절규했고, 그 한마디 한마디는 조개 줍기에 정신 팔려 있는 아이의 귀에 눈물처럼 방울방울 맺혔다. 아버지가 무엇을 그토록 소원했는지 여자는 어머니에게 물어본 적이 없었다. 어머니는 원래 말수가 적은 사람이었고 그나마 아버지가 죽은 뒤로는 하지 않으면 안 될 최소한의 말만 남기고는 입을 닫았다. 여자는 스스로 세간을 버리며, 도망치는 아버지를 끈질기게 붙잡으며 살아온 어머니가 아버지를 속속들이 이해하고 있는 줄 알았다. 아니면 원망을 극복할 정도로 사랑했든가. 임종 직전에야 어머니는 숨겨왔던 속내를 드러냈다. 어머니는 아버지가 죽음으로써 자신에 대한 배신을 완성했다고 생각하는 듯했다. 어머니는 눈을 감는 순간까지 아버지를 용서하지 않았다. 여자가 옆에 있거나 말거나 넋두리를 하듯 어머니는 끊임없이 무슨 말인가를 중얼거렸다. 저세상이 평생 참아온 감정을 다 버리고서야 갈 수 있는 곳인 듯. 여자는 죽음을 앞두고도 자신이 아닌, 이미 이 세상에도 없는 타인에 집착하는 어머니를 이해할 수 없었다.

갓난아이의 살겠다는 꼼지락거림을 보면서 막 시삭된 생명 속에 내포된 소멸을 느끼는 순간 여자는 어머니의 상처와 아버지의 소원을 동시에 이해할 수 있었다. 아버지는 소멸을 원했던 것이다. 아마 소멸이 너무나 두려웠기 때문일 것이다. 사라지기 위해 살아야 한다는 생의 모순을 아버지는 감당할 수 없었던 것일까? 그 이유는 알 수 없지만 아버지의 삶이란 소멸을 준비하는 삶이었다. 떠나기 위해 기억을 가벼이 하고, 이 땅 위에 어떤 애착도 만들지 않았다. 심지어는 딸과 아내에게도. 살을 맞대고 사는 부부임에도 공동의 추억을 쌓으려 하지 않는 남편이, 소멸을 준비하는 남편이, 그 자체로서 어머니에게는 상처였을 것이다. 그러나 생각해보면 아버지는 가장 가엽고 약한 존재였으며, 그런 남자를 사랑하게 된 것이 어머니의 생을 지배한 슬픔의 근원이었다. 어머니가 아버지가 아닌 자기 자신에게 눈을 돌렸더라면 아버지의 약함을 진실로 포용했거나 아니면 아예 포기하고 떠났을 것이라고 여자는 생각했다. 어쩌면 불가능한 희망에 집착하는 것이 모든 사람들의 숙명적인 불행인지도 모르지만.

여자는 아이에게 젖을 물리는 친구에게 물었다.

이제, 행복하니?

여자를 아마 가장 잘 알고 있을 친구는 황당하다고밖에 표현할 수 없는 여자의 질문에 방긋 웃으며 대답했다.

그건 잘 모르겠지만, 살아야 하니까. 그게 사람이니까.

생명의 업을 기꺼이 감당하고 그 안에서 최선을 다하는, 즉 살아야 하니까 열심히 사는 친구 같은 사람이 있는가 하면, 그저 시간이 흘러가니 살아지는 사람도 있고, 스스로 목숨을 끊을 수는 없어서 한생을 힘들게 살아내는 사람도 있는가보다. 아버지나 여자는 아마도 살아내는 쪽일 터였다. 그러나 여자는 아버지와 달리 세상의 그 어떤 것도 무섭지 않았다. 소멸조차도. 여자는 아버지의 핏줄을 통해 이어졌을지도 모르는 공포를 아주 어린 날의 한 경험을 통해 일찌감치 극복했던 것이다.

여덟살 무렵의 초여름 밤이었다. 그때 여자는 아버지가 돌아간 후 어머니의 고향에서 살고 있었다. 마을에서 일 킬로미터쯤 떨어진 외딴 초가집에. 세상이 무너지는 듯한 천둥소리에 놀라 여자는 잠에서 깨어 벌떡 윗몸을 일으켰다. 순간 번개가 쳤고, 찰나와 같은 순간 방안의 사물들이 노란 번개 빛에 휩싸였다. 착각이었는지 모르지만 여자는 그때, 너무 놀라 세상모르고 잠자던 방심의 표정을 미처 지우지 못한 제 얼굴을 제 눈으로 보았다. 거울도 없이 제 얼굴을 본다는 것은 이를테면 절반쯤 육신을 떠난 혼이 조금 전까지 저를 가두고 있던 육신을 보는, 죽음에 잠식당하고 있는 의식이 저의 소멸을 응시하는 그런 느낌이었다. 여자는 엄마, 하고 세번을 소리쳤다. 대답은 들리지 않았다. 옆자리를 더듬어보았지만 비어 있었다. 누에가 석잠을 자고 난 뒤 어머니는 밤이면 잠든 여자를 혼자 집에 둔 채 마을 잠실에 가 누에를 돌보곤 했다. 그날도 잠실에 일하러 간 모양이었다. 여자는 아무 생각 없이 밖으로 나왔다. 실감하기 어려울 만큼의 공포가 본능적으로 어머니를 찾아 나서게 했을 것이다. 칠흑같이 어둡다는 말을 여자는 처음으로 실감했다. 팔을 죽 뻗어 더듬거리며 앞으로 나아갔는데, 손에 잡힌 어둠은 더위에 녹은 캐러멜처럼 농밀했다. 짙은 어둠은 몸의 감각마저 마비시켰다. 앞으로 내민 자신의 팔이 어디쯤에 있는지 짐작할 수 없었고, 팔을 거두어 몸을 감싸 안은 후에야 좀전에 앞으로 내밀어졌던 그 팔이 자신의 것이었음을 느낄 수 있었다. 머지않아 여자는 방향을 완전히 상실하고 말았다. 돌아가려고 해도 집을 찾을 수 있을 것 같지 않았다. 집 뒤는 바위가 많아 화전으로도 일구지 못하는 산이었다. 폭포수처럼 아프게 온몸을 두들기는 장대비를 맞으며 여자는 한참이나 멍하니 서 있었다. 빗소리에 귀가 따가웠다. 여자는 네 발로 엎드렸다. 그리고 개처럼 기기 시작했다. 손으로 앞을 더듬어 길을 찾으며. 머리도 아니고 눈도 아니고 귀도 아니고 자신의 손만이 유일하게 신뢰할 수 있는 수단이었다. 제 몸과 정신에 온 감각을 집중하는 동안 여자는 제 살갗과 손과 팔과 머리의 힘을 인식했고, 그것들을 통해 조금 전만 해도 머리카락이 곤두서는 듯하던 칠흑 같은 어둠과 공포에 정면으로 대항하고 있다는 것을 느꼈다.

그것도 오롯이 홀로. 홀로라는 사실이 공포를 키웠지만, 공포만 키운 것은 아니었다. 대밭으로 길을 잘못 들어 잘린 대나무에 무릎을 찔리기도 하고 가시덤불에 긁히기도 하면서 조금씩 전진하는 동안 여자는 자신의 몸이 거인처럼 커지는 듯한 착각에 빠졌다. 공포와 맞설 만큼 충분히.

그날 밤, 잠실까지의 일 킬로미터에 걸친 사투를 여자는 지금도 생생히 기억한다. 그 길의 어디쯤에서 여자는 공포를 버렸다. 아직 어린 나이인 탓에 여자는 자신이 버린 공포의 정체를 정확히 알지는 못했다. 그러나 이상하게도 그날 이후 여자는 그 무엇에 대해서든 공포를 느낀 적이 없다. 세상 만물이 모습을 감춘 완벽한 어둠을 여자는 자신을 제외한, 알 수 없는 모든 것의 상징으로 압축하여 받아들인 것인지도 몰랐다. 그 여정을 버티게 한 것은 바로 여자 자신이었다. 어떤 공포와도 맞서 싸울 수 있는 정체불명의 힘이 자신 안에 내재되어 있다는 것을 여자는 그날 깨달았고, 한번 스스로를 각인한 힘은 언제 어떤 순간에도 찰거머리처럼 여자의 심장에 들러붙어 결코 사라지지 않았다. 때때로 여자는 하나의 생명이 곧 우주라는 세간의 말을 실감했다. 그러나 그 의미는 조금 달랐다. 여자에게는 생성과 소멸이 곧 우주이며, 소멸과 소멸 사이에 생선토막처럼 끼어 있는 생명이란 그 자체가 우주의 본질을 체현하는 것이었다. 한 생명이 그 탄생을 인정하듯 저의 소멸을 있는 그대로 인정한다면, 그것이 두려워 도망치거나 장식을 덧붙이지 않는다면, 즉 소멸에 저항하여 불멸을 꿈꾸지 않는다면, 생명은 스스로의 소멸을 감당할 만한 힘을 갖게 된다고 여자는 믿었다. 어둠을 더듬어 앞으로 나아간 어린 시절의 여자가 그 어둠속에서 공포를 극복했듯.

오래전 여자의 이야기를 듣고 난 한 남자 — 영원히 사랑한다고 늘 속삭이던 — 는 안타까운 듯 여자의 손을 힘주어 잡으며 물었다.

정말 무서웠겠다. 그래서 혼자서는 힘든 거야. 사람이란 서로 기대어 사는 거야. 그래서 사람이지.

여자는 남자의 말이 엉뚱하게 느껴졌다. 여자는 혼자이기 때문에 가능했던, 손으로도 만질 수 있을 것 같던 제 존재의 힘에 대해 말하고 싶었을 뿐이었다.

기대는 게 어떤 건데?

여자의 질문은 대부분의 사람들을 당혹스럽게 만드는 모양이었다. 한참 생각하다가 남자는 말했다.

힘든 짐을 나눠 갖는 거.

물론 세상과 어우러져 살 수밖에 없었던 여자가 완전히 홀로 살아온 것은 아니었다. 여자 또한 누군가의 도움으로 일거리를 얻었으며, 누군가에게 일자리를 소개해주기도 했다. 오갈 데 없는 친구를 자기 집에 묵게 한 적도 있고, 전재산이나 다름없는 돈을 빌려준 적도 있었다. 그러나 여자는 순간의 어려움을 타개할 작은 도움을 주고받은 것이 함께 나누어야 할 무거운 짐이라고는 생각하지 않았다. 여자는 지금까지 혼자 지지 못할 무거운 짐을 져본 적이 없었다. 유일한 혈육이던 어머니의 죽음 같은 것은 지금도 한밤중에 벌떡 일어나 그 부재를 절감하고 머리카락이 쭈뼛 곤두서도록 큰 상실이기는 했다. 그러나 어머니의 부재는 사랑하는 어떤 존재로도 대체될 수 없는 것이었고, 그로 인한, 갈비뼈를 통째로 들어낸 듯한 고독이나 상실감 또한 여자가 사랑하는 남자 앞에서 통곡하며 털어놓은들 채워질 수 없는 것이었다. 여자도 때로는 그런 순간들이 막막하게 느껴졌다. 하지만 그럴 때도 여자는 누군가 곁에 있어주기를 바라지 않았다. 밤의 공포에 질린 아버지가 문 앞에 누워 홀로 그 공포를 견뎌냈듯, 그러다 결국 그 공포에 삼켜졌듯, 무섭고 막막해도 그것은 홀로 직면할 수밖에 없는 것이라고 생각했다.

어머니의 죽음으로 여자는 온전히 홀로 남겨졌다. 사촌들이 있기는 했지만 같은 기억을 공유하지도 않고 같은 화제를 공유하지도 않은 그들은 철저한 남이었다. 어머니가 돌아간 후 이십년 가깝도록 여자는 그들을 만난 적도 없었다. 가까운 존재들이 하나씩 사라져갈 때마다 여자는 자신에게도 소멸이 점점 가까워지고 있음을 실감했고, 타자의 소멸을 통해 제 소멸을 견뎌낼 힘을 얻었다. 그러나 여자는 그런 자신의 심정을 남자에게 설득시킬 능력이 없었다. 뭐라고 하면 남자를 실망시키지 않을까 고민하던 끝에 여자는 말했다.

혼자서도 해결할 수 있는데 남까지 힘들게 할 필요는 없잖아.

남이라고?

남자는 갑자기 싸늘해진 얼굴로 여자를 노려보며 목소리를 높였다. 여자도 남자를 적어도 그 순간에는 사랑한다고 믿고 있었다. 그러나 사랑한다고 해서 내가 될 수는 없는 터, 남이라는 말에 화를 내는 남자를 여자는 어떻게 대해야 할지 알 수 없었다.

내가 남이라고? 너 진짜 독한 애구나. 대체 나는 너에게 뭐였니?

여자의 대답이 그러했듯 남자의 질문 또한 여자를 당황스럽게 했다. 제 부모의 얼굴에서조차 낯섦을 느꼈던 여자는 세상 무엇에 대해서도 단언할 만큼 알고 있지 못했다. 다만 그녀에게 사랑이란 해이며 달이며 비이며 눈이었다. 그것들은 지상의 생명을 키우는 원천이지만 생명을 키우는 것이 소명이거나 소임은 아니어서 때로 엄청난 파괴를 불러오기도 한다. 무심히 내리쪼이는 햇빛과 달빛과 비와 눈을 성장의 원동력으로 쓰거나 죽음의 원동력으로 쓰는 것은 햇빛과 달빛의 의지가 아니라 그것을 흡수하는 생명의 의지인 것이다. 해와 달과 비와 눈을 맞으며 커가는 생명처럼 다른 존재들을 흡수하며 성장하는 것, 그리하여 언젠가는 성장을 멈추고 소멸하는 것. 여자에게 사랑이란 그런 것이었다. 여자에게 타인이란 세상 만물을 고루 비추는 저 태양과도 같았다. 그 빛이 우연히 한 생명과 맞닥뜨릴 때 사랑은 시작되는 것이다. 빛이 생명을 키우는 동안 사랑은 찬란하게 빛난다. 그러나 때가 되면 약이었던 빛이 독이 되어 생명을 시들게 할 수도 있는 법, 여자는 우연이 빚어낸 한 빛나는 순간을 영원한 것으로 지속시키려는 사람들의 마음을 잘 이해할 수 없었고, 사람들 또한 그녀를 이해하지 못했다. 그들은 모두 여자가 자기만 바라보길 원했고, 자신을 필요로 하기를 원했으며, 자신에게 기대기를 원했다. 심지어는 동성의 친구들조차도. 그 누구의 어떤 기대도 여자는 충족시켜줄 수 없었다. 대체 나는 너에게 뭐였느냐고 묻는 남자에게 유일한 나의 남자라거나 세상에서 가장 사랑하는 사람이라고 유치한 답변을 선물해줄 수도, 물론 있었을 것이다. 그러나 여자는 그렇게 대답하지 않았다.

내가 지금 사랑하는 사람.

남자는 지금이라는 표현이 영원을 부정하는 것임을 모를 만큼 어리석지 않았다.

너는 지금이라는 이 순간의 소중한 것들을 영원히 간직하고 싶은, 그런 마음조차도 없는 거니? 그런 게 사람이야. 불가능할 수도 있겠지만 거기 마음이 들러붙어서 떠날 수 없는 게. 설령 나중은 어떻게 되더라도 지금 당장은 영원을 믿고 온 마음을 다하는 게. 사람이란 그런 거야.

여자는 남자의 말에 동의하지 않았다. 사람들이 온 마음을 다하는 것은 가능성이 있다는 확신 때문이라고, 여자는 생각했다. 영원이 가능할 거라는 한 조각의 믿음이나마 있을 때 거기 최선을 다할 수 있는 거라고. 불가능하다는 백 퍼센트의 확신에도 불구하고 최선을 다한다는 것이 가능할까. 여자는 남자의 말을 들으며 오래전에 읽은 책의 한구절을 떠올렸다. 세상 모든 것에 실패했지만 단 하나 자신을 극복하는 데는 성공했다는. 민족의 독립을 꿈꾸고 세상의 혁명을 꿈꾸던 그 사내는 삼십대 초반의 나이에 함께 혁명을 꿈꾸던 자들의 손에 총살당했다. 그 사내는 자신의 아버지와 달리 자신을 향해 날아오는 총알을 두려움 없이 응시했을 것이라고, 어머니와 달리 자신을 포용하지 않은 타자에 대해 분노하지 않았을 거라고, 여자는 믿었다.

너는 마치 오아시스가 있는데도 제 혹 속의 물만 믿고 끝도 없는 사막을 걸어가는 낙타 같아. 내가 네 옆에 있어야 하는 이유를 모르겠어.

남자는 여자의 오아시스가 되어주고 싶은 모양이었다. 그러나 여자가 꿈꾸는 것은 오아시스가 아니었다. 오아시스 너머의 사막과 똑바로 마주하고 싶을 뿐이었다. 여자는 마흔을 넘어서면서부터 어떤 온도에도 녹지 않는 차가운 얼음눈 같은 것이 제 마음속에서 한시도 잠들지 않은 채 자신을 응시하고 있는 듯했다. 그 얼음눈은 탄력을 잃고 흐물거리는 가슴이나 뱃살뿐만 아니라 시들어가는 만큼 강렬하게 분출하는 남근에 대한 욕망, 그런 욕망의 서

글픈 교류까지도 자연주의 화가처럼 세밀하게 포착했고, 여자는 그렇게 포착된 순간들을 거울을 보듯 찬찬히 응시하지 않을 수 없었다. 그것은 참혹한 쾌감이었다. 흘러가는 시간을 제어할 수 없듯 여자는 자신 안에서 들끓는 이런저런 욕망들을 일절 통제하지 않았다. 이를테면 여자는 자기 유전자에 기록된 모든 가능성들을 현실화함으로써 자신을 소진시키고, 그 소진을 응시함으로써 자신의 진정한 힘을 모두어 소멸을 향해 달려가는 것일지 몰랐다.

여자의 방에는 커다란 괘종시계가 걸려 있다. 태엽을 감아 작동하는 아주 오래된 괘종시계는 초침 소리까지 선명하여 예민한 사람이라면 도무지 잠들 수 없을 지경이었다. 똑, 딱, 하고 초침이 움직일 때 여자는 자신이 늙고 변화해가는 것을 선명하게 느꼈다. 소멸을 의식함으로써 똑, 딱, 하는 소리와 함께 흘러가는 이 순간은 더욱 생생해졌다. 여자는 소멸해가는 중이었고, 그러나 아직은 살고 있었다.

순정

느지막이 잠에서 깬 그는 여느 때처럼 머리 위로 손을 뻗었다. 술에만 취하면 입을 벌리고 자는 탓에 바싹 마른 입안이 쓰디썼다. 주전자가 무게감 없이 번쩍 들렸다. 열한시. 지금쯤 아내는 뒷집 여자에게 평생 해온 신세타령을 반복하고 있을 것이었다. 쥐꼬리만 한 월급봉투나마 다달이 받아올 때는 귀가 아프게 잔소리를 해댈망정 꿀물과 해장국은 빠뜨리지 않았는데, 언젠가부터 자리끼도 비어 있는 적이 많았다. 그런 아내가 새벽에 찬바람 쐬어가며 군불을 넣어줄 리도 만무해서 아랫목이 냉골로 변한 지 오래건만 그는 도무지 몸을 일으킬 수가 없었다. 구들장에서 스멀스멀 기어 올라온 냉기 때문에 사지가 뻣뻣이 굳어 있었다. 이러다 풍이라도 오면 어쩌나 하는 걱정 따위는 눈곱만큼도 되지 않았다. 이제 막 꽃봉오리를 맺어야 할 스물두살 이래로 그는 제 몸을 개똥인 양 아무렇게나 굴려왔다. 굵직한 암덩어리라도 주렁주렁 매달렸을 법한 세월이련만 그 흔한 감기조차 그의 몸을 피해갔다. 건강하게 천년만년 살라는 게 하늘의 잔혹한 심판인 모양이었다. 잠이 들 때마다 그는 제 몸뚱이를 잡아당기는 늪 같은 잠의 바닥으로 한없이 추락하여 다시는 올라오는 일이 없기를 간절히 기도했다. 그 외에는 무엇도 바라본 적이 없는 그였다.

좀체 따뜻해지지 않는 이불 속에 죽은 듯 누워 그는 눈을 감았다. 어디선가 도란도란 말소리가 들려오는 것 같았다. 아이, 강우야. 자냐? 인나봐라야. 누군가 낮은 목소리로 속삭이며 그의 어깨를 흔들었다. 굳은살이 박여 있지만 그래도 작고 보드라운 여자의 손이었다. 까무룩 단잠에 빠졌던 그가 힘겹게 눈꺼풀을 들어올렸다. 달덩이처럼 환하게 웃으며 그의 얼굴을 내려다보고 있는 것은 옥희 누님이었다. 옥희 누님은 재빨리 주위를 둘러보고는 바지주머니에서 뭔가를 꺼내 그의 손에 쥐여주었다. 얼마 되도 않응께 시방 한입에 털어너부러, 알았제. 옥희 누님이 손에 쥐여준 것은 열알이나 될까 싶은 심심두였다. 그는 볶은 콩 몇개를 한입에 털어넣고는 우물거리며 다시 단잠에 빠져들었다. 야생동물처럼 발소리도 없이 어둠 속으로 스며드는 옥희 누님의 뒷모습이 꿈결에 아른거렸다. 눈을 떴지만 옥희 누님의 뒷모습도, 고소하고 텁텁하게 입안에 달라붙어 있어야 할 콩찌꺼기도 감쪽같이 사라지고 없었다. 꿈인지 환시인지 평생을 반복해온 일이면서도 그는 오아시스를 눈앞에서 잃어버린 순례자인 양 허탈하기만 했다. 허방에 발을 디딘 느낌 같기도 했다. 어쩌다 잘못 들어선 허방은 평생을 하염없이 추락해도 끝이 보이지 않는 가없는 심연이었다.

담뱃진으로 누렇게 바랜 잔 꽃무늬 벽지를 향해 세 개비째의 연기를 내뿜고서야 그는 겨우 이불 속에서 빠져나왔다. 한기에 몸을 떨며 그는 문을 열었다. 눈을 떴을 때부터 오줌보가 빵빵하게 부풀어 있었던 것이다. 무심히 고개를 든 그는 마루 끝에 우뚝 멈춰 섰다. 하늘과 땅 사이, 그 아득한 공간 사이로 소담스러운 눈이 퍼붓고 있었다. 얼마나 기세 좋게 쏟아지는지 하늘과 땅이 맞붙은 듯했다. 지난밤 내내 퍼부은 모양으로 한뼘 남짓 눈을 뒤집어쓴 대나무들은 아예 땅끝까지 휘늘어져 있었다. 아내와 아들 내외가 눈을 짓밟고 지나갔을 테지만 뒤에 내린 눈이 그 흔적마저 말끔히 뒤덮어 마당은 흠 하나 없는 순결한 흰빛이었다. 눈이 그치면 어김없이 해가 뜰 것이고, 하루이틀 눈부신 빛을 뿜어낸 눈은 차츰 녹아 질척질척 흙탕물로 변해갈 터였다. 갓 태어난 첫째아들의 눈망울을 바라보던 순간처럼 알 수 없는 충동이 솟구쳤다. 그는 마루 끝에 선 채 눈 쌓인 마당을 향해 오줌줄기를 내뿜었다. 유난히 샛노란 오줌줄기가 모락모락 김을 내뿜으며 눈을 녹였다. 노랗게 젖은 자그마한 구덩이 위로 다시 눈이 쌓여갔다. 부르르 몸을 떨며 그는 댓돌로 내려섰다. 산파가 아들이라고 싱글벙글 웃으며 팔에 안겨준 갓난아기를 그는 무슨 불덩이인 양 화들짝 놀라 집어던지다시피 하고는 고무신을 꿰찰 시간도 없이 사립문을 달려나갔다. 그러고는 사나흘 술독에 빠져 집에는 얼씬도 하지 않았다. 술잔에 술을 따르면 처음으로 세상을 향해 열린 아기의 순결한 눈동자가 맑은 술 위에 고였다. 그 순결함을 짓밟는 심정으로 그는 술을 마시고 또 마셨다. 지금도 그는 술이라도 마시지 않으면 도무지 순백의 폭설을 견딜 수 없을 것 같았다.

"눈이나 쓸제 또 워디 가요?"

그래도 점심은 차려줄 모양이었는지 아랫집 대문 앞에서 맞닥뜨린 아내가 앙칼지게 쏘아붙였다. 그러거나 말거나 그는 퍼붓는 눈 속을 걸을 뿐이었다. 정강이까지 푹푹 잠겨 걸음을 내딛기가 쉽지 않았다.

"아이고, 저놈의 화상. 또 지랄병이 도졌는갑구마. 무신 요지경인가 몰러. 인자 이녁 질질 짜는 꼴 보는 것도 지겨 와 죽겄응께 아예 들어오덜 마씨요. 과부년을 부둥켜안고 울등가 말등가."

과부년이란 그가 자주 찾는 오거리 식당 주인여자를 일컫는 것이었다. 어린 자식마저 잃어버리고 청상과부로 늙어온 그녀는 그리 예쁜 얼굴은 아니어도 바싹 올려붙은 엉덩이가 유난히 통통하여 아직 그 엉덩이에 탄력이 남아 있을 때는 군침께나 흘리는 사내가 한둘이 아니었다. 그때는 오거리 식당에도 손님들이 제법 북적거렸다. 그 역시 아침마다 물건이 벌떡벌떡 일어서던 시절에는 과부댁에게 흐리멍덩한 시선을 보낸 적이 있기도 할 터였다. 그러나 언젠가 과부댁이 죽은 아이의 배냇저고리를 끌어안고 눈물짓는 것을 본 뒤로는 한여름 갑사저고리 앞섶 사이로 살진 젖가슴이 출렁거려도 회가 동하지 않았다. 역부러 빨도 안했어라. 근디 인자 냄새도 안 낭마요. 우리 애기가 참말로 시상에 왔다 갔으까라. 요새는 모도 다 꿈잉가 싶당께요. 어린것의 배냇저고리에 코를 박고 킁킁거리던 과부댁은 혼잣말인 양 중얼거렸다. 그도 그랬다. 열일 곱부터 스물둘까지의 그 육년 세월이 어느 때는 꿈인가 싶었다.

"다 늙어빠진 과부년, 뭐가 좋다고 쥐새끼 풀방구리 드 나들디끼 꺼떡허먼……"

폭설이 듣지 않아도 뻔한 아내의 뒷말을 삼켰다. 아내 는 대꾸 한마디 없이 멀어지는 그의 등을 바라보며 아랫 입술을 잘근잘근 씹고 있을 것이다. 퍼렇게 독이 오른 얼 굴로. 봄에 심은 곡식이 시간과 햇살 속에 영글듯 사람 또 한 흐르는 세월과 풍상 속에서 성숙하면 얼마나 좋으랴. 그러나 서방 잡아먹은 그깟 늙은 과부년이 뭐가 그리 좋 으냐고, 제 머리카락 쥐어뜯으며 울부짖던 갓 스물의 새 색시는 자식새끼들 다 출가시킨 환갑이 넘도록 여전히 새 색시 적의 그 타령이었다. 죽은 년이나 산 년이나 다름없 다는 환갑을 넘어선 처지에 십여년 젊은 게 무슨 소용일 것이라고.

공연한 오해로 제 가슴을 쥐어뜯는 아내가 안쓰럽기도 하고 짜증스럽기도 해서 젊은 날에는 아무 사이도 아니라 고 몇 차례 변명을 해보기도 했고, 잠시 오거리 식당에 발 을 끊기도 했다. 그러자 이번에는 아무 사이도 아니라면

서 발까지 끊는 건 또 뭐냐며 시비를 걸었다. 그 뒤로 그는 입을 다물었다. 오거리 식당에도 다시 드나들었다. 이래도 저래도 오해를 살 거라면 무슨 상관이랴 싶었던 것이다. 무엇보다 오거리 식당만큼 싼 데가 별로 없었고, 거의 매일 보다시피 하는 단골손님이건만 처음 온 손님인 양 무심한 과부댁의 태도도 여간 편하지 않았다. 과부댁은 혼자 술을 마시던 그가 꺼이꺼이, 그야말로 어미 잃은 어린애처럼 목을 놓아 울어도 등 한번 쓸어주는 법 없이, 그럴수록 태연하게 제 할 일을 하는 사람이었다. 남편 잃고 자식 잃은 감당할 수 없는 슬픔을 통해 그녀는 깊은 슬픔은 결국 저 혼자 삭일 수밖에 없는 것임을 체득했는지도 몰랐다. 과부댁의 그 따스한 무심이 돌이켜보면 지난 사십년, 그의 유일한 위로였다.

아내가 너그러운 성품이었다면 그의 인생도 달라질 수 있었을까? 그렇고 처음부터 제 인생을 술잔 속에 내던진 것은 아니었다. 서른을 넘긴 나이에 갓 스물의 아내와 결혼을 한 처음에는 이불을 뒤집어쓰고 아무에게도 말하지 못한 자신의 속내를 털어놓은 적도 있었다. 아니, 털어놓으려 했다. 암만해도 그때게 내레오는 것이 아니었능갑서,라고 한마디를 꺼낸 직후 아내는 손으로 그의 입을 틀어막았다. 이불 속이라 얼굴을 보지는 못했지만 필시 파랗게 질려 있었을 것이다. 위매, 누가 들으면 어쩔라고 그요. 두번 다시 그 야그는 입도 벙긋 마씨요이. 야 장래를 생각해야지라. 아내는 그 무렵 첫아이가 들어 둥실하게 솟아 있던 배를 어루만지며 나지막이, 그러나 단호하게 말했다. 아내의 바람대로 그는 두번 다시 입도 벙긋하지 않았다. 그의 평생을 덫처럼 움켜쥔 육년의 세월이 아내에게는 금기의 대상이며 부정의 대상일 뿐이었다. 아내는 그가 자식들을 위해 다시 태어나길 바랐겠지만, 그는 되레 세상으로 향한 문을 닫아걸었다. 어린 자식들의 귀여운 옹알이조차 굳게 닫힌 그 문의 빗장을 풀지 못했다. 가족이라는 테두리 안에서 수십년을 함께 살았으나 그는 처음 그대로 타인일 뿐이었다. 아내의 잔소리가 심해질수록 자신을 바라보는 아이들의 눈빛이 냉랭해질수록 그는 어쩐지 마음이 놓였다. 제 오줌발로 더러워진 눈을 바라보는 심정이랄까. 저 홀로 등 돌리고 앉아 누구에게도 말하지 못하고 가슴속에 쌓인 이야기는 세월을 먹고 푸둥푸둥 살이 불어 언젠가부터 마음 밖으로까지 걷잡을 수 없이 흘러넘치기 시작했다. 흘러넘친 마음속 이야기가 눈물로 변한 것인지도 몰랐다. 술을 마시면 간혹 그는 생각했다. 그때게 내레오는 것이 아니었능갑서, 아내가 귀 기울여주었다면 그 뒤에 무슨 말을 더 하고 싶었던 것일까. 자신을 도무지 이해하려 하지 않는 아내가 원망스러운 적도 없지는 않았지만 그는 자신의 운명이 집에 가야겠다고 작정한 그 순간, 아니, 어쩌면 그보다 훨씬 더 오래전에 결정난 것이라고 생각했다. 하필이면 여수 14연대에 지원한 그 순간부터.

열일곱의 그가 군에 자원입대한 것은 말할 것도 없이 굶주림 탓이었다. 타고난 것이라고는 달랑 불알 두쪽, 아들이 자기처럼 남의 집 머슴살이 하는 꼴을 차마 두고 볼 수 없었으나 머슴자리를 물어오는 것 외에 아무것도 해줄 수 없던 불행한 아버지는 1948년 모내기가 막 끝났을 무렵, 어디선가 국방경비대에 가면 먹고사는 것은 걱정없다는 말을 듣고 와 당장 입대하라며 등을 떠밀었다. 읍내 장에만 가도 두 눈이 휘둥그레지던 촌놈 배강우는 그날부로 국방경비대 훈련병이 되었다. 그것도 무슨 출세라고, 떠나는 그의 손에 귀하디귀한 삶은 계란 두개를 쥐여주며 활짝 웃던 어머니의 이는 겨우내 산수유를 까느라 검붉은 빛으로 물들어 무슨 괴물인 양 기괴했다.

그를 14연대로 보낸 것이 타고난 가난이었으니, 그의

운명은 어머니의 태내에 깃들이던 그 순간부터 이미 결정 나 있었던 셈 아니겠는가. 어쩌면 난자와 정자가 만나 하나의 생명체로 화하여 자궁에 착상되는 순간, 그것에 기록된 유전정보와 그것을 품는 하나의 자궁에 덧씌워진 생의 굴레가 곧 과거의 축적인 동시에 한 생명의 미래를 틀어쥔 폭군이 되는 것이라고, 그는 생각했다. 머슴의 자식인 그는 아버지의 손에 떠밀려 군인이 되기 전까지 그 이상의 어떤 삶을 한번도 꿈꿔보지 않았다. 할아버지도, 그 할아버지의 할아버지도 종이었으며, 대를 물려 축적되어 온 나약하고 순종적인 성품 때문인지 그는 그 질긴 업을 사는 일이 다 그러려니, 어렵지 않게 받아들였다. 이른바 빨치산이 되어 조국과 민중의 해방이라는 기치 아래 목숨을 내걸었던 젊은 날에도 사실 그는 동지들이 말하는 황금빛 미래를 좀체 믿을 수 없었다. 노동자와 농민이 주인 되는 세상, 너나없이 평등한 세상이란, 젖과 꿀이 흐르는 가나안이라는, 언제 들었는지 기억에도 없으나 아련하게 각인되어 있는 막연하고 추상적인, 그래서 결코 현실일 수 없는 꿈이나 혹은 천국일 뿐이었다. 그는 도무지 그런 세상이 머릿속에 그려지지 않았다. 꿈이 사실이 될 수 있다면, 그런 게 인생이라면, 그의 아버지의, 아버지의 아버지의, 그 아버지의 아버지의 아버지는 왜 평생 종으로 사는 것도 부족해 눈에 넣어도 아프지 않을 자식에게까지 종의 운명을 대물림했겠는가. 세상에 꿈꾸지 않는 사람은 없는 법, 꿈꿔도 이루어지지 않는 것이 현실이고, 그래서 목숨 있는 존재는 자궁이 대물림한 운명의 수레바퀴 안에서 쓸쓸하고 외롭고 아플 수밖에 없는 것임을, 그는 신김치전 한장의 유혹에 침을 질질 흘리며 못줄을 잡아야 했던 다섯살 이래로 머리가 아니라 몸으로 마음으로, 제게 주어진 운명만큼이나 선연하게 보았던 것이다. 그랬으니 그는 빨치산이었으되 엄밀하게 말하면 빨치산이 아니었다. 마음에 천국을 품지 않은 자가 신념인들 어찌 품을 수 있으랴. 그런 그가 어찌됐든 빨치산이 된 것은 운명이라고밖에 달리 말할 길이 없다. 순종적인 성품 탓이라고 말할 수 있을지도 모르지만, 그런 그가 하필 좌익세가 강한 여수 14연대와 연을 맺게 된 것은 운명 외에 뭐라 달리 설명할 방법이 없었다.

14연대가 반란을 일으켰을 때 도망칠 생각을 했더라면 어떻게 됐을지 알 수 없는 일이나 그는 굳이 도망치려 하지 않았다. 그가 알건대 도망친 사람도 없었다. 장교들은 대부분 처형되었으며, 그와 처지가 별반 다르지 않은 사병들은 자기들 세상이라도 온 양 들떠 있었다. 그는 하필 이천칠백명의 제주도 출동부대에 선발되었고, 제주도에서 반란을 일으켰다는 그들이 진짜 반란군이든 좌익들의 말처럼 선량한 민중이든 상관없이 누군가를 죽이러 가야한다는 사실이 끔찍해서 몇날 밤을 뜬눈으로 지새운 터라 파병 거부라는 말 자체에 십년 묵은 체증이 확 뚫리는 느낌이었고, 게다가 반란에 앞장선 사람들 중에 그와 평소 친하게 지내던 사람들이 많았다. 친구 따라 강남 가는 제비마냥 그는 맘에 맞는 사람들을 따라 어찌어찌 지리산까지 흘러들어 빨치산이 되어버린 것이었다. 그를 유난히 아끼던 이등중사 김연무는 순천역 화차 뒤에서 총 한방 쏘지 못한 채 벌벌 떨고 있는 그를 보며 쯧쯧 혀를 찼다. 이런 문디 자슥, 오줌은 안 쌌나? 김연무의 장난기 섞인 말인 줄 알면서도 수치심으로 얼굴이 벌겋게 달아오른 그는 곧 터질 듯 벌렁거리는 심장을 겨우 견디며 화차 연결부위로 총구를 내밀었다. 그러고는 눈을 꾹 감은 채 아무데나 총을 난사했다. 그 총에 혹 누군가 맞았으려나. 몇날며칠 제 총에 맞아 죽은 군복차림의 얼굴 없는 사내가 피 철철 흘리는 모습으로 꿈속을 찾아왔고, 그는 식은땀을 흘리며 잠에서 깨어나곤 했다.

언제였는지 그가 이현상 부대 사령부에 있던 시절, 두 런두런 다정하게 속삭이는 소리에 이상하게 행복한 느낌 으로 잠이 깬 적이 있었다. 며칠간의 강행군 끝에 천막도 치지 못한 채 풀밭에 대충 쓰러져 자는 중이었는데, 사령 부 정치지도원이던 옥희 누님과 이현상 선생이 젖빛 은하 수 흐르는 하늘을 바라보며 이야기를 나누고 있었다. 살 진 은하 옆으로는 헤아릴 수 없이 수많은 별들이 총총 박 혀 금방이라도 품으로 떨어져내릴 것 같았다. 강우만 보 믄 맴이 짠해 죽겄그마니라. 존 시상에 태어났드라면 딱 책상물림인디. 개미 새끼 하나도 못 볿는 아가 만날 총질 이나 허고 있을랑게 월매나 심이 들겄어라. 그래, 그렇지 요? 역시 옥희 동무 눈은 날카롭다니까. 두 사람은 약속이 나 한 듯 거의 동시에 긴 한숨을 내쉬었고, 잠시 말이 끊 겼다. 그사이 별똥별 세개가 연이어 땅으로 떨어졌다. 젖 은 풀이 뿜어내는 찬기운이 그리 싫지 않았던 것을 보니 아마 여름인가 보았다. 하지만 말이오, 옥희 동무. 자기 성 질에 맞아 빨치산이 된 사람이 얼마나 되겠소. 세상이 사 람을 제 성질대로 못 살게 만드는 것이겠지요. 군인이 되 지 않았으면 강우 동무는 머슴으로 평생을 마쳤을 겁니 다. 우리는 비록 세상을 잘못 만나 제 성질대로 살지 못한다고 해도 우리의 자손은 그리 살라고 지금 이 고생을 하는 것 아니겠소? 위매, 선상님. 지는 꿈에라도 고상이라고 생각헌 적 없어라. 밖에서 살 직에 새복닭 울기 전부텀 일어나 스무명 아침상 채리고 상 물리고, 점심상 채리고 상 물리고, 저녁상 채리고 상 물리고, 또 고로코롬 살라고 허면 죽어도 못 살겄는디요. 잠기운에 빨려 옥희 누님의 말이 아스라이 멀어졌지만 그는 함초롬히 웃으며 휘휘 손사래를 젓는 누님의 몸짓을 눈앞인 듯 생생하게 떠올릴 수 있었다. 잠과 잠시 씨름하면서 그는 생각했다. 군인들에게 발각될까봐 제 자식을 제 손으로 입 틀어막아 죽인 후 한동안 말은 물론 정신까지 놓았던 옥희 누님을, 아직도 보급투쟁 나갔다가 어느 집에서 아이 울음소리라도 들릴라치면 두 눈에서 시퍼런 불길이 타오르는 옥희 누님을 저렇듯 강인하게 만드는 것이 무엇일까. 군인들이 조용하던 어느 가을날, 미군의 기총소사처럼 퍼붓는 햇살을 맞으며 계곡에서 묵은 빨래하는 옥희 누님에게 물었더니 누님은 함박웃음을 머금었다. 고걸 안즉도 몰라야. 노동자, 농민이 이 세상의 주인이라는 믿음이제. 민중이 힘을 모두면 그런 시상을 앞댕길 수 있다는 믿음이제. 역사에 대한 믿음 말이여. 누님은 참말로 그런 날이 올 거라고

민소,라고 묻고 싶었지만 그는 묻지 못했다. 누님의 웃음이 막 햇솜을 피워 올린 목화송이처럼 그렇게 성성하지만 않았다면, 밤사이 퍼부은 폭설 위로 내리꽂히는 첫 햇살처럼 한점의 어둠도 없이 눈부시지만 않았다면 그는 그렇게 물었을지 모른다. 그는 묻는 대신 계곡 가에 앉아 상사화를 뚝뚝 끊었다. 어느 골짜기였는지 높은 곳에서는 보기 힘든 상사화가 잎 진 외로운 꽃대 위로 대여섯송이의 샛노란 꽃을 매달고 있었다. 산중에서 지천에 널린 꽃을 꺾어 무엇 할 거라고, 그는 깨끗이 빤 누더기들을 햇살 튕겨내는 흰 바위 위에 탁탁 털어 넌 후 빨래와 함께 햇살을 쬐는 누님에게 상사화 한묶음을 건넸다. 우두커니 꽃을 쥔 누님의 얼굴에서 조금 전의 광채가 꿈이었던 듯 사라졌다. 누이에게 그 꽃은 산에서 잃은 자식인 모양이었다. 잎이 다 져야 비로소 꽃이 피어나는 상사화처럼 고통 속의 삶이 다 지고 난 후에야 저 사회주의나 천국이라는 것도 가능한 것일까? 고통이 스러진 어느 날,이라는 것을 그는 끝내 상상할 수 없었지만, 그 믿음으로 고통을 넘어서고 있는 옥희 누님이나 다른 동료들의 신념을 의심하지는 않았다. 그들 같은 신념을 잉태하지 못하는 머슴의 아들, 머슴이었고, 군인이었고, 이제 빨치산인 자신의 삶이 스스로도 낯설 뿐이었다.

무턱대고 길을 나서는 게 아니었다. 허름한 술집 몇개와 구멍가게들이 있는 면소재지까지 평소라면 걸어서 이십분 남짓, 그 이상을 걸은 것 같은데 아직도 길은 아득했다. 걸을수록 눈은 더 무섭게 쏟아졌다. 어디가 길이고 어디가 산인지도 구분하기 어려울 지경이었다. 폭설 때문에 차는 물론 인적까지 끊겨 길에는 늙은 그와 하염없이 쏟아지는 눈뿐이었다. 하늘이 눈으로 바뀌어 땅을 향해 하강하는 듯했다. 평생을 오간 길이 처음 온 곳인 양 낯설었다. 걸어도 걸어도 길은 끝나지 않을 것 같았고, 내려도 내려도 눈은 그칠 것 같지 않았다. 폭설 퍼붓는 이 길의 어디쯤에서 그만 목숨줄을 놓아버렸으면…… 마음도 길도 아득했다.

내려오는 게 아니었다고 평생 후회한 그날도 하늘에 구멍이나 뚫린 듯 폭설이 내렸다. 수도사단의 대공세가 행해진 그해 겨울, 얼마나 많은 군인들이 몰려왔는지 밤이면 온 능선에 모닥불이 붉게 타올랐고, 추격해오는 군인들을 피해 이리저리 헤매던 남부군 사령부는 그만 전투부대와 선을 놓치고 말았다. 이대로 적에게 발각되었다가는 전멸할 판이었다. 사령부는 주능선 쪽에 주로 배치

된 군인들을 피해 지리산 동쪽 끝 왕시루봉의 나지막한 골짜기를 찾아들었다. 그 겨울 내내 쫓겨다녔으니 오랜만의 휴식인 셈이었다. 내내 굶주린 데다 갑자기 긴장이 풀린 탓인지 눈 속에 굴을 판 첫날, 두명이 잠에서 깨어나지 못했다. 다른 동지들에게 짐이 될까봐 최후의 기력을 다해 걸었던 것이다. 살아남은 사람들도 죽은 자와 별반 다르지 않은 상태였다. 차디찬 밥덩이나마 먹어본 기억이 아득했다. 푸르뎅뎅하게 굳어가는 시체를 묻을 생각도 하지 못한 채 먹지도 움직이지도 못하고 버티기를 사흘, 위장병이 깊어 배급사정이 좋을 때라도 서너 숟갈 이상 먹지 못하던 옥희 누님은 진작 탈진해 의식을 잃었고, 생전 흐트러진 모습을 보이지 않던 이현상 선생마저 차가운 얼음벽에 비스듬히 기대앉은 모습이 여간 힘들어 보이지 않았다. 끝없이 쏟아지는 눈 사이로 흐릿하게 왕시루봉 능선이 이어지고 있었다. 그 능선만 넘으면 고향마을이었다. 선상님, 지가 다녀올랍니다. 고향잉께 보리쌀이라도 쪼깐 얻을 수 있을 것잉만요. 그가 불현듯 내뱉은 말에 이현상이 힘겹게 눈꺼풀을 들어올렸다. 평소의 깊고 단호한 눈빛과 달리 굴 밖으로 아득하게 쏟아지는 눈발이 투영된 듯 선생의 시선 또한 흐릿하고 아련했다. 선생은 말없이 고개를 끄덕였다. 다녀오시오. 선생은 군장을 마친 그를 손짓으로 불렀다. 일어날 기력조차 없는 듯했다. 선생은 손에 쥔 것을 무릎걸음으로 다가간 그의 손에 옮겨주었다. 반줌도 채 되지 않는 그것은 쌀이었다. 최후의 사태에 대비해 이 지경이 되도록 아껴온 마지막 비상식량일 터였다. 지척이라고는 해도 폭설을 뚫고 가려면 힘들 것이오. 이거라도 먹고 힘내시오. 자기 손안에 든 것이 쌀임을 느낀 순간부터 입안 가득 침이 고였다. 그러나 그는 남부군의 최고지도자 이현상의 목숨줄일지도 모르는 그것을 냉큼 받을 수가 없었다. 그가 반드시 보급투쟁에 성공하리라는 보장도 없었다. 그가 쌀 쥔 주먹을 내밀었으나 선생은 입가에 잔잔한 미소를 지을 뿐 되받지 않았다. 제 주먹에 든 쌀을 우두커니 바라보다 막 발길을 옮기려는 찰나, 선생이 그를 불렀다. 강우야, 살 길을 뿌리치지는 마라. 말의 내용을 생각할 겨를도 없이 그는 선생의 반말에 놀랐다. 한낱 어린애에게도 말을 낮추는 법이 없던 선생이었다. 일부러 죽음으로 뛰어들지는 말란 말이다. 어떻게든 살아남아야 우리 뜻도 이어지지 않겠어? 말을 마친 선생은 가라는 시늉으로 휘휘 손을 저었다. 선생은 뭔가를 예감했던 것일까? 가슴께까지 차오른 눈을 온몸으로 밀며 왕시루봉을 넘는 동안 선생의 말이 자꾸만 귓가에 아른거렸다. 직선거리로 칠 킬로미터 남짓했을 거리를 꼬박 하루가 걸려서야 겨우 당도했다. 선생이 준 쌀이 아니었다면 오는 도중 숨을 거두고 말았지 싶게 그는 지쳐 있었다. 몇년 만에 보는 고향마을은 여느 겨울과 다름없이 눈을 함빡 뒤집어쓴 채 평화로웠다. 그 마을의 바로 뒤에서 동족 간에 죽고 죽이는 피의 전투가 무려 육년간이나 계속되고 있다는 사실이 도무지 믿기지 않았다. 그가 상황을 살피느라 매복해 있는 사이 저녁참이 되었고, 폭설 사이로 저녁연기가 가물가물 한집 두집 피어오르기 시작했다. 불현듯 눈물이 솟았다. 그를 군대로 떠나보내던 날 산수유 물이 붉게 밴 이를 내보이며 웃던 어머니는 지난겨울에도 기나긴 밤 내내 산수유를 까고, 여전히 머슴일 아버지는 농사일 없는 겨울 동안 손이 닳도록 새끼를 꼬고 짚신을 지었을 것이다. 눈사람처럼 허옇게 눈을 뒤집어쓴 채 그는 한동안 펑펑 소리없이 울었다. 눈물 젖은 뺨 위로 굵은 눈송이가 척척 들러붙었다. 집집마다 불이 꺼지고 십여호 남짓한 작은 마을이 태고의 정적에 휩싸인 뒤에도 그는 차마 자기 집에 들어가지 못했다. 무엇인가가 자꾸만 그의 마음을 붙들었다. 빈손으로 돌아가도 괜찮은 상황이었다면 그는 아마 고향집에 발을 딛지 않고 돌아갔을 것이다. 코앞의 집을 내려다보며 그는 의식을 잃어갔다.

봄날 같은 따스한 온기 속에서 눈을 뜨자마자 그는 자리에서 벌떡 일어났다. 그의 부모는 물론 순경으로 일하는 당숙까지 우 몰려들어 그의 얼굴을 내려다보고 있었던 것이다. 벌떡 일어난 순간 세 사람이 동시에 그를 붙잡았다. 나 갈라요. 묵을 것 쪼깐 주씨요. 암것이라도 좋응께. 경찰인 당숙이 있다는 것도 아랑곳없이 그는 소리쳤다. 안 된다. 나 죽는 꼴 보고 자프냐? 당숙이 니 살레준단다. 자수만 허면 감옥에도 안 가게 깨끔허니 살레준단다. 그래도 갈라요. 나가 안 가면 동지들이 굶어죽는단 말이요. 그는 몇년 만에 본 어머니의 다정한 손길을 냉정하게 뿌리치려 했지만 연약한 어머니의 손길은 생각보다 다부졌다. 그 사램들이 워찌되든가 나는 내 새끼가 더 중허다. 강우야, 강우야, 니 못 간다. 간절하게 매달리는 어머니를 뿌리치려는 찰나 찰칵, 방아쇠 당기는 소리가 들렸다. 당숙이 그를 향해 총을 겨누고 있었다. 이대로 가면 니는 내 손에 죽는다. 안 간다면 내가 워치케든 니 목숨 한나는 살레볼랑께 셋 실 동안에 결정하그라. 하나, 둘, 셋! 셋 소리와 함께 그는 털퍼덕 방바닥에 주저앉았다. 강우야, 살 길을 뿌리치지는 마라. 이현상 선생의 마지막 말이 위로처럼 마음 가득 차올랐다.

그때게 내레오는 것이 아니었능갑서. 그날처럼 쏟아지는 눈 속을 한발 한발 내디디며 그는 중얼거렸다. 머리와 어깨로 내려앉는 눈은 세월의 무게가 실린 듯 그날 같지 않았다. 환갑이 지난 뒤에야 그는 이현상의 마지막 말을 이해했다. 이현상은 알고 있었던 것이다. 마음 약한 그가 고향집에 가면 정에 붙들릴 것을. 그리고 집 뒤안에서 차라리 빈손으로 동지들에게 돌아가고 싶었던 스물두살의 그 또한 알고 있었다. 집에 내려가는 순간 지난 육년과 등을 돌리게 될 것을. 그럴 줄 알면서 마지막 비상미까지 털어 그를 내려보낸 이현상의 마음이 그의 평생을 옥죈 덫이었다. 강우 동무는 세상에서 뭐가 제일 좋소? 언젠가 이현상이 물었다. 빨치산이 기세등등하던 1949년 봄이었다. 보급투쟁을 성공리에 마치고 노래와 춤이 어우러진 오락회가 열렸다. 흥이 무르익어갈 무렵 슬그머니 자리를 빠져나온 그는 풀대궁을 뽑아 피리를 불고 있었다. 세상에서 뭐가 제일 좋으냐는 이현상의 질문에 그는 잠시 생각하다 대답했다. 꽃이 제일 좋그만이라. 꽃이라…… 피어있을 때야 좋지만 질 때는 허망하지 않소? 사내자식이 좋

아한다는 게 고작 꽃이라고 비웃을 것 같아 그렇지 않아
도 얼굴이 벌겋게 달아올랐던 그는 시상 사는 게 다 그러
니께요, 꽃도 사램도 짐승도 어차피 다 죽을 목심이잖애
라, 꽃이 지는 걸 보믄 워짼지 맴이 짠허고, 글다보믄 나도
짠허고 넘도 짠허고, 글그마요, 이현상의 질문에 더 한심
한 대답을 주절대고 말았다. 혁명가답지 않은 발상이로구
만. 예상했던 말이지만 뜻밖에 비판의 어조는 아니었다.
나중에 해방이 되면 말이오, 강우 동무는 예술 공부를 해
보는 게 좋겠소. 동무 풀피리 연주나 들읍시다. 저기서 들
으니 거 좋더구만. 나도 맴이 짠해지는 것이 강우 동무를
닮아가는 모양이오. 이현상은 허허 웃으며 두꺼운 안경알
너머로 그를 가만히 바라보았다. 나가 워치케 살았어야
했소, 선상님. 그날의 이현상이 앞에 있기라도 한 듯 그는
물었다. 워치케 살았으믄 선상님 맴에 들었겄소. 당연히
대답은 없었고, 뽀드득 뽀드득 제 발걸음 소리만 뒤를 쫓
아왔다. 세상천지 보이는 것이라곤 오직 희디흰 눈뿐이었
다. 그는 지나쳐온 길을 돌아보았다. 허공을 가득 메운 눈
이 거리감을 없앤 것인지 그리 길지 않을 구불구불 지나
온 길이 아득히 멀었다. 오늘 중으로 오거리 식당에 당도
할 수는 있을까. 집으로 내려오던 그날처럼 마음 또한 아

득했다.

　모퉁이를 돌자 면소재지로 향하는 큰길이었다. 마음 붙일 데 없이 낯설던 길이 늘 다니던 바로 그 길은 길이었나 보다. 공무원들이 때아닌 부지런을 떨고 눈을 치운 것인지 아니면 이런 폭설에도 버스들이 운행을 계속하는 것인지 사위를 분간할 수 없이 쌓인 눈 사이로 검은 아스팔트가 내비쳤다. 눈발을 따라 허공으로 떠돌던 마음이 순식간에 척하니 질척한 땅바닥에 들러붙었다. 걸음이 한결 편했다. 독한 소주가 그리웠다.

　그는 오거리 식당 앞에 수북이 쌓인 눈을 발로 대충 밀고 문을 열었다. 닫혀 있을 줄 알았던 문이 저항 없이 드르륵 열렸다.

　"아따, 니도 양반 되긴 글러부렀다. 어서 오니라."

　과부댁 대신 그를 맞은 것은 유일한 술친구랄 수 있는, 그보다 댓살 위의 고순경이었다. 젊은 한때 잠깐 경찰 노릇을 하다 여순반란사건이 났을 때 그만뒀으니 순경 노릇은 고작 사오년 남짓이었으나 동네사람들은 그때나 지금이나 여전히 고순경이라 불렀다.

　"고순갱이 대낮부텀 먼 일이래?"

　"아따 아따, 말뽄새허고는. 어린것이 헹님의 짚디짚은

속을 워찌 알었냐? 눈만 오면 지랄발광허는 워떤 놈 지랄 받아줄라꼬 나왔다 와."

그는 대답 대신 고순경 앞에 놓인 술잔을 단숨에 들이켰다. 눈을 맞아 축축이 젖은 터라 얼어붙은 속이 이내 화끈 달아올랐다.

"술허고 웬수를 졌냐? 안주라도 묵어감시로 묵든가. 어이, 여개 뒤야지 볶은 것 좀 후딱 내오소."

돼지볶음이 나오기도 전에 그는 새것이나 다름없던 소주 한병을 다 비웠다. 제집인 양 냉장고에서 새 소주를 꺼내 따르려는 그의 손을 고순경이 말없이 붙들었다.

"날이 흐레 글체 안즉 대낮이여. 눈도 안 그칠 것맹킨디 집에는 워치케 갈라고 이란다."

고순경은 젊어서부터 억병으로 취해 너부러진 그를 허구한 날 업어 날랐다. 나이 들어 더이상 업지 못하게 된 뒤로는 애비 닮아 인심 좋은 고순경 큰아들 트럭이 그의 전용 자가용이었다.

그가 산을 내려온 처음부터 고주망태는 아니었다. 옥희 누님이나 이현상 선생의 얼굴이 눈앞에 삼삼할 때는 잊어버리자고 술을 들이붓긴 했어도 정신을 잃고 쓰러질 정도는 아니었고, 술에 취하기보다 일을 해야 마음이 놓이는,

모르는 사람이 보면 평범한 농사꾼이었다. 하루가 멀다고 술을 마시기 시작한 것은 스물아홉 되던 해부터였다. 그해 봄, 그는 당숙의 권유로 경찰이 되었던 것이다. 당숙이 총을 겨눈 것도 아니고 멱살을 잡고 드잡이를 한 것도 아니었다. 니가 뽈갱이 흔적을 지우고 이 시상서 잘살라믄 갱찰이라도 해야제 어쩌겠냐,는 당숙의 말을 듣고 그는 두말없이 경찰에 지원했다. 당숙 말대로 빨갱이의 흔적을 지우고 싶어서도 아니었고, 이 세상에 발붙이고 싶어서도 아니었다. 당숙의 말을 듣는 순간 가슴 저 밑바닥에서 순식간에 치솟아 붉은 혀로 그의 영혼을 날름 집어삼킨 그 불길을 어떻게 설명해야 할지 그 자신도 알 수 없었다. 잊으려 해도 잊히지 않는, 그럴수록 더 생생하게 되살아나는 산에서의 지난 몇년을 에라 모르겠다 짓밟는 심정이 아니었을까, 짐작할 뿐이었다. 인구 오천도 안되는 면소재지 파출소 순경이래봐야 종일 자전거 타고 동네 순찰이나 하는 게 전부였지만, 경찰 제복을 입은 자신의 모습을 느낄 때마다 그는 그런 자신을 한바탕 웃어주고 싶은 심정이었다. 경찰 제복을 입은 자신에게 술을 먹이고, 고주망태로 쓰러뜨리는 일이 그는 어쩐지 통쾌했다.

　고순경과 가까워진 것은 경찰이 된 얼마 후였다. 순경

을 그만두고 하릴없이 집에서 놀고 있던 고순경도 그처럼 오거리 식당 단골이었다. 어느 날 술친구도 없이 초저녁부터 정신이 오락가락하는 그를 빤히 바라보던 고순경이 물었다. 어이, 자네는 뭐 헌다고 겡찰이 됐는가? 근무시간부터 술을 마셔 반쯤 제정신이 아닌 그가 흥, 콧방귀를 뀌며 받아쳤다. 굶어 죽어가는 동지들을 나 몰라라 하고 자수했는디 겡찰이라고 못하겠소? 나가 뭣은 못하겠소? 고순경은 느닷없이 독기를 뿜으며 쏘아붙이는 그의 등짝을 아프도록 후려쳤다. 예끼, 이 사람. 자네가 배신을 해서 동지들 목심을 뺏은 것도 아니고, 하늘이 사램을 살렸으면 다 이유가 있는 것이여. 젊은 사램이 우짜든지 잘살아볼 생각을 혀야제 시방 멋 허는 짓거리랴? 등짝이 얼얼하도록 얻어맞았는데 외려 속이 시원한 것은 어찌된 영문인지 몰랐다. 성님은 왜 하늘이 살렸는디요? 성님은 그 이유를 찾았소? 느닷없이 고순경이 친형처럼 살갑게 느껴져서 등짝을 얻어맞은 채 비실비실 웃으며 그는 물었다. 여순반란사건 때 처형당할 위기에 처한 고순경이 불알친구이던 좌익의 도움으로 다시는 경찰을 안 하겠다는 다짐을 하고 간신히 살아났다는 것은 모르는 사람 없이 다 알려진 사실이었다. 몰러 나도. 고걸 알면 나가 시방 요로고 있었어. 나럴 살린 놈은 산에서 죽어부렀고, 그 집안은 풍비박산 나서 워디로 갔는지 소식도 모리겄고, 그냥 술이나 마시는 거제 머. 하늘이 살린 두 목숨은 웃으며 술잔을 부딪쳤고, 그날 이후 반 친구처럼 지내온 것이었다.

투명한 유리창 너머 눈은 하염없이 퍼부었다. 제설차가 한 차례 지나갔을 뿐 버스도 끊긴 모양인지 오거리 식당 앞 이차선도로에는 개미 한마리 얼씬거리지 않았다. 고순경과 그는 말없이 술잔을 나누었다. 하얗게 비어가는 머릿속으로 강우야, 인나봐라야, 옥희 누님의 다정한 말소리가 도란거리고, 푸르스름 요기로운 달빛에 휩싸인 지리산 능선들이 스쳐가고, 제가 불던 풀피리 소리가 은은하게 울려퍼지고, 강우야, 살 길을 뿌리치지는 마라, 이현상 선생의 마지막 다짐이 서럽게 떠올랐다. 눈시울이 붉어지고 이내 맑은 눈물이 솟구쳤다. 유리창 너머로 퍼붓는 눈처럼, 빈 위장에 채워진 소주처럼 맑디맑은 눈물이었다.

"선상님, 나럴 잡지 그랬소. 나가 못 올 줄 알았으면 나가 이리 살 줄도 알았을 것 아니요. 산 것보담 못헌 인생이라도, 그래도 살라고 나럴 보냈소? 참말로 독허요이. 선상님이나 그래 살아보지 그랬소."

혼잣말을 중얼거리며 그는 탁자에 얼굴을 묻었다. 아버

148

지처럼 따스하던 이현상의 마지막 눈빛이 사라지고, 옥희 누님의 목화솜 같은 환한 웃음도 아득히 멀어졌다. 그 너머로 옥희 누님의 웃음을 닮은 목화송이 같은 함박눈이 퍼붓고 있었다. 눈 사이로 스물둘의 젊은 그가 걷고 있었다. 왕시루봉을 넘을 때 그는 왜 그랬는지 퍼붓는 눈 사이로 힐끔 뒤를 돌아보았다. 그가 돌아본 것은 다시는 돌아갈 수 없는 천국이었다. 천국은 미래에 있지 않고 청춘을 바친 그 산속에 있다는 것을 젊은 그는 알지 못했다. 신념 때문이었든 함께 있는 사람에 대한 사랑 때문이었든 목숨을 건 청춘 자체가 천국이었다는 것을. 취한 그의 의식 속에서 젊은 그가 천국을 걸어내려오고 있었다. 창밖의 눈처럼 하염없이 눈물이 흘러내렸다. 의식이 사라진 뒤에도 한동안 눈물은 그치지 않았다.

저 홀로 흐르던 눈물이 그친 뒤, 그를 물끄러미 바라보던 고순경이 전화기 앞으로 당겨 앉았다. 아들을 부를 모양이었다. 주방 앞에 풍경처럼 앉아 있던 과부댁이 말했다.

"납두씨요. 눈조차 저래 오는디 워치케 델꼬 갈라요. 다 늙은 년 소문 나봐야 뭣이 달라지겠소. 여개서 재우지라 머."

고순경은 들었던 수화기를 말없이 내려놓았다. 고순경

과 과부댁은 축 늘어진 그를 간신히 가겟방으로 옮겨 뉘었다. 겨울인데 방 안에 웬 나프탈렌 냄새가 지독했다. 윗목에 밀어놓은, 누렇게 바랜 배냇저고리가 뿜어내는 냄새였다.

"미친눔. 넘들은 손바닥 뒤집디끼 요리조리 옮게 다님시롱도 잘만 살들만, 뽈갱이도 지대로 못 돼본 놈이 펭상을 이것이 먼 짓이다여."

고순경은 혀를 차며 다시 술잔 앞에 앉았다. 거의 손을 대지 않은 돼지볶음은 이미 식어 은하수 같은 부연 기름이 서려 있었다. 찬 소주를 입에 탁 털어붓자 오소소 한기가 들었다. 과부댁과 고순경은 우두커니 앉아 유리창 밖을 내다보았다. 아이 주먹만 한 눈송이가 직선으로 끊임없이 떨어져내렸다. 눈송이가 어찌나 굵은지 뒷산은 물론 건너편 집조차 눈에 가려 보이지 않았다. 퍼붓는 눈 사이로 느릿느릿 시간이 흘러갔다. 눈은 종일토록 내릴 모양이었다.

양갱

일주일이나 별러온 말인데도 쉽게 입이 떨어지지 않아서 나는 찜통 같은 부엌을 여러 차례 들락거렸다. 대체 뭘 만들려는 것인지 고모는 모시적삼이 등에 쩍 달라붙도록 아침부터 내내 팥을 삶고 한천을 고느라 야단법석이었다. 고모 덕분에 오랜만에 삼시 세끼 제때 찾아먹으며 제법 살도 붙었지만, 이런 생활을 계속하고 싶은 생각은 눈곱만큼도 없었다.

"고모, 병관이 오빠, 인천으로 올라온 지 오래됐다면서요?"

병관 오빠는 고모의 일곱 아들 중에서 유일하게 대학을 나온 장남이었고, 전주에서 초등학교 선생을 하다 도박에 빠져 대추나무 연 걸리듯 빚을 졌고, 그게 학부모들에게까지 소문이 나서 쫓겨날 형편이 되자, 고모가 식모 살던 사람의 친척인 장학사를 동원하여 인천으로 발령을 내주었다. 그게 벌써 오륙년 전이었다. 억척스러운 마누라가 간신히 장만한 아파트까지 말아먹은 터라 사네 못 사네 말이 많았는데 그후 사정이야 알 수 없고, 사정이 어찌되었든 고모가 가야 할 곳은 병관 오빠의 집이었지 내 집은 아니었다.

아침나절 내내 고아서 물처럼 묽어진 한천을 주걱으로 휘젓던 고모의 어깨가 움칠, 미묘하게 어긋났다. 어지간한 남자도 명함을 못 내밀 튼튼한 통뼈에다 걸핏하면 바보처럼 실실 웃기만 해서 조금 모자란 사람으로 오해받는 경우도 종종 있지만 고모는 내가 병관 오빠 말을 꺼낸 의도를 모르지 않을 만큼 눈치가 빠른 사람이었다.

"느그 어매헌티 못 들었냐? 갸가 또 화투에 손을 댔잖애. 적금 들어놨등 거 탁탁 털어가꼬 방 한칸짜리 전세방 하나 게우 얻어줬는디, 즈그 새끼만 혀도 둘이제, 나가 거그를 워찌 가겄냐. 둘째도 구로동에 살긴 산다만은 니도 알다시피……"

그러고 보니 병관 오빠 소식을 최근에 들은 것도 같았다. 그 집 자석들은 워쩌면 고로코롬 한 타령인가 모리겄다는, 펭상 지 에미 등골 빼묵음시로 살랑갑다,는 고모집이야기를 할 때마다 후렴구로 따라 나오게 마련인 어머니의 푸념이 어렴풋이 기억났다. 남 돌아볼 상황이 아니라 쉽게 잊었지만.

주걱을 놓고 돌아서서 변명인지 신세타령인지 사설을 늘어놓으며 고모는 가만히, 정말 가만히 내 눈을 들여다보았다. 내가 알던 그 거침없는 고모의 것이라고는 믿을 수 없으리만큼 조심스러운 시선이었다. 고모는 누가 뭐란다고 해서, 자기가 뭘 좀 잘못했다고 해서 기가 죽는 그런 사람이 아니었다. 젊은 날의 고모는 잠자리만 가졌다 하면 척척 애가 들어서는 바람에 고모부에게 상의도 하지 않고 열다섯번의 낙태수술을 감행하고 돌아와, 그래도 그것이 생명인디, 하며 밥상을 물리는 고모부에게 내가 까질러노믄 이녁이 멕예 살릴라요, 긁어내는 것이 싫으면 그 짓거리를 하들 말든가, 일곱명의 머리 굵은 아들들이 빙 둘러싼 밥상 앞에서 퉁명스럽게 쏘아붙이고는 고모부가 남긴 밥까지 맛나게 먹어치우던, 그런 사람이었다. 위암에 걸린 고모부가 더이상 마를 살도 없이 해골처럼 말라 문고리에 달아맨 줄을 붙잡고서야 간신히 무릎걸음을 할 수 있었을 때 그런 고모부를 등지고 앉아 코티분을 바르고 팽팽히 당겨진 활처럼 눈썹을 곱게 그리던, 간

154

절한 애원과 분노가 뒤섞인 고모부의 시선이 한여름 땡볕처럼 고모의 등 뒤로 쏟아져도 숯 담은 다리미로 땀 뻘뻘 흘리며 모시적삼 곱게 다려 입고, 해방구에 입성한 해방 전사처럼 보무도 당당하게 칙칙한 집을 달려나가던, 그런 사람이었다. 그랬던 고모가 슬쩍슬쩍 곁눈질로 내 안색을 살피며 부모 속 썩이기에 분야도 다양하게 이골이 난 자식들 흉을 보는 모습이 나는 좀체 현실처럼 느껴지지 않았다. 고런 놈의 새끼들 죽등가 말등가 냅둬불고 묵고 살만헌 영감탱이라도 하나 만나씨요, 잘 때 봉께 워디가 아픙가 끙끙 앓아쌓등만 원제꺼정 넘의집살이 헐라요, 하며 진심으로 자기 일인 양 마음이 아파 위로하는 어머니에게, 그래도 워쩔 것이요, 나가 까질렀는디, 못났거나 잘났거나 내 새긴디, 집도 절도 없이 떠도는 꼴을 워치케 볼 것이요, 내 새낑께 나 맘대로 허게 냅두씨요, 하며 당당하게 제 자식 품고 돌더라고, 그래도 자그 자석 욕헝께 맴이 안 좋은갑더라고, 허기사 부모 맴이 누군들 다르겠냐,고 어머니의 전화를 받은 게 고모가 오기 불과 며칠 전이었다. 고모의 이야기는 도무지 끝날 기미가 보이지 않았고, 내 마음은 이미 반쯤 흐물흐물 녹아내리듯 하여 나는 넘어가면 안 된다고 스스로를 다그쳤지만 아무래도 더이상은 몰아칠 자신이 생기지 않았다. 차라리 말을 꺼내지 말걸, 후회막급이었다. 아니, 이건 애당초 이길 수 없는 게임이었다. 그래서 어머니도 내게는 고모가 온다는 전화 한 통 하지 않고 내 주소를 일러주었을 것이다. 혼자 사는 딸자식이 마음에 얹혀 밤잠 설치다가 손끝 야무지고 마음 따신 고모가 내 집 주소를 묻자 얼씨구나 하고. 고모라면 아무도 입성하지 못하는 내 집에 막무가내로 발을 들여놓고야 말 것을 잘 알고 있을 테니까. 내가 물리칠 수 있는 기회는 고모가 우리집을 찾아온 그날, 단 하루였다. 애당초 그날 문을 열지 말았어야 했다.

퀵서비스를 보낸다는 전화를 받지 않는 이상 나는 누가 초인종을 눌러도 문을 열지 않았다. 처음으로 혼자 사는 불안함 탓도 있었고, 그 누구의 얼굴이든 마주치고 싶지 않은 탓도 있었다. 꼭 일주일 전, 그날의 손님은 유별나게 집요했다. 나만큼이나 소음을 싫어하는 앞집여자의 경고를 두 차례나 받았음에도 불구하고 도무지 물러갈 기색이 보이지 않았다. 앞집 여자에게 대거리를 하거나 누구라고 소리쳐주기라도 하면 좋으련만 이 고집 센 손님은 침묵 속에서 끊임없이 초인종만 눌러대고 있었다. 곧 있으면 퀵서비스가 도착할 시간이었다. 문을 열어주지 않으면 관리실에 맡기고 전화를 해오겠지만 분초를 다투는 일이었고, 관리실에 가는 것도 귀찮았다. 마침내 나는 손님에게 항복하여 문을 열고 말았다.

구김 하나 없는 하얀 모시적삼을 입고 호화로운 크루즈 여행이라도 떠날 듯 대형 트렁크 두개를 앞세운 채 초인종에 막 손을 올려놓은 사람은 바로 막내 고모였다. 보지 않은 지 십여년이 훌쩍 지났지만 나는 첫눈에 고모를 알아보았다. 고모를 마지막으로 본 게 언제인지는 잘 기억나지 않았다. 결혼하여 명절이나 무슨 때 우리집이 아니라 시댁을 방문하게 된 무렵부터였을 것이다. 고모는 전보다 살이 조금 불었고, 덕분에 예전에 있던 주름까지 팽팽하게 당겨져 세월이 고모를 집어삼킨 것이 아니라 고모의 살이 세월을 파먹으며 살아온 것 같았다. 아마 일흔이 넘었을 고모는 도무지 그 나이로는 보이지 않았다. 살 때문인지 그 나이에도 고모는 여전히 끈적끈적하고 들큰한 암컷의 냄새를 물큰 발산하고 있었다. 고모를 본 순간 발에서부터 시작된 가려움이 순식간에 온몸으로 번져갔다.

고모집의 양철문을 열고 들어서면 바로 오른편으로 화장실이 있었다. 화장실이라기엔 너무 협소하고 누추하여 앞에 있음에도 뒷간이라는 말이 가장 잘 어울리는 곳이었다. 고모네 뒷간은 바로 앞의 높은 벽에 가려 온종일 햇빛 한줌 들지 않았다. 빛을 받지 못한 창백한 시멘트 벽으로 늦봄부터 꾸물꾸물 구더기가 기어오르는 고모네 화장실은 고모가 하루에 두어 차례씩 부지런을 떨며 청소를 해도 노망든 사돈이 아무데나 흘려놓은 똥덩이 한두개가 흘린 장본인의 발에 짓밟혀 뭉개져 있곤 했다. 나는 고모네 화장실을 한번도 이용해본 적이 없는데 그런 괴로움에도 불구하고 쥐 풀방구리 드나들듯 뻔질나게 고모집에 놀러 다닌 것은 나를 끔찍이 귀여워해주던 오빠들 때문이었다. 그날도 학교가 파하자마자 나는 가방을 둘러멘 채 고모집으로 달려갔다. 양철문을 열고 막 들어서며 나는 무심코 화장실 쪽을 보았다. 하필이면 문이 열려 있었다. 열린 문 안의 깊은 어둠이 내 시선을 붙들었다. 천지사방에 아까시의 들쩍지근한 향기가 들러붙어 있던 유월이었고, 그때 앞집과 경계를 둔 흰 시멘트 벽은 유월의 눈부신 햇살을 머금어 제가 언제 다시 그럴 수 있을까 싶게, 제법 찬란하게 제 존재를 드러내고 있었다. 그래서 상대적으로 화장실 안쪽의 깊은 어둠이 두드러졌을 것이다. 그 어둠속에 한마리 짐승이 웅크리고 있었다. 화들짝 놀라 뒷걸음치고 보니 머리가 잿빛으로 바랜 사돈어른이었다. 사시사철 입고 있던 속바지가 발치에 걸려 반나체와 다름없었는데, 처음으로 본 그녀의 속살은 희미하면서도 절대 어둠에 눌리지 않고 외려 어둠을 야금야금 갉아먹는 달빛처럼 화장실의 음침한 어둠속에 둥실 솟아 있는 듯했다. 그녀의 허벅지가 꿈틀꿈틀 움직이며 어둠을 갉아먹는다고 느낀 것은 물론 나의 착각이었다. 꿈틀거리는 것은 그녀의 허벅지가 아니라 그 허벅지로 기어오른 살진 구더기들이었다. 노망든 지 십년이 넘은 그녀는 구더기들이 제 살로 기어오르든 말든 무심히 앞을, 그러니까 나를 바라보았다. 나를 향한 그녀의 눈은 흰 백태가 끼어 시력을 잃은 지 오래였지만 나는 어쩐지 백태 낀 그 눈이 내 머릿속의 구석구석까지, 이를테면 어머니에게 말하지 않고 화장실에 구겨버린 75점짜리 시험지나 숨바꼭질을 하느라 숨었던 다락방에서 은근슬쩍 내 팬티 사이로 기어들어온 사촌오빠의 작고 다부진 손길에 할딱이던 내 심장까지를 죄 훑어보고 있는 느낌이었다. 나는 꼼짝도 하지 못한 채 그 자리에 얼어붙었다. 아이구매, 하는 소리와 함께 똥 묻은 이불을 빠느라 사돈 데려오는 것을 깜박했던 고모가 화장실로 달려왔을 때까지. 사돈의 종아리는 소금기둥이기나 한 듯 구더기들이 허옇게 기어오르는 중이었다. 고모는 물 묻은 손으로 구더기를 툭툭 털어냈다. 듬성듬성한 사돈의 음모 사이에도 구더기 한마리가 천연덕스럽게 기어가고 있었는데, 고모는 그것을 두툼한 손가락으로 골라내어 똥통 속으로 떨어뜨렸다. 나는 언젠가 봉산 공동묘지를 혼자 지났을 때처럼 뒤도 돌아보지 않고 달렸다. 식도를 타고 올라온 피냄새에 온몸이 비릿해지도록. 그날 이후 나는 고모집에 가지 않았다. 고모가 가져다준 맛나디맛난 음식도 먹지 않았다.

"아이, 먼 잠을 그리 짚이 잔다냐. 일허니라 밤샜는갑다이."

고모는 그 외의 다른 가능성에 대해서는 전혀 생각하지 않는 모양이었다. 전기검침원이든 가스검침원이든 타인을 대면하는 자체가 피곤한 사람도 있다는 것을, 그래서 잠들지 않았어도 일부러 문을 열지 않는 사람도 있다는 것을, 고모는 아마 짐작조차 하지 못할 것이다. 고모의 첫마디는 어제 본, 혹은 같이 사는 친정 부모나 함직한 것이었다. 드륵, 현관으로 굴러오는 바퀴소리가 신경을 건드렸다. 고모는 트렁크 두개를 현관에 옮겨놓은 뒤 신발을 벗었고, 나는 그 육중한 몸의 기세에 눌려 아무 말도 못한 채 외려 몸을 틀어 길을 넓혀주었다. 그때도 그랬다.

"김웅현씨가 남편 되시죠?"

내가 고개를 끄덕이자 여자는 냉큼 신발을 벗고 내 영역을 침범했다. 여자의 첫마디에 나는 모든 상황을 짐작했다. 그 여자가 남편의 귀가가 늦어지는 이유라는 것을. 여자에게서는 내가 몹시 싫어하는 코코 샤넬의 달짝지근한 냄새가 독하게 풍겼고, 그 냄새라면 남편의 속옷에서도 몇차례 감지한 바가 있었다. 제 영역임을 증명하기 위해 아내 있는 남자의 속옷에 제 냄새를 묻혀놓는 암컷의 뻔뻔함에 내 얼굴이 후끈 달아올랐다. 뻔뻔하긴 했으나 여자의 전략은 적중하여 나는 남편의 팬티에서 다른 여자의 향수와 체모를 발견한 순간 이미 떠날 작정을 하고 있었다. 나는 남편이 묻혀온 내 것도 아니고 그의 것도 아닌 체모를 고모가 구더기를 집어내듯 집어내어 유심히 들여다본 일이 있었는데, 유난히 굵고 곱실거리는 그것들은 주인을 떠난 지 제법 되었음에도 불구하고 싱싱한 살냄새를 풍기며 살아 있는 듯했다. 그 강인한 느낌의 체모와 눈앞의 여자는 참으로 잘 어울렸다. 여자의 얼굴을 보는 순간 체모에서 희미하게 느껴지던 쉰 듯한 음부의 냄새가, 내가 여자의 음부에 코를 박고 있는 양 선명하게 되살아났고, 나는 소리쳤다.

"나가주세요."

　주인의 허락도 없이 소파 깊숙이 몸을 묻은 여자에게 내 딴에는 목청을 높인다고 높였지만 한 옥타브 올라간 목소리가 사정없이 떨리는 바람에 공포에 질린 도둑고양이의 새된 비명 같은 소리가 났고, 순간 여자의 얼굴근육이 부드럽게 펴지는 것을 나는 느꼈다. 여자는 본능적으로 자신이 더 강하다는 것을 느낀 듯했다. 여자가 내 영역을 휘젓기 전에 나는 서둘러 덧붙였다.

　"당신이 원하는 걸 다 줄 테니까 빨리 나가요."

　왼쪽 입꼬리를 살짝 들어 올리며 여자는…… 웃었다.

　"참 이상한 부부네. 이렇게 쉬운 걸 왜 웅현씨는 일년씩 말도 못하고 끙끙거렸나 몰라. 사랑하는 것도 아니라면서."

　가는 뼈대가 솜이불 같은 살에 폭 파묻힌 여자의 몸은 불에 올려 막 녹기 시작한 버터덩어리처럼 기름지고 풍만했다. 대기 속으로 녹아드는 듯하던 기름진 살은 여자가 몸을 일으키자 다시 그녀에게로 응축되었고, 그녀가 밀어낸 공기가 내게로 밀려왔다. 코코 샤넬의 향기에 묻힌 희미한 암내가 거머리처럼 찰싹 내 코에 달라붙어 여자가 떠난 뒤에도 오래도록 지워지지 않았다. 남편을 완전히 포기한 것은 여자의 말이나 예고 없는 방문 때문이 아니라 바로 그 암내 때문이었다. 어쩐지 나는 남편이 거미줄에 걸린 파리처럼 여자의 암내에 휘어잡혔을 것 같았다. 그 암내로 인해 일시정지 상태의 자기 삶이 아프리카 초원의 사자처럼 포효하며 깨어나기를 바라는 남편의 마음을 나는 이해할 수 있을 듯도 싶었다.

"아이, 오살나게 덥다. 에어컨도 없냐?"

트렁크 두개를 현관에 턱하니 올려놓고 들어오란 말도 하기 전에 연방 손부채를 부치며 소파에 털썩 주저앉은 고모의 첫마디는 그러했다. 그 여자처럼 당당하게 고모는 내 삶으로 뛰어들어 내 집을 차지했다. 고모와 단 며칠이라도 함께 살게 될 것이라고는 꿈에도 생각해본 바가 없었다. 내 허락도 없이 세개의 방을 기웃거린 고모는 비어 있는 방 한칸을 차지하고는 일복으로 갈아입고 나왔다.

"바쁜갑는디 일해라. 나는 신경 쓰지 말고. 그나저나 밥도 안 묵었지야? 시방 일어났는디 원제 멀 묵었겄어."

고모는 한눈에 부엌을 가늠하고는 자기 집인 양 당당하게 거실을 가로질렀다.

"워매매, 야가 시방……"

고모는 텅 빈 냉장고를 열어보고는 끌끌 혀를 찼다. 남편이 떠난 뒤 내 냉장고에는 먹고살아야 하는 당연한 인간의 일상이란 것이 사라진 터였다. 어머니가 지난겨울 택배로 보낸 김장김치는 우가 잔뜩 끼어버린 지 오래였고, 장을 본 기억도 까마득했다. 냉장고에는 남편이 좋아하던 아인슈타인 우유만 잔뜩 쌓여 있었다. 차일피일 미루다 일년이 되도록 끊지 못한 탓이었다. 냉장고 문을 열고 그 우유를 볼 때마다 매일 아침 컵에 따르지도 않고 오백 밀리리터를 단숨에 들이켜던 남편의 모습이 환상처럼 스쳐갔다. 결혼한 지 딱 한달 만에 남편은 한달 동안 아침밥 먹어봤으니 됐어, 이제 그만해, 하고는 우유만 먹고 출근했다. 시부모는 장사를 했고, 남편은 어려서부터 아침밥을 먹어본 적이 없다고 했다. 그에게는 아침밥을 차리는 일이 대단한 것으로 여겨지는 듯했고, 나에게 그런 짐을 지우고 싶어하지 않는 것 같아 나는 남편의 말을 군말없이 따랐다. 그후로 나도 아침밥을 먹지 않았다.

고모는 내가 한해 동안이나 복귀하려 해도 할 수 없던 일상이라는 것을 참으로 손쉽게 내 삶으로 구겨넣었다. 고모가 장 봐온 것들을 대충 냉장고에 넣고 나자 겉보기에는 남편이 떠나기 전이나 다름없는 모양새가 되었다. 가득 채워진 냉장고를 보는 순간 그러나 나는 가슴께가 먹먹해졌다. 아무 이유도 없이. 모양새나마 내 삶을 일년 전으로 되돌려놓은 고모는 지난 일주일 사이, 이 아파트에서 십년을 산 나보다 더 많은 지인을 만들었다. 내가 구긴 인상을 한순간 펴기만 했더라도 고모는 아파트 노인정에서 만난 노인들을 죄 내 집으로 끌어들였을 것이다. 흰 봉투에 담아 말없이 식탁에 올려놓은 돈을 고모가 갖다 쓰기만 했더라도, 일주일씩이나 이제 어쩌실 거냐는 말을 참을 필요가 없었을지 모른다. 그러나 영악한 고모는 흰 봉투를 말없이 내 책상 위에 가져다놓음으로써 무언의 행위로 내 말을 막았다. 혼자 있지 않으면 숨이 쉬어지지 않을 것처럼 나만의 영역이 필요하다고 해도 고모에게 그만 나가달라고, 대놓고 말할 수는 없는 이유가 내게는 있었다.

유달리 몸이 차고 추위를 못 견뎌하는 나는 한여름에도 좀처럼 땀을 흘리지 않았다. 어쩌끄나, 내 새끼. 요리 썬득썬득한 내 새끼 발을 누가 따숩게 뽀듬어줘야 헐 것인디. 겨울밤마다 어머니는 내 차가운 발을 맨가슴에 넣어 녹여주며 탄식처럼 내뱉었다. 발에 닿는 물컹한 젖가슴이 어찌나 폭신하던지 나는 물러터진 홍시 같은 어머니 젖을 꼼지락꼼지락 발가락으로 주물거렸고, 그러다보면 어느새 온몸이 훈훈하게 데워지곤 했다. 그러나 어머니 외에는 누구도 내 발을 품어주지 않았다. 자다가도 내 발에 살이 닿으면 남편은 얼굴을 찌푸리며 놀란 새 새끼처럼 몸을 움츠렸다. 하룻밤에 한번쯤 그러고 나면 조심성 많은 남편은 다시는 내 쪽으로 몸을 뻗치지 않았다. 이상해. 당신을 안고 나면 산다는 일이 막막하고 무서워져. 도무지 깊이를 알 수 없는 생이라는 터널의 저 음습한 안쪽에 발목을 붙잡힌 느낌이야. 그래서 남편은 기어이 발을 빼서 바깥으로 날아가버린 것일까? 남편조차도 품지 못한 내 발을 품어준 어머니 아닌 유일한 사람이 바로 고모였다. 고모는 귀하디귀한 큰오빠마저 윗목으로 밀어내고는 나를 아랫목에 앉혔고, 내 발이 청국장단지나 되는 듯 밍크담요로 감싼 뒤 후끈후끈 난로처럼 열이 나는 자기 손을 담요 안으로 밀어 넣어 팔이 저리도록 내 발을 비벼주었다. 모르는 사람이 봤으면 나는 영락없이 그 집 외동딸이었다.

그뿐이랴. 입 짧고 까탈스러운 내 유년의 허기를 달래준 사람도 바로 고모였다. 고모의 손맛은 음식 맛있기로 유명한 내 고향에서도 으뜸으로 꼽혔다. 맛만 좋을 뿐 아니라 먹기가 아까울 정도로 모양새도 좋아서, 고모는 요즘으로 치면 혼삿집의 출장요리사로 이름을 날렸다. 남의 양념을 아까운 줄도 모르고 들이붓는데 뭐는 맛이 없겠느냐고 수군거리는 소리도 없지 않았지만, 그런 사람들도 결국 무슨 때마다 고모를 부르지 않을 수 없었다. 행세깨나 한다는 집에서는 고모가 하지 않은 음식은 쳐주지를 않았던 것이다. 내가 우리집인 듯 고모 집을 들락거린 데에는 고모가 한보따리씩 싸온, 우리로서는 좀처럼 구경하기 어려운 양갱이며 다식, 강정의 유혹이 가장 컸다. 어머니 말에 따르자면 새 새끼 모이 쪼듯 감질나게 밥알을 세는 편이던 나는 고모가 일을 해주고 얻어온 음식들로 겨우 배를 채웠다. 물론 고모집까지 가지 않아도 고모는 오빠들 손에 얻어온 음식들을 들려 보내곤 했다. 그러나 나는 고모가 한 접시 수북이 담아내주는 것을 오빠들 사이에 머리 들이박고 싸우며 먹는 게 훨씬 맛있었다. 제 자식만 해도 일곱, 따로 싸서 보냈는데도 기어이 집에 와서 제 자식들 몫을 차지하는 내가 얄미울 법도 하건만 고모는 내가 몇개 간신히 주워먹고 아쉬운 듯 빈 접시를 바라보고 있으면 몰래 부엌으로 데려가 한움큼 따로 쥐여주었다. 나는 고모가 쥐여준 것들을 그 자리에서 먹지 못했다. 아가, 왜 안 묵냐. 자기는 먹지도 않고 벽장 속에 꼭꼭 숨겨두었다가 자식들 입맛 없을 때, 아플 때 하나씩 꺼내주는 어머니 때문이라고 나는 대답할 수 없었다. 찐득찐득하게 달라붙는 양갱이나 강정을 손에 꼭 쥔 채 나는 푹 고개를 수그렸고, 그때마다 고모는 어매랑 성들 생각나서 글제? 우리 숙이는 맴이 비단결맨치 보드라바서 복 받을 것이다, 아나, 하고는 양 호주머니가 불룩하도록 더 챙겨 주었다. 그런 고모가 고마웠지만 고맙기만 한 것은 아니었다. 어린 나이여서 잘 몰랐고, 지금도 딱히 이유를 설명할 수는 없으나 고마워서 더 원망스러웠다. 고모가 내 주머니를 채워줄 때마다, 대체로 엿기름 같은 것이 찐득하게 묻은 솥뚜껑 같은 손으로 내 머리를 쓰다듬을 때마다 들어와서는 안 될 것이 내 마음 깊숙이 쳐들어오는 느낌이었고, 나는 뭐라 설명할 수 없이 상처입은 느낌이었다. 하루 세 끼 배불리 먹여줄 수 없으면서 자존심은 턱없이 강하여 밥때 즈음에는 절대 남의 집에 보내지 않던 어머니 때문이었는지도 모른다. 나는 어머니에게 평생 단 한 번 죽도록 맞았다. 고작 다섯 살에. 겨우 말문이 트여 몇마디 쫑알거리는 어린것을 반주검으로 만들어놓은 것은 남의 집 안반에 묻은 인절미 찌꺼기를 보면서 꼴딱 침을 삼켰다는 이유였다. 먹고 싶은 마음을 들키는 것이 죽도록 얻어맞을 만한 짓이라고, 머리통도 채 여물기 전에 단단히 교육받은 나는, 그후로 어떤 식의 욕망도 남 앞에 드러내본 적이 없다. 고모만은 말하기도 전에 내 욕망을 눈치 챘고, 내가 원하는 것보다 더 충분하게 그 욕망을 채워주 었다. 그래서 나는 고모가 설령 내 집에 머물러 살겠다고 해도 별로 할 말이 없기는 했다.

"아이, 소파로 가자. 안 그래도 진작 했어야 헐 이바군 디, 나가 니헌티 참말 낯이 없어가꼬 차매 입이 안 떨어지 드라."

고모는 자기 집에 온 손님을 안내하듯 나를 소파로 이 끌었다.

"못헐 말을 헐랑게 입안이 빠싹빠싹 타그마이. 아이, 숙아."

남편도 그렇게 불렀다. 숙아,라고. 오랜만에 고모가 어 린 시절처럼 숙아,라고 다정하게 부르자 그런 생각이 들 었다. 남편을 사랑하게 된 것은 그 다정한 호칭 때문이 아 니었던가 하고. 나는 남편을 만난 뒤 세상 밖을 기웃거리 지 않았다. 나만의 외딴 동굴에 칩거하는 것, 그것은 나의 오랜 꿈이기도 했다. 아주 어린 시절 『해저 2만리』를 읽은 뒤 나는 땅 밑 세계를 꿈꾸었다. 아이들은 땅을 계속 파 들어가면 지구의 반대쪽인 멕시코로 나가게 된다고 굳게 믿었지만 나는 지구 한가운데에는 더이상 팔 수 없는, 지구 중심의 뜨거운 열기에도 녹지 않는, 다이아몬드처럼 단단한 땅이 있고, 그곳에는 너구리굴 같은 자그마한 무수한 동굴들이 존재한다고 믿었다. 땅을 보고 걷는 사람들은 점점 깊이 땅속으로 스며들어 언젠가 그 작은 동굴에 도달하게 된다고. 깊은 어둠 속, 사람 하나 웅크리면 간신히 들어갈 만한 작은 동굴, 그곳은 어머니의 자궁 속처럼 원초적으로 평화로울 것 같았다. 처음 만난 날, 현숙이, 숙이, 숙이 하고 혼자 중얼거리던 남편은 좀 걷자고 하더니 내게 시선 한번 주지 않은 채 땅을 보며 걸었다. 저 사람이라면 지구의 한가운데, 서로 다른 동굴로 내려가더라도, 그래서 만년을 홀로 살더라도 숙아, 하고 부르는 그 다정한 음성으로 인해 외롭지는 않을 것 같다고 나는 생각했다. 결혼이라는 결코 녹록지 않은 현실로 뛰어들 결심을 한 것은 그 때문이었다. 혼자 사는 것이나 다름없이 우리의 결혼생활은 편안했다. 적어도 나에게는. 솔직히 말하면 남편의 귀가가 점점 늦어지고 혼자 있는 시간이 많아지면서 조금은 쓸쓸한 적도 있었다. 그럴 때면 나는 차를 몰고 도심으로 나가서, 브레이크와 액셀을 교대로 밟느라 종아리가 뻐근할 때까지 운전을 했다. 클래식 채널의 볼륨을 최대한 높인 채. 최대볼륨의 교향곡은 지구가 자전하는 소리처럼 내 귓전에 닿지 않았고, 투명한 창밖으로 사람들이 바삐 흘러가는 모습 또한 다만 풍경에 지나지 않았다. 텔레비전 뉴스 속의 영상이나 신문의 활자처럼. 차 안은 나만의 완벽한 동굴이었다. 그 여자가 내 집에 발을 디딘 순간, 아니 남편 몸에 밴 그녀의 체취가 감지된 순간, 나의 동굴은 폐쇄되었다. 언젠가부터 안과 밖의 경계가 느슨해졌고, 안인지 밖인지 아무튼 나는 벌거벗은 채 쇼윈도의 마네킹처럼 전시된 느낌이었다.

"아이, 숙아. 전후사정을 다 말헐 수는 없고이, 기왕지사 니가 맴 썼응께 쪼깨만 더 지둘려라. 하매 어디서든 오란 디가 있을 것이다. 오늘이라도 나 찾는 디가 있을랑가도 모리고."

고모는 고향을 떠난 뒤 삼십년 동안 남의 집을 전전했다. 고향사람 소개로 맨 처음 간 곳이 부잣집이라 그 뒤로 어지간해서는 명함도 못 내밀 부잣집으로만 돌아다녔는데, 어머니 말로는 월급을 대기업 대졸사원 못지않게 받는 모양이었다. 고모가 일하는 집에 놀러 온 사람들이 고모 솜씨에 홀딱해서 일종의 스카우트를 한 덕분에 자꾸 몸값이 올라갔다는 것이다. 어머니에게 듣건대, 최근에 있었던 곳은 우리나라에서 가장 큰 시장의 조합장 집으로 일이 많아 고되긴 하지만 보수가 여간 세지 않았다고 했다. 일곱 자식들이 번갈아 사고를 치는 바람에 늘 돈이 필요한 고모로서는 최상의 집인 셈이었다.

"아이고, 말도 마라. 고 징헌 것들."

주인남자가 시장 조합장이다보니 평소에도 오만가지 물건들이 선물로 들어오는데, 냉장고에서 썩어버리는 한이 있더라도 제 물건 공짜로 남에게 주는 법이 없는, 보기 드물게 인색한 사람들인 모양이었다. 평소 인정 많고 손 큰 고모가 먹을 것 썩어나는 꼴을 그냥 보아 넘길 리 만무했다. 고모는 갈비고 생선이고 과일이고 먹을 만큼 남긴 뒤 죄 아파트 경비나 아는 사람들에게 나눠주었다. 조합장 칠순 선물로 들어온 장뇌삼을 이주일이 지나도 찾지 않기에 고모는 하필이면 그것을 얼마 전 교통사고로 뇌출혈을 일으킨 뒤 시난고난하는 아버지에게 보냈고, 장뇌삼 따위야 발부리에 차이고 넘쳐 그냥 지나갈 줄 알았던 조합장이 술취 끝에 그걸 들먹인 게 화근이었다. 나 잡아 잡슈, 하고 빌기만 했어도 잔소리 몇마디 듣고 지나갔을지도 모를 것을, 말 참는 법이 없는 고모는 대뜸 썩어나는 것 천지라 썩기 전에 좋은 일 했노라 받아쳤고, 그것이 조합장의 심기를 건드린 것이다.

"내 물건 내가 삶아묵든 채쳐묵든 식모 주제에 어디서 감히 말대답이냐고 위로 뛰고 아래로 뛰는디 참말 같잖아서. 돈 주고도 고런 귀경은 못할 것잉마. 워디 돈만 있다고 사람이가니. 행, 함 당해보라제. 고것들 아매 사람 구하니라 애 쪼깐 쓸 것이다. 약아빠진 요새 것들이 당뇨 든 구순 노인 밥상 따로 채려, 기사 밥 따로 채려, 하루에 밥상만 스무번 넘게 채려야 되는 집에를 올라고나 흐간디. 하여간에 있는 것들은 일 부레묵는 것은 생각도 안코 즈그 주머니에서 돈 나간 것만 생각헌당께. 고로코롬 웅케쥐고 산께 돈을 모닸능가는 몰라도."

칠순의 고모는 하루 스무 상을 차려야 하는 번잡한 살림을 도맡아온 모양이었다. 일복은 타고난 사람이었다. 결혼하자마자 시아버지가 중풍으로 쓰러져 자리보전을 하는 통에 이십년 가까이 똥오줌 받아내는 병수발을 했고, 그 양반이 세상 뜨기도 전에 시어머니가 노망이 들었다. 밥을 먹고 돌아서면 금세 밥 먹은 걸 잊어버리고 저년이 시엄씨를 굶게 죽일란갑다,고 고래고래 악을 쓰던 고모의 시어머니는 아들이 위암으로 죽은 뒤에도 몇년을 더 끈질기게 버티다가 목숨줄을 놓았다. 거기다 자식이 일곱이었고, 젊어서부터 몸이 약해 시름시름 앓던 고모부는

밖에 나가 쌀 한되 빌려올 재주가 없는 용하디용한 사람이라 바깥일 또한 고모의 몫이었다. 온종일 일에 치여 살면서도 고모는 얼굴 한번 찌푸리는 법이 없었다. 고모는 시아버지, 시어머니가 한꺼번에 똥을 싸질러 이불빨래가 산더미같이 쌓였을 때도 콧노래를 부르며 방망이를 두드렸다. 나는 일감을 보믄 한숨부터 난디 느그 막둥이 고모는 콧노래를 불러야. 쌔빠지게 일만 험시로 만날 멋이 그리 좋아서 노래를 불러쌓고 궁뎅이를 까불어쌓는가 모리겄당께. 우렁각시를 숨게놨능가, 도깨비방맹이를 숨게놨능가. 제사 끝마다 몸살을 되게 앓던 어머니는 늘 고모를 부러워했고, 어린 나는 정말 우렁각시가 나타날까 하여 쏟아지는 졸음을 참으며 일하는 고모를 지켜보곤 했다. 우렁각시는 끝내 나타나지 않았지만 군더더기 하나 없는 고모의 손놀림을 지켜보노라면 꼬리 아홉 달린 여우에게 홀린 듯 덩치 산만 한 고모가 차츰 아리따운 우렁각시로 변해가는 것 같았다.

　세월이 흘러도 고모의 솜씨는 여전하여 단 일주일 만에 집 안의 가구들은 반짝반짝 윤을 냈고, 냉장고에는 먹을 것들이 그득했다. 지난 일주일, 나는 엉덩이를 들까불며 일에 신명이 난 고모를 몰래 훔쳐보곤 했다. 무림 고수의 칼놀림처럼 허튼 데라곤 없는 고모의 몸짓을 보고 있는 동안 나는 뭔가를 참을 수 없는 느낌이었다. 참을 수 없는 것은 나인 것 같기도 했고, 허락도 없이 내 영역을 침범하여 억지로 잠재워놓은 내 의식을 들쑤셔놓은 고모인 것 같기도 했다.

"전화만 허믄 도로 오라고는 헐 것이다마는 인자 나도 늙었능가 그 집 살림은 못 살겠다. 돈도 돈이제만 왼쪽 무르팍이랑 손목이 하도 쑤셔싸서 밤마동 진통제를 묵어야 잠이 온당께. 우리 애기들이사 니도 알다시피 갈 형펜이 안 되고 그래서 나가 요 동네 겡비들헌티 싹 말을 해놨다. 식구 적고 일 적은 집으루다가 알아볼라고. 어제도 한군디서 연락이 오긴 왔는디 돌쟁이허고, 세 돌 막 지낸 놈을 봐야 허는 집이라 마다고 해부렀다. 애기들 치다꺼리가 워디 보통이간니…… 긍께 쪼깨만 더 니가 내 사정을 봐줘야 쓰겄다. 에레서부텀 사램 손 타는 걸 질색팔색허는 니 성질을 나가 모리는 것도 아니다만, 그래도 어쩌겄냐."

대답할 말도 없긴 했지만 고모는 내 답변을 기다리지도 않고 총총 부엌으로 사라졌다. 그러고 보니 씨름선수 같은 몸집이 왼쪽으로 기우뚱거리는 듯했다. 일을 무서워하는 고모라니, 세월이 무섭긴 무서운가보다. 환갑 지나면서부터 한여름에도 보습제를 쓰지 않으면 허연 살비듬이 이는 어머니를 보면서 나는 늙는다는 것은 생명을 가능하게 했던 수분이 점점 메말라가는 것이라고 생각했다. 살비듬과 함께 생명이 떨어져나가는 것이라고. 그러나 고모처럼 기름 번들번들한 몸도 안으로부터 늙어가는 모양이었다. 어쩌면 고모의 몸은 물이 아니라 기름으로 이루어져 어머니가 살비듬을 떨구듯 기름기를 떨궈내고 있는지도 몰랐다.

잠시 후 고모가 내 앞으로 접시를 내밀었다. 접시에 담긴 것은 어린 시절 고모집에서 무수히 먹었던 팥 양갱이었다. 양갱을 만드느라 고모는 한나절 내내 비 오듯 땀을 흘린 것이다. 나는 흰 접시에 담긴 연한 팥색의 양갱을 물끄러미 바라보았다. 간혹 고모가 만들어준 양갱이 그립기도 했는데, 식욕은 돋지 않았다.

"묵기 싫어도 한나만 묵어봐라. 니 에레서 백점 못 받았다고 홀짝홀짝 울고 있다가도 요놈만 쥐주면 울음을 뚝 그쳤니라."

고모는 손가락 한마디만 하게 자른 양갱을 포크로 찍어 내 손에 쥐여주었다. 양갱만 먹으면 울음을 그쳤다는 것을 나는 까맣게 잊고 있었다. 양갱은 거의 아무 맛도 나지 않았다. 열은 팥맛이 혀끝에 감돌았을 뿐이다.

"니, 아즉 김서방 못 잊었지야?"

내가 아니라 내 손에 들린 반 남은 양갱을 물끄러미 바라보며 고모는 불쑥 물었다.

"그럴 것을 잡아보도 못했지야? 에레서도 그랬니라, 니가."

고모의 말이 끝나기 무섭게 기다렸다는 듯 굵은 눈물방울이 뚝뚝 떨어져내렸다. 양갱을 먹었는데도 눈물이 나네, 생각하며 나는 울었다. 고모가 오기 바로 전날, 남편이 다녀갔다. 헤어진 뒤 처음이었다. 한밤중이고 술에 상당히 취한 듯했는데, 남편은 종일 입고 있었을 것임에도 별로 구김이 가지 않은 흰 와이셔츠 차림에 넥타이를 반듯이 매고 헤어지기 전의 어느 날처럼 소파에 앉아 내가 컵에 따라준 아인슈타인 우유를 오래도록 바라보았다. 한시간쯤 그렇게 말없이 앉아 있던 남편이 여전히 우유컵에 시선을 둔 채 중얼거렸다.

"잡지도 못하고 보내지도 못하지, 너는."

그게 전부였다. 우유에는 입도 대지 않은 채 그는 예의 바른 전기검침원처럼 깍듯한 목례까지 남기고 사라졌다. 그날 그 여자가 아이를 낳았다는 소식을, 다음 날 그의 친구이자 나의 친구였던 사람이 알려왔다. 잡혀주지 못했으니 보내주게나 하기 위해 찾아온 모양이라고, 그렇게 해주겠노라고 담담하게 생각했는데, 눈물은 왜 자꾸만 흐르는 것인지 나는 이해할 수 없었다.

"아이, 그만 묵어라. 설사허겄다."

나는 울면서 계속 양갱을 먹고 있었다. 서서히 단맛이 느껴졌다. 설탕을 거의 넣지 않은 양갱의 단맛은 초콜릿처럼 달콤쌉싸름했다. 고모는 어린 시절의 어느 날처럼 솥뚜껑만 한 손으로 내 등을 쓸어내렸다. 퍼주기를 워낙 좋아해서 주변에 죽고 못 사는 친구들이 수두룩한 고모가 한달쯤 신세질 곳이 왜 없으랴. 맘 편하게 발 뻗을 곳도 없고 수중에 돈 한푼 없는 고모의 손길은 관음보살처럼 한량없이 부드러웠다. 유년의 그날 이후 다시는 쳐다보지 않으려 한 고모의 손이 사돈의 음부에서 구더기를 집어내듯 내 마음속의 구더기를 집어내는 듯했다. 나는 양갱 한 접시를 깨끗이 먹어치웠고, 그러자 눈물이 그쳤다. 단맛이 오래도록 입안에 감돌았다.

스물셋,
마흔셋

아일라의 속옷이 빨랫줄 가득 널려 있다. 팬티 네장, 블루머 네벌, 두꺼운 스타킹 두켤레. 이제 막 널었는지 물기 촉촉한 옷가지 위로 청명한 햇살이 쏟아진다. 나는 황급히 고개를 돌린다. 한국보다 훨씬 밝고 찬란한 햇살 때문은 아니다. 삶는 법을 모르는 영국 노인네의 팬티는 시선을 두기 민망하게 늘어진 데다 밑부분이 누르스름하게 변색되어 있다. 여든둘의 아일라는 정원에서 일을 할 때조차 무릎 밑으로 살짝 내려오는 에이라인 스커트에 소박한 프릴이 달린 블라우스 차림을 고집한다. 머리카락 한올 흐트러짐 없이 야무지게 묶어 올리는 아일라지만 하루에 두번씩 속옷을 갈아입어도 팬티의 변색은 막을 길이 없는 것이다. 막 생리를 시작하고 첫사랑에 가슴을 앓을 무렵, 아일라의 속옷은 순결한 몸만큼이나 새하얬으리라.

케임브리지에 도착한 다음 날, 아일라는 활짝 웃으며 야트막한 나무 담장 너머로 손을 내밀었다.

"굿 모닝. 아임 아일라."

아일라라는 제목의, 그동안 까맣게 잊었던 소설이 떠올랐다. 주인공 아일라는 후배위밖에 알지 못하던 종족에게 정상위를 알려준, 신석기시대의 인물이었다. 서로의 눈을 마주보는 정상위를 통해 인간은 동물적 욕망을 넘어 사랑의 감정을 갖게 되었다고, 그 책에 쓰여 있었다. 나는 현대인답게 정상위를 즐기지만 남편의 눈을 똑바로 쳐다본 적이 없다. 그 여자는 남편의 눈을 마주보았을까. 차진 교성을 내지르며. 주름지고 건조한 아일라의 손을 맞잡으며 나는 그런 생각을 하고 있었고, 아일라가 내 생각을 읽을 리도 없건만 제풀에 쑥스러워 낯을 붉혔다. 소설 속의 아일라는 갓 잡아 올린 고등어처럼 펄떡펄떡 튀어오를 것 같았으나 눈앞의 아일라는 태양이 작열하는 모래사장에 버려져 삐들삐들 말라가는, 고등어였는지 꽁치였는지 정체조차 알 수 없어진 생선 같았다. 아일라를 읽은 게 언제였을까. 소설 속의 아일라가 그 긴 세월을 지나 내 앞에 서 있는 듯했다.

나는 서둘러 홍차를 마시고 일어선다. 습기를 머금어

한층 푸르른 잔디밭 위로 폭포수처럼 퍼붓는 햇살이 유혹적이긴 하지만 늙은네 잠 없기로는 동서양이 다르지 않아 일찌감치 빨래를 마치고 어느 나무 아래 김매기를 하고 있을 아일라가 언제 담장 너머로 불쑥 얼굴을 들이밀지 모르는 것이다. 노인네가 기력도 좋지, 한번 말문이 터지면 햇빛 아래 꼿꼿이 버티고 서서 도무지 돌아설 줄을 몰랐다. 조금만 상대를 해주면 녹은 엿가락처럼 엉겨 붙는 것 역시 인종을 넘어선 노인네들의 특성인 모양이다.

천장의 둥근 창으로 쏟아진 햇살이 스포트라이트인 양 잠들어 있는 영인의 나신을 비추고 있다. 몇번이나 주의를 주었건만 영인은 내가 잠든 사이 속옷을 홀렁홀렁 벗어던져, 일어나보면 언제나 실오라기 하나 걸치지 않은 알몸이다. 영인은 태아처럼 잔뜩 구부린 채 자고 있다. 옆으로 누웠는데도 가슴이 봉긋한 제 모양 그대로다. 살짝 고개를 쳐든 분홍빛 유두가 도발적이다. 열살 무렵, 산딸기를 가득 손에 들고 오다가 무심코 힘을 준 적이 있다. 물컹, 손안으로 스며드는 듯한 묘한 감각과 함께 붉은 딸기물이 손가락 사이마다 흘러나왔다. 방금 전까지만 해도 입안에 신 침이 그득 고이도록 탐스러운 산딸기였다는 것을 믿을 수 없게 으깨진 붉은 잔해가 오래도록 내 시선을 붙들었다. 나는 그때처럼 무심코 영인의 가슴을 향해 손을 내민다. 순간 미동도 하지 않던 영인이 번쩍 눈을 뜬다. 바로 코앞에 다가와 있는 나를 향해 영인은 한치의 놀라움이나 의아함도 담기지 않은, 무구한 눈웃음을 보낸다.

영인을 처음 만난 것은 '세계의 끝'이었다. 아주 오래전, 아마 서른 무렵일 터인데, 서른 후의 일들은 시계 초침과 같은 기계적 거리감을 상실하고 사건과 사건 사이의 시간이 제 마음대로 짧아졌다 늘어졌다 하는 바람에 언제인지 잘은 모르겠으나, 가까운 친구와 온 적이 있던 카페 세계의 끝은 까마득한 기억 속의 그때와 조금도 다르지 않았다. 우리는 그때 세계의 끝이란 간판이 보이도록 카페 앞 삼거리에서 각자 사진을 찍었다. 친구라고는 나뿐이던 그 친구는 사람을 좋아하지 않는 성품을 십분 발휘하여, 간신히 나라고 구별할 수 있을 만큼 손톱만 한 크기로 내 목 아래를 왕창 잘라 사진 맨 밑에 깔아놓고, 세계의 끝과 그 너머로 무한정 푸르게 뻗어 있는 하늘을 가득 사진에 담아놓았다. 사진 속의 나는 이제 막 세계의 끝에 들어선 얼뜨기 신입처럼 보였다. 사진 속에 담겨 있던 강렬한 인상에 끌려 나는 세계의 끝으로 들어섰고, 예전에 친구와 함께 앉았던 창가 자리가 마침 비어 있기에 그곳에 앉아 위스키 더블을 시켰다. 웨이터가 기둥처럼 튼튼하고 무거운 더블 잔을 놓고 간 후 고개를 돌렸더니 웬 여자가 창에 코를 박은 채 안을 들여다보고 있었다. 바로 내 자리 앞이어서 본의 아니게 나는 그녀와 시선이 마주쳤다. 그녀, 그러니까 영인은 참으로 천진하게 방긋 웃더니 불쑥 사라졌다. 잠시 후 영인은 허락도 없이 내 앞자리에 털썩 주저앉으며 물었다.

"일본분이세요?"

일본말이었는데, 영인이 입은, 아마도 동대문이나 남대문에서 세장에 만원쯤 주고 샀을 흰색 면티에는 '건드리지 마'라고, 모서리마다 뾰족뾰족 각진 한글로 도드라지게 적혀 있었다. 싸구려임에도 불구하고 면티에서는 푸르스름한 새벽 기운이 느껴졌다.

"내가 일본사람으로 보여요?"

라고 일본어로 받은 것은, 일본인이냐는 기본적인 말조차도 영인이 기억을 되짚어 더듬거리고 있다는 것을 눈치챘기 때문이었다. 익숙지 않은 남의 말을 더듬거리는 장소가 세계의 끝만 아니었어도 여느 때처럼 나는 모르쇠로 일관했을 것이다. 세계의 끝이란 무엇이든 절박하게 만드는 마력이 있었다.

"아이, 씨. 진짜 일본사람이네."

난처한 듯 한국어로 혼자 중얼거리던 영인이 한 갈래로 질끈 동여맨 머릿속을 북북 긁으며 다시 물었다.

"캔 유 스피크 잉글리시?"

영어선생인 나는 한번도 먼저 타국인에게 말을 걸어보지 않았다. 누가 말을 걸어도 영어를 모르는 척 무시한 경우가 태반이었다. 중학교 수준의 영어실력으로 거침없이 타국인 ─ 아니 타국인이라고 짐작한 ─ 에게 말을 건네는, 허락도 없이 앞자리에 앉은 여자가 점점 거슬리기 시작했다. 나는 대답하지 않고 위스키를 한모금 마셨다.

"이것들은 왜 영어도 못하는 거야! 아 씨. 공술이나 한잔 얻어먹을랬더니……"

영인은 입맛을 다시며 내 술잔을 바라보았다. 몇날며칠 굶주린 아이처럼 영인의 눈빛은 거침없이 탐욕스러웠다. 내가 아니라 누구라도 영인의 그 눈빛 앞에서 원하는 것을 내주지 않을 수 없었을 것이다.

"맥주? 위스키?"

영인의 눈이 문자 그대로 정말 동그래졌다. 그러고는 이내 호들갑스럽게 짝짝 박수를 쳤다.

"어머어머! 한국분이셨구나! 일본사람인 줄 알았는

데……"

호들갑을 떨면서도 영인은 나를 찾아온 본연의 임무를 잊지 않고 얼른 덧붙였다. 머리가 나쁘지 않은 아이였다.

"사주기만 하신다면야 단연 위스키죠. 스트레이트 더블."

영인은 코를 내 술잔 가까이 대고 킁킁거렸다.

"흐응, 글렌피딕 12년산이구나. 18년산은 없나?"

영인만 한 나이에 나는 캡틴 큐가 양주인 줄 알았다. 그게 양주의 맛을 흉내 낸 화학주라는 걸 안 건 아주 먼 뒤였다. 싸나이 가슴에 불을 댕겨라. 그 캡틴 큐에 취해 나는 처음으로 남편과 관계를 가졌다. 지리산 종주에 나선 이틀째였던가. 야영지 부근에 몇군데 늪이 있던 연하천 산장이었다. 화장실에 가다가 나는 늪에 빠졌고, 겨우 무릎 정도긴 했으나 늪은 탈출을 쉽사리 허락하지 않았다. 사투라고 하면 과장이겠으나 밀고 당기는 늪과의 사투는 남편과 나의 몸을 한결 친밀하게 만들어주었다. 늪과 술의 조화가 아니었다면 어쩌면 남편과 나는 결혼에 이르지 못했을지도 모른다. 남편도 나도 손을 잡고 입을 맞추고 천천히 진도에 맞추어 서로에게 다가서는 법조차 알지 못하는 답답한 족속이었다.

나의 처녀를 버렸던 그날 밤을 나는 기억하지 못한다. 내 입술로 다가오던 남편의 얼굴을 두어번 밀어낸 것이 기억의 전부였다. 눈을 떠보니 나는 선배였던 남편의 품에 안겨 있었고, 옷을 벗은 채였다. 한여름인데도 새벽공기는 몸서리쳐지도록 알싸했다. 침낭을 머리끝까지 당긴 채 나는 꼼지락꼼지락 옷을 입었다. 손가락 한마디만한 황금빛 똥파리가 지겹게 달라붙던 화장실에서 갈아입은 흰색 순면 팬티는 공교롭게도 캡틴 큐 병목에 걸려 있었다. 캡틴 큐에 취한 남편은 코를 골며 단잠에 취해 있었고, 더이상 처녀가 아닌 나의 몸은, 처녀가 아니라는 명징한 사실에도 불구하고 어젯밤과 별반 다르지 않았다. 나는 가만히 침낭을 들췄다. 혈흔 같은 것은 보이지 않았다. 처녀여도 처녀가 아니어도 나는 나였다. 처녀막이라는 게 무게가 있는 것은 아닐 텐데 어쩐지 나는 발에 묶인 쇠사슬이라도 떨쳐버린 노예처럼 개운했다. 간혹 궁금했다. 내 기억 속에는 남아 있지 않은, 나의 처녀가 사라진 그날이. 아무 생각없이 술김에 벌인 일은 아니었다. 처녀를 버리기 위해 술을 마셨다고 하는 편이 정확했다. 사년 선배였던 남편이 느닷없이 지리산에 가자고 했을 때 가슴이 설렜고, 자정 가까운 용산역에서 우리 둘만의 산행이라는 것을 알았을 때 나는 꼴깍 마른 침을 삼키며 각오했다. 남편 역시 그랬을 것이다. 그러나 남편 또한 나처럼 그날 밤을 기억하지 못했다. 그 시절의 우리들은, 화염병을 던질 용기는 있어도 맨 정신으로 제 몸의 행로를 지켜볼 용기가 없었다.

"몇살이죠?"

처음으로 내가 물었다.

"스물셋. 얘네들 식으로는 스물하나. 이름은 우영인. 사학년 휴학 중. 전공은 국문학. 문학에 대해서는 좆도 몰라요. 그러니까 왜 국문학을 전공했냐, 이따위는 묻지 말라구요."

뜻밖의 육두문자가 산뜻하게 느껴진 것은 종결어미를 싹둑 자른 어법 때문이었을까. 낯선 땅, 낯선 사람 앞에서 영인은 거침없이 취했고, 제 키만 한 배낭을 메고 비틀거리며 음산한 청회색의 거리로 거침없이 나섰다. 스물셋의 여자애가 취한 채 이국의 거리로 나서도록 내버려두기에는, 나는 너무 늙었다. 늙었다는 것을 나는 마흔도 되기 전에 알았다.

서른아홉의 가을, 남편과 나는 결혼 후 처음으로 둘만의 여행을 갔다. 하필 태풍이 오고 있었다. 우리는 광어회를 안주로 몇잔의 소주를 마시고 방파제 끝까지 걸었다. 아직 비는 내리지 않았고 바람만 모질게 불었다. 바람을 안고 앞으로 전진하기가 쉽지 않았다. 끝까지 가볼 생각도 아니었다. 이른 시간인데도 횟집들이 대부분 철시해버린, 바람 휘몰아치는 방파제의 풍경에 끌려 몇걸음 흉내를 내본 것뿐이었다. 저만치 방파제 끝에 남녀가 영화의 한 장면을 흉내 낸 듯 둘이 겹쳐진 채 두 팔을 활짝 펴고 서 있었다. 그들이 기다리고 있는 것은 파도였다. 집채만 한 파도가 방파제를 향해 밀려왔다. 한참이나 거리가 남았는데도 남편과 나는 약속이나 한 듯 주춤주춤 뒤로 물러섰다. 파도 속에서 꺄르륵, 숨넘어가는 웃음소리가 들렸다. 잠시 후 파도가 힘을 잃고 잔물결로 부서졌다. 온몸이 폭삭 젖은 어린 연인들은 우승컵을 거머쥔 챔피언이라도 되는 양 발을 동동 구르며 또다른 파도를 향해 두 팔을 활짝 벌렸다. 나는 멀찌감치 피했음에도 불구하고 바닷물에 젖은 가죽단화 때문에 짜증이 치밀었고, 그사이 남편은 손나발을 만들어 외치고 있었다.

"얘들아! 위험해!"

가까이 다가갈 엄두도 내지 못한 채 손나발에 대고 와락와락 악을 쓰는 남편의 뒷모습을 보면서 나는 우리가 이미 젊음의 문을 나선 지 오래임을 깨달았다. 앞으로 어떤 파도에도 휩쓸리지 않을 거라는 것도.

"굿 모닝!"

잠기가 전혀 느껴지지 않는 상큼한 목소리로 아침인사를 건넴과 동시에 영인이 와락 내 목을 끌어안는다. 에든버러 중앙역에서도 영인은 나를 와락 끌어안고는 눈물을 글썽였다. 고작 전날 밤에 만난 사이라는 것을 나조차도 잠시 잊었다. 입영열차에 탄 연인을 배웅하듯 못내 아쉽게 손을 흔들던 영인은 발차 직전 불쑥 사라졌다. 어디로 갔을까, 고개를 기웃거리며 창밖을 살피던 나는 내 등을 톡톡 두드리는 영인의 손길이 내심 반가웠다. 마침 옆자리가 비어 있기에 귀찮은 듯 슬그머니 엉덩이를 비켰을 뿐이긴 했지만.

영인의 뭉클한 가슴이 코를 누른다. 분사형 방향제라도 되는 양 알싸한 향기가 뿜어져 나온다. 하루 한 갑 넘게 담배를 피우는 흡연자인데도 영인의 몸에서는 담배냄새가 나지 않는다. 몸속에 자체 정화기라도 있는 듯하다. 언젠가부터 남편의 몸에서는 샤워를 한 직후에도 담배냄새가 났다. 향기가 독한 바디 샤워를 골랐지만 복숭아향도, 오렌지향도, 각종 허브향도 땀구멍마다 밴 담배냄새를 지우지 못했다. 땀구멍에 밴 것은 담배냄새만은 아닐 것이다. 세월의 오욕과 먼지들이 내 땀구멍에도 가득 찬 것 같아 목욕을 할 때마다 나는 살갗이 벗겨지도록 문질렀다. 그래도 늙은 땀구멍으로는 세상의 온갖 냄새와 먼지들이 쉬 달라붙었다. 그것들이 썩어 늙은 내로 변하는 것은 아닐까. 늙은 부모의 퀴퀴한 늙은 내를 맡으며 나는 생각하곤 했다.

향기에 취해 있던 나는 화들짝 놀라 영인을 홱 밀어낸다. 내 코에 닿은 영인의 유두가 꼿꼿이 곤두서는 게 느껴졌던 것이다. 얼굴이 확 달아오른다. 키들키들, 영인이 웃는다. 영인은 알몸으로 늘어지게 기지개를 켜고는 욕실로 들어선다. 욕실 문을 반쯤 열어둔 채 영인은 허리에 손을 얹고 반신거울 앞에 이리저리 제 몸을 비춘다. 자세를 잡을 때마다 씰룩이는 엉덩이가 탐스럽다. 위로 찰싹 올라붙은 영인의 엉덩이는 다소 빈약해서 뒷모습만 보면 사춘기 소년처럼 보인다. 영인은 젖가슴이 꽃봉오리라도 되는 양 조심스럽게 손바닥으로 받치고는 두어 차례 흔든다. 잠든 아이를 깨우기라도 하는 것처럼. 유두가 곤두선 가슴이 봄바람에 일렁이는 여린 보리싹처럼 출렁인다, 아니 그럴 것이라 상상한다. 머릿속에 영인의 젖가슴이 가득 채워진다.

"여자의 성기는 참 아름답지 않아요?"

어느 날 욕실에서 나온 영인이 물었다. 그걸 봤니, 어떻게,라고 묻고 싶었지만 나는 마른침을 삼키며 고개를 숙여 괜히 이불깃을 만지작거렸다. 집에 있는 대부분의 시간을 발가벗은 채 돌아다니는 영인의 불두덩도 나는 본적이 없다. 차마 보지 못했다.

"어머! 한번도 안 봤구나! 그렇죠? 사십삼년이나 자기 몸을 모르고 살았단 말이에요? 언니 진짜 대단하다."

영인은 싫다는 내 손에 기어이 손거울을 들려주고는 자리를 비워주었다. 징그러운 벌레라도 되는 듯 나는 손거울을 이불 위로 집어던졌다. 하얀 양모이불 위에 얌전히 놓여 있는 손거울이 자꾸만 시선을 끌었다. 나는 문을 잠그고 침대 위로 올라가 손거울 위에서 가랑이를 벌렸다. 거울에 비친 그것은, 사십삼년 만에 처음 보는 그것은, 영인의 말과 달리 아름답기는커녕 숯불 위에서 너무 익어 수분이 다 빠져버린 조개처럼 거무죽죽 볼품없었다. 사십삼년간 나라는 존재를 여자로 규정했던 그것은 단 한순간도 주목을 받아보지 못했다. 내게도 그 어느 남자에게도.

"미안해. 여자가 생겼어."

남편의 고백에 놀란 것은 군대 가기 전 선배들에게 끌려 홍등가에 갔을 때조차 무슨 정의의 사도인 양 한바탕 훈계를 하고 씩씩하게 돌아 나왔다던 남편이 늘그막에 스스로의 도덕률을 깨뜨려서가 아니었다. 그 말을 하는 남편의 얼굴에 발그족족 생기가 돈 까닭이었다. 양미간과 입가에 깊은 팔자 주름이 팬 남편은 가뭄 끝의 단비를 쑥쑥 빨아들인 늙은 팽나무처럼 소년 같은 열기에 들떠 있었다. 부부로 살아온 지 십칠년, 나 사랑해,라고 묻지 않게 된 것은 첫아이를 낳은 후부터였을 것이다. 그래도 우리가 평생 함께할 거라는 사실을 의심해본 적은 없었다. 우리는 가족이고 가족이란 헤어진다고 헤어질 수 있는 게 아니다. 그런데도 남편의 들뜬 열기가 나로 인한 것이 아니라는 사실에 어쩐지 가슴 한편이 싸하게 저려왔다. 그러나 나는 아무것도 묻지 않았다. 시간의 차이가 있을 뿐 세상의 모든 불이란 다 태우고 나면 스러져 재가 되는 것을 알 만한 나이였다. 나이 많아 좋은 것도 적지 않았다. 쓸데없는 일에 막무가내로 덤벼들어 감정을 다치는 일도, 되지 않을 일에 불필요한 감정소모를 하는 일도 나이가 드는 만큼 줄어드는 것이다. 다른 여자의 몸을 거쳐온 남편의 몸을 받아들이는 정도도 얼마든지 감내할 수 있었다. 너는 왜 신음소리를 내지 않아,라고 남편이 삽입한 채 빤히 내 눈을 들여다보며 묻지만 않았더라면.

아무것도 묻지 않았지만 나는 남편의 여자가 어린 여자라고 지레 짐작했다. 언젠가 버스 앞좌석에 앉은 여자 아이가 꾸벅꾸벅 고개를 끄덕이며 졸았다. 흰 교복 차림이었으니 아마 초여름께였을 것이다. 고개를 숙일 때마다 아이의 하얀 목덜미에 돋은 솜털이 사륵사륵 바람에 춤을 추었다. 나는 오래도록 아이의 목덜미에서 눈을 떼지 못했다. 견고한 남편의 도덕률을 깨뜨리게 한 것은 동성의 가슴도 뛰게 하는 젊음이었을 거라고, 나는 확신했다. 그 마음은 곧 내 마음이기도 했다. 바람을 피우고 돌아온 남편이 한결 가깝게 느껴진 것은 그 때문이었을 것이다. 너는 왜 신음소리를 내지 않아,라고 남편이 묻는 순간, 내 짐작이 빗나갔음을 깨달았는데, 슬픔은 실비처럼 천천히 고여, 두어달 후, 샤워를 하고 머리를 말리기 위해 김 서린 거울을 스윽 문질렀을 때, 거기, 닦아냈음에도 불구하고 이내 다시 서린 김 사이로 늘어진 내 젖가슴이 잔영처럼 흐릿하게 어른거린 순간, 느닷없는 눈물로 흘러내렸다. 음부는 몰라도 가슴이야 보란 듯이 도드라졌으니 수없이 보았을 텐데도 나는 아이 둘을 젖 먹여 키우느라 늘어진 내 젖가슴의 젊은 한때를 도무지 기억할 수 없었다. 가슴에 관하여 남은 기억이라곤 임신을 했을 때 수박덩이처럼 터무니없이 부풀어 도무지 사람의 것 같지 않던 기이한 형체뿐이었다. 여자란 몸도 마음도 저를 뛰어넘어 어미가되는 것이구나, 부른 배만큼이나 솟아오른 가슴을 보며나는 잠시 숙연했었다. 어미로서의 가슴 외에는, 내 몸에달린 내 것이건만, 내 것이 아닌 듯 낯선, 서리 내린 가을날의 호박꽃처럼 시든 가슴을 나는 그날 오래도록 바라보았다. 바라보아도 눅눅한 슬픔뿐, 욕망도 감흥도 솟지 않았다.

하루에도 서너번씩 비가 긋는 날씨 탓일까. 나무기둥을타고 오르는 청회색 이끼처럼 눅눅한 슬픔에도 녹이 슨다. 더이상 슬픈 것도 아니고 슬프지 않은 것도 아니다. 나는 남편과 두 아이를 위해 아침을 차리듯 아침을 차린다. 중학생이 되면서부터 아이들은 아침밥 먹는 것을 끔찍하게 싫어했다. 차라리 그 시간에 잠을 자게 해달라는 것이아이들의 소원이었다. 그래도 나는 한사코 잠에서 덜 깬아이들을 식탁으로 끌어내 밥을 먹였다. 지금쯤 아이들은아침밥으로부터의 해방을 만끽하고 있을 것이다. 나는 두툼한 베이컨 네장을 프라이팬에 올린다. 영인은 바싹 구운 베이컨을 좋아한다. 그릴에 살짝 구운 토마토도. 계란 노른자를 티스푼으로 떠먹을 수 있을 만큼 살짝 익혀 뒤집개로 뜨는 순간 영인이 콧노래를 부르며 욕실에서 나온다. 영인은 비에 젖은 강아지처럼 머리를 마구 흔들어 물기를 털어내고는 내가 식탁 위에 내려놓은 접시를 들고 문을 나선다. 가운조차 걸치지 않은 알몸이다. 나는 허겁지겁 가운을 챙겨 뒤따른다.

"볼 사람도 없는데 뭐."

영인은 호쾌하게 하하, 웃음을 터뜨리며 내가 어깨에 걸쳐준 가운을 밀어낸다. 동그랗고 하얀 어깨 위로 햇살이 부서지고 채 물기가 마르지 않은 몸에서 모락모락 김이 피어오른다. 발딱, 영인이 몸을 일으킨다. 장난기 가득하게 눈을 찡긋거리며 영인은 잔디밭 위로 휙 가운을 집어던진다. 영인의 말대로 볼 사람은 없다. 오른쪽 옆집에는 아일라 혼자 살고, 왼쪽 옆집에는 꽤 여러명이 사는 듯한데 다들 사는 일이 바쁜지 지난 석달 동안 한번도 뒷마당에 나오지 않았다. 그래도 나는 안절부절 사방을 두리번거린다. 볼 사람은 없어도 백주대낮이다. 하늘이 보고 땅이 보고 나무가 보고, 아일라의 뒷마당, 할일 없는 노인네의 정성스런 손길로 다른 집보다 싱싱하게 우거진 나무마다 깃들어 사는 수많은 새들이 본다. 볼 테면 보라지 뭐. 내가 말하면 영인은 되레 가슴을 내밀 것이다.

"풀밭 위의 점심, 어때요?"

목욕가운 위에 앉은 영인은 무릎을 세우더니 오른손으로 턱을 고이고 나를 바라본다. 마네의 그림과 똑같은 자세다. 그러나 그림 속 여인과 달리 허벅지는 탄탄하고 뱃살도 접히지 않는다. 영인은 제 왼편 자리를 손으로 톡톡 두드린다. 마법에라도 걸린 듯 접시 두개를 들고 나는 영인에게 다가간다. 벌거벗은 여신의 곁으로.

목욕탕도 없는 촌에서 자란 나는 부엌에서 목욕을 했고, 붉은 고무통 속에 들어가기 직전 옷을 벗었으며 나오는 동시에 옷을 입었다. 몇살쯤이었을까. 별 생각 없이 고무통에서 쑥 일어나던 나는 어머니에게 호되게 등을 얻어맞았다. 가시내가 부끄럼도 없어야. 나는 얼른 거웃 하나 나지 않은 불두덩을 가렸다. 가슴도 가려야제. 어머니가 다시 엄숙하게 말했다. 남자애들과 똑같이 팥알만 한 젖꼭지만 돋은 가슴을 나는 야윈 팔 뒤로 감췄다.

잘 익은 사과처럼 탐스런 가슴을 드러낸 영인의 얼굴에 부끄럼 같은 것은 느껴지지 않는다. 발가벗고 돌아다니는 돌쟁이 아이처럼 천진하다. 영인은 포크 대신 손가락으로 긴 베이컨 한 조각을 입에 넣는다. 눈을 감고 천천히 베이컨을 씹는 영인이 모습은 사색에라도 잠긴 듯 진지하기 짝이 없다. 지금 영인은 잘라지는 고기조각의 질감을 느끼며 잘게 잘라질수록 짙게 입안으로 퍼지는 훈제의 향을 음미하고 있을 것이다. 밥을 먹을 때의 영인에게는 밥이 전부다. 담배를 피울 때는 담배가, 술을 마실 때는 술이 전부인 듯이 영인은 집중한다. 남자와 잘 때도 영인은 그럴 것이다. 그 남자가 세계의 전부인 듯이 그 남자를 바라보고 남자의 손길을 느낄 것이다.

그 여자도 그랬다. 주차장 외진 곳에 세워진 남편 차의 창에 내가 바싹 얼굴을 붙이고 안을 들여다보는데도 남편과 여자는 인기척을 느끼지 못했다. 두 사람은 완전히 서로에게 몰두하여 바깥세상 같은 것은 안중에도 없었다. 운전석에 앉은 남편은 자신의 어깨에 기댄 여자의 머리카락을 천천히, 정성스럽게 쓸어내리고 있었다. 간혹 남편의 손가락이 귀를 스칠 때 흠칫 긴장한 여자의 양미간이 살짝 오므라들었다. 절정에라도 오른 듯한 표정이었다. 그럴 때, 여자가 다리를 움츠리는 것도 나는 놓치지 않았다. 내가 황망히 돌아선 것은 뜨거운 질투가 치밀어올라서,는 아니었다. 우리의 영역에까지 여자를 끌어들인 남편의 뻔뻔함에 화가 치민 것도 아니었다. 남편이 언제 나를 저런 표정으로 저런 손길로 다정히 쓰다듬은 적이 있던가, 원망스러워서는 더더욱 아니었다. 제 몸의 기쁨을 저 여자처럼 오롯이 즐겨본 바 없는 나의 사십삼년이, 지금까지 별 탈 없는 것처럼 여겨졌던 지난세월이 느닷없는 여자의 존재로 인하여 올 풀린 스타킹처럼 허망해진 것이 황망하고 난감하여, 나는 돌아설 수밖에 없었다.

"언니, 우리 와인 마셔요."

영인의 말은 언제나처럼 뜬금없다. 아침부터 술이라니. 말로 되어 나오지 않은 내 말을 영인은 재까닥 알아듣는다.

"술 마시는 시간이 따로 있나 뭐. 마시고 싶을 때 마시는 거지."

알몸의 영인이 풀밭 위를 달린다. 조심성 없이 쾅 문을 닫고 들어간 뒤에야 나는 나무 담장 너머 멍하니 서 있는 아일라를 발견한다. 아일라의 시선은 닫힌 방문을 향해 있다. 한점의 시기도 섞이지 않은 백 퍼센트 순정한 동경의 시선이다. 박제처럼 무표정한 아일라의 머리 위로 누렇게 변색된 속옷이 펄럭인다. 내 시선을 느낀 아일라는 무안한 기색도 없이 환하게 웃는다. 그러고는 살래살래 고개를 젓는다. 젊은 것들이란…… 나 역시 아일라의 말없는 말을 알아듣는다.

"러블리!"

무엇이 러블리하다는 것일까. 아일라는 하루에도 몇번씩 러블리를 외쳐댄다. 햇볕이 좋은 날도 사과가 처음 익은 날도. 내가 사우스 코리아에서 왔다고 했을 때도 아일라는 러블리,라고 말했다. 오늘 러블리의 대상은 아마도 젊은 영인의 몸뚱이일 것이다. 아일라는 어깨를 으쓱이며 돌아선다. 밖은 이렇게나 화창한데도 아일라의 부엌은 온갖 물건들이 창을 가리고 있어 침침할 것이다. 아일라의 식탁은 낡은 그릇들로 가득 채워져 있다. 지난번 나 없는 사이 우편배달부가 아일라의 집에 두고 간 소포를 찾으러 갔을 때 보니, 기름때에 찌든 크고 작은 튀김팬들이 식탁 한쪽에 켜켜이 쌓여 있었다. 오래도록 쓰지 않았는지 기름때가 먼지를 먹어 검은 팬들이 검뿌옇게 보였다. 그것을 버리지 못하는 것은, 앞으로 언젠가 쓰게 될 거라는 희망 때문이 아니라 기름때처럼 거기 엉겨 붙어 있을 기억 때문일 거라고 나는 짐작했다. 물건들이, 그러니까 기억들이 점령한 부엌 한편에 물건처럼 앉아 아일라는 혼자 콘플레이크로 아침을 해결할 것이다. 늙으면 입맛도 없어지는 법이다. 입맛은 없지만 먹지 않으면 힘이 나지 않는 게 늙은이들의 생리다. 먹기 싫어도 먹어야 하는 게 때로 세월의 형벌처럼 느껴질 때가 있다. 마흔 넘어 나도 종종 그렇다.

"돈츄 원투 조인 어스?"

아일라의 눈이 동그래진다. 지난 석달 동안 소포를 찾으러 아일라의 집에 몇번 들른 적은 있어도 아일라를 내 집으로 초대한 적은 없다.

"저스트 컴. 위 해브 이너프 푸드 히어."

아일라가 담장을 돌아 지팡이를 짚고 천천히 걸어올 동안 나는 아일라의 아침을 준비해야 한다. 문 앞에 서자 유리문 안에서 양손에 와인잔과 와인병을 든 영인이 문을 열어달라고 눈짓을 보낸다. 다행히 슬립을 입고 있다. 속옷을 입지 않아 속이 어른어른 내비치긴 하지만 알몸보다야 한결 낫다.

내가 음식을 준비하는 동안 영인은 풀밭 위로 간이테이블을 끌어올린다. 관절염을 앓는 아일라를 위해서일 것이다. 천방지축인 듯하지만 의외로 속이 깊다.

"풀밭 위의 점심이자 최후의 만찬이네. 자, 건배!"

영인은 내일 한국으로 돌아간다. 일주일만 있게 해달라는 것이 케임브리지로 따라나설 때 영인의 부탁이었다.

이곳 생활을 나보다 더 즐겨서 엉겨 붙으면 어떡하나 걱정스럽기도 했는데 영인은 다가오는 것도 물러서는 것도 산뜻하다. 나는 서울을, 집을 떠나는 것도 산뜻하지 않았다. 학교에서는 영어교사를 위한 어학코스를 자비로 이수하겠다는데도 반년의 휴직조차 허락하지 않으려 해서 그럼 사표를 쓰겠다고 반협박을 한 뒤에야 겨우 허락을 받아냈고, 쌍수 들고 환영할 줄 알았던 남편조차 내가 짐을 꾸리는 동안 안절부절못했다. 그러나 남편은 다 꾸린 짐을 몇번이나 흩뜨리면서도 끝내 여자와 정리하겠다는 말을 하지 않았다. 나를 향한 사랑이 아니라 자신의 지난세월에 대한 책임감 때문에 나를 잡는다는 것을 모를 만큼, 나는 어리석지는 않았다. 짐을 풀고 다시 꾸리기를 수 차례, 동이 텄고, 최선을 다했다는 자각과 동시에 남편의 얼굴에 여명처럼 희망이 밝아왔다. 젊은 여자와의 사랑이 광속보다 빨리 흘러가는 자신의 시간조차 막아줄 수 있을 거라고 믿기라도 하는 것 같았다.

영인이 잔을 높이 치켜든다. 크리스털 잔에 부딪힌 햇살이 수천수만 갈래로 부서진다. 영인은 와인을 단숨에 들이켠다. 와인을 마시는 법도 같은 건, 영인은 따지지 않는다. 영인이 하면 무엇이든 그것이 영인만의 법도가 된다. 개가 짖으면 어머니는 엄한 눈길로 내 발을 보았다. 나는 손님이 들이닥치기 전에 얼른 양말을 찾아 신고 댓돌까지 나가 배꼽 밑에 손을 모으고 인사를 했다. 그것은 내가 나기 전부터 정해진 법도였고, 그것을 뛰어넘는 법을 나는 배우지 못했다. 영인의 입술에 보랏빛 자국이 선명하다. 영인은 그것을 천천히 혀로 핥는다. 어미의 젖을 찾는 아이처럼 아일라의 시선이 영인을 좇는다.

"영 에이지 이즈 뷰티풀."

아일라의 말은 탄성 같기도 하고 한숨 같기도 하다. 나도 모르게 묻는다.

"홧 어바웃 올드 에이지?"

"좆같지요, 뭐."

영인이 냉큼 육두문자로 말을 받으며 혀를 날름거린다. 그 혀도 검자줏빛이다. 지금 영인은 젊음의 정점에 서 있다. 금세 늙기 시작할 것이다. 영인도 이미 늙음의 징조를 보았다. 졸업반이라는 말에 아연실색, 배낭을 꾸린 것은 젊음의 마지막 발악이었을 것이다. 늙는 것은 순간이다. 성장을 멈춘 몸은 그와 동시에 늙어간다. 늙어가는 것은 추락하는 것처럼 가속도가 붙는다. 내 심술을 읽은 것일까. 아일라가 가만히 고개를 젓는다. 영인의 한국말을 알아든기라도 한 것처럼.

"올드 에이지 이즈 피스풀."

여든둘. 우리 나이로 아일라는 여든셋이거나 넷일 것이다. 내가 살아온 만큼의 세월을 아일라는 더 살았다. 아일라는 제 몸의 늙음을 한결 도드라지게 만드는 영인의 벗은 몸을 집요하게 바라본다. 내 아이들이 아직 어렸을 때 나도 그렇게 내 아이들을 본 적이 있다. 가능하다면 눈으로 그들의 존재 자체를 흡입하고 싶었다. 아일라는 순수하게 영인의 젊음을 즐기고 있다.

"할머니. 그래도 사실은 남자가 그립죠? 그죠?"

영인이 눈을 찡긋거리며 묻는다. 영인의 발칙한 말을 나는 여과없이 통역한다. 아일라의 대답에 나는 황망히 시선을 돌린다. 문화차이일까. 대학도서관 사서를 했다는 아일라는 눈곱만큼도 민망한 기색이 아니다. 외려 늘어진 눈꺼풀에 반이나 가려진 눈동자가 반짝반짝 빛나고 있다.

"왜요? 뭐래요?"

영인이 다그쳐서 별수없이 나는 통역을 한다.

"귀찮은 남자보다 더 좋은 물건들도 많다우."

영인이 하하, 너털웃음을 웃으며 아일라의 잔에 잔을 부딪는다. 여든둘에 육신의 쾌락을 위해 섹스기구를 사용

할 수 있다는 게 상상조차 되지 않는다. 아일라는 농담을 한 것뿐일 수도 있다. 아니면 어떤 문화권의 사람들에게는 섹스 또한 밥을 먹는 것과 다르지 않은, 너무나 당연한 욕망의 충족일지도 모른다.

"에이, 그래도 늙는 건 구질구질해!"

늙음을 아직 모르는, 늙음이 그저 죽음과 다를 바 없는 저 먼 세계의 어두운 그림자일 뿐이라고 생각하는 영인은 비스듬히 누운 채 온몸으로 햇살을 받으며 제 젊음을 만끽한다. 포도주가 빠른 속도로 비어간다. 잔이 빌수록 영인의 웃음은 높아지고 케임브리지의 청명한 태양 또한 점점 높아져 머리 위를 뜨겁게 달군다.

"굿 모닝!"

영인이 활짝 웃으며 손을 흔든다. 영인 또래로밖에 보이지 않는 젊은 우편배달부가 싱글벙글 웃고 있다. 여러 차례 본 적이 있지만 저런 웃음은 처음이다. 영인의 싱그러운 몸뚱이가 불러온 웃음이리라.

우편배달부가 건넨 편지에 적힌 글씨가 낯익다. 둥글둥글, 큼직하고 유연한 필체다. 방학이 되어 내가 고향에 내려가면 남편은 하루가 멀다고 편지를 보냈다. 나는 늘 밤밭 한가운데 있는 늙은 살구나무 그늘 아래서 그의 편지를 읽었다. 이십년의 세월이 흘렀지만 나는 아직도 그가 보낸 편지의 몇구절을 기억한다. 내 인생에서 오직 한가지를 제외하고 나는 모든 것에서 패배했다 —— 나는 나 자신에게 승리했다. 그 무렵 님 웨일즈의 『아리랑』을 읽던 남편은 자기 또한 자신에게 승리하는 삶을 살겠노라, 장황한 포부를 장문의 편지로 보냈다. 그 꿈은 내 서랍 속 깊숙이 아직도 남아 있는데, 남편은 자신에게 승리하는 삶을 살고 있는 것일까. 나는 천천히 편지를 읽는다. 진영아. 오랜만에 듣는 내 이름이다. 아이를 낳은 후로 남편은 첫애 이름을 따서 욱이엄마,라고 불렀다. 편지는 남편답게 단도직입적이다. 그 여자는 내 몸이 나의 일부라는 것을 알게 해주었다. 육욕 같은 것과는 다르다. 진영이 너조차도 친밀하게 안아준 적 없는 내 몸을 그 여자는 제 것인양 속속들이 아껴주었다. 남편은 아껴주었다는 표현을 고르기 위해 심사숙고했을 것이다. 심사숙고에도 불구하고 그 말은 바늘이 되어 내 몸을 찌른다. 너울너울 춤을 추는 햇살 또한 바늘처럼 몸에 박힌다.

키들키들, 어린 계집아이처럼 나는 웃는다. 머리끝부터 발끝까지 참을 수 없이 간지럽다. 발가락을 오므린다. 마당의 홍매화가 피고 나면 나는 처마 밑에 쪼그려 앉아 해

바라기를 하곤 했다. 갓난아이의 손처럼 말랑말랑 보드라운 햇살이 온몸을 간질인다. 온몸을 배배 꼬며 나는 간신히 요의를 참는다. 요의를 참을 수 없을 즈음 나는 번쩍 눈을 뜬다. 아침 댓바람부터 포도주 댓잔을 급히 마시고 정신을 잃은 모양이다. 발치에서 꼼지락거리는 것은 영인이다. 내 왼발을 두 손으로 받쳐 든 영인이 발가락 하나하나 입을 맞추고 있다. 깬 것을 들킬까봐 이내 눈을 감는다. 내 몸을 간질인 것은 봄볕이 아니라 영인의 입술이다. 영악한 영인은 내가 깬 것을 알고 있다. 그럼에도 멈추지 않는다. 멈추지 않기를, 바라는 나의 마음을, 영인은 알고 있다.

케임브리지에 온 둘째날인가. 영인이 속옷차림으로 침대에 누워 인터넷을 하고 있던 내 발을 유심히 바라보았다. 물론 나는 양말을 신고 있었다. 나는 언제나 침대에 올라가 이불을 덮은 후 이불 속에서 꼼지락거리며 양말을 벗었다. 남편과 사이가 좋던 시절에도. 아마 영인은 궁금했으리라. 한번도 본 적 없는 내 발이. 무슨 대단한 비밀인 양 꽁꽁 감춘 내 발이.

영인은 내 발에서 입을 떼고 천천히 두 손으로 쓰다듬는다. 영인의 시선은 오롯이 내 발을 향해 있다. 살이 없어 거칠 것 같던 영인의 손길은 뜻밖에 시폰 케이크처럼 부드럽다. 영인의 손길이 차츰 위로 올라온다. 영인의 손길이 닿는 곳마다 처음으로 스포트라이트를 받은 만년 엑스트라처럼 어리둥절 깨어난다. 막 깨어난 몸이 울부짖는다. 나의 처녀를 버린 지리산 종주 셋째날, 우윳빛 강낭콩 같은 물집이 잡힌 발바닥을 나는 난생처음 오롯이 바라보았다. 나의 몸은, 남편의 몸은 다른 무엇이 아니라 그 오롯한 시선을 갈구하고 있었는지도 모른다. 몇시나 되었는지 케임브리지의 햇살은 아직 청명하고, 둥근 천창을 통해 거침없이 방으로 쏟아진다. 영인의 입술이 미개척지와 다를 바 없는 내 무릎을 간질인다. 내 의지와 상관없이 발가락이 곧추선다. 영인의 입이 허벅지의 안쪽에 닿는다. 여기까지,라고 대뇌가 명령한다. 그러나 이제 막 깨어난 나의 쾌락은 대뇌의 명령을 거부한다. 소스라치며 전율하는 순간 애액인 양 눈물이 맺힌다. 제대로 욕망조차 해보지 못한 나의 몸은 이미 늙었다. 끝까지 가본들 삶은 아무것도 달라지지 않을 것이다. 남편은 파도를 온몸에 뒤집어쓴 채 어찌할 바를 몰라 헤매고 있다. 남편에 대한 슬픔은 팔꿈치 속의 아픔과 같이 매섭고 짧다. 오래전 어디에선가 읽은 구절이 내 생각인 양 사무친다. 아일라의 나이가 되면 오늘의 일탈을, 제 자신의 마지막 젊음을, 남의 것인 양 순수히 그리워하게 될까. 나는 대뇌의 눈을 감기고 영인의 손길에 마음을 모은다. 파도에 젖는다.

운명

태종대는 십수년 사이 놀랍게 변하여, 변하는 것이 세상의 이치이니 놀라울 것도 없긴 하지만, 여하튼간에 처음 온 곳인 양 낯설었다. 묵은 기억을 되짚어 찾아간 자살바위 위에는 우람한 전망대가 들어서 있었다. 전망대가 대부분을 차지한 널찍한 바위는 그때 내 곁에 있던, 지금은 이름조차 까맣게 잊은 부산 사람 말로 인생에 마음 둘 곳 없는 인간들이, 미련은 또 무에 그리 많아 신발 고이 벗어두고 뛰어든다는 자살바위 같았는데, 쇠난간이 사방을 가로막은 데다 전망대를 찾아온 북적이는 인파로 예전의 고적을 찾을 길 없어 그곳이 아닌 듯했고, 다만 바다만이 예전처럼 감청색으로 짙푸르렀다. 쇠난간이 이승에의 미련을 질기게 붙들어 미(美)를 해치면서까지 들어선 제 임무를 제대로 수행할 수 있을 것인지 생각하다가 내 기억은 이 바위 밑 어딘가에 작은 부처상 하나 모실 만한 크기로 뚫려 있던 동굴에 미치었다. 촛농이 켜켜이 흘러내린 동굴 앞에는 고기밥이 된 불쌍한 혼령들을 위한 것인지 밥알이며 과일 들이 놓여 있었는데, 폭염에 썩은 그것들은 살아 있는 벌레를 유혹하여 손마디만 한 파리들이 들끓었고, 나는 일행이 코를 싸쥐고 한참 앞서간 뒤에도 죽은 자를 향한 산 자의 미련, 혹은 죽은 자의 삶에 대한 미련인 양 천연덕스럽게 끈끈한 그 풍경을 오래도록 바라보았던 것이다. 나는 어쩐지 부산에서 보낸, 운명이나 열정, 낭만 따위를 신앙처럼 믿는 사람이라면 천국과도 같았다고 말할 수 있을 지난 이틀이 십수년 전 보았던 자살바위 밑 동굴처럼 느껴졌다.

뜬금없는 충동에 이끌려, 혹은 운명의 손길이 이끄는 대로, 서울발 부산행 고속열차에 올랐노라고 말할 수 있다면 좋으리라. 그러나 그것은 보통의 여행에 지나지 않았다. 일상으로부터 벗어난다는 약간의 흥분이 전혀 없지는 않았으나 대개의 여행이 그렇듯 나의 부산행은 일상으로의 복귀를 위한 막간의 숨쉬기일 뿐이었다. 그러한 결론이 빤한 여행이란, 어쩌면 본연의 여행은 아닐지도 모르지만. 금요일 오후였음에도 불구하고 드문드문 빈 좌석이 많았는데 하필이면 한 남자가 내 옆자리에 앉았고, 계속 내 쪽을 힐끔거리던 그 남자가 대전을 지날 즈음 드디어 말을 붙여왔다는 것이 문제였다. 그 남자에 관해서라면 약간의 할 말도 있기는 했다.

편의상 K라고 해두자. 사실 나는 그의 이름 말고는 아는 게 없다. 그러나 이름 석자 겨우 아는 처지치곤 꽤 깊은 사연이 있었다고밖에 말할 수 없는 관계이기는 했다. K는 교정에서 단연 눈에 띄는 존재였다. 그때만 해도 올망졸망하던 평균의 남자들보다 목 하나는 더 있었고, 인물도 제법 반듯한 데다 야전점퍼에 청바지나 입고 다니던 당시의 패션감각으로는 도무지 따라갈 수 없을 정도의 멋쟁이였다. 여자들은 누구랄 것 없이 그를 돌아보았다. 그는 남자들에게도 꽤 알려진 존재였는데 그건 순전히 그가 '달고 다니는', 자기 못지않은 미모의 소유자인 애인 때문이었다.

그를 처음 만난 것은 입학식 다음 날이었다. 그는 나를 닮고 닮은 고학년 선배로 보았는지 헐레벌떡 다가와 미대가 어디냐고 물었다. 물론 내가 찾아가야 할 인문대의 위치도 몰랐으므로 나는 땅을 향해 있던 시선 그대로 고개를 저었다. 그날의 만남으로 나는 그를 기억했다. 고개 들어 그를 바라보지도 않았으니 출중한 외모 때문은 아니었다. 내가 나고 자란 촌에서는 한번도 맡은 적 없는 인위적이고 자극적인 향수가 그 새로움으로 인하여 각인된 것이었다. 다음부터 나는 솔내음처럼 톡 쏘는, 그러나 마음으로 침잠하는 솔내음과 달리 하늘로 솟구치는 종달새처럼 가벼운, 그 냄새로 그의 존재를 느꼈다. 나는 하루에도 몇 차례나 그 냄새를 맡았다. 버스 안에서, 전철 안에서, 도서관에서, 식당에서. 학교 부근에서만 부딪치는 게 아니었다. 비오는 날 수업을 빼먹고 혼자 동물원에 가면 그가 내 앞에서 표를 끊고 있었고, 시내 서점에 나가면 그가 바닥에 쭈그리고 앉아 책을 읽고 있었으며 하다못해 지리산에 가도 그가 옆자리에서 버너에 불을 붙이고 있었다. 학교 진입로를 휘적휘적 걸어가는 그의 뒷모습이 보이면 한참 노닥거리다 올라가보기도 했다. 그러면 이번에는 도서관 앞에서 책을 빌려 나오는 그와 마주치는 식이었다. 입학 초부터 여자와 붙어다니던 그가 특이하게도 그때마다 혼자였다. 그렇게 무수히 마주치는데도 그는 내가 마치 바람이나 먼지인 듯 눈치조차 채지 못했다. 하기야 한 학기가 지난 후까지 같은 과인지도 모르는 동기들이 적지 않았을 만큼 나는 생김새나 하는 짓이나 눈에 띄지 않는 존재였다.

K가 나를 의식하기 시작한 것은 우연이 일년이나 반복된 뒤였다. 하루에도 몇번씩, 참으로 뜻밖의 곳에서 마주치는 인연에 놀란 그는 가급적이면 학교와 멀리 떨어진 곳에서 놀기로 한 것 같았다. 그런데도 우리는 만나졌다. 점차 시간이 지나자 그는 나를 뚫어지게 쳐다보기 시작했다.

일학기 기말고사 기간이었다. 공부하기가 지겨워서 일찍 학교를 나왔는데, 환장하도록 햇살이 맑았다. 플라타너스가 늘어선 길에는 햇살이 물방울무늬로 얼룩지고, 고개를 들면 나뭇잎 사이의 빈틈마다 별 모양의 햇살이 반짝거렸다. 햇살에 취해 걷다보니 땀이 흘렀다. 싸구려 영화관의 퀴퀴한 서늘함이 그리워졌다. 학교 근처의 영화관으로 가려던 나는 혹시나 싶어 우리 학교 애들이 거의 가지 않을 것 같은 영등포행 버스를 탔다. 영등포역 근처의 동시상영관에서는 별로 보고 싶지 않은 영화들만 상영하고 있었다. 좀 낯 뜨거운 영화였는데 다행히 사람은 거의 없었다. 영화가 끝나고 불이 켜지자 9급 공무원 시험을 준비하고 있을 것 같은, 영등포시장에서 샀음이 분명한 후줄근한 양복 차림에 삶에 찌든 오십대의 얼굴을 한 젊은

이들 서넛이 무료하게 몸을 일으켰다. 좀더 시간을 보내고 싶었지만 일어선 남자들이 힐끔 나를 보았던 터라 조금 겁이 나기도 해서 별수없이 자리에서 일어났다. 막 돌아섰을 때 뒷줄에서 한 남자가 거의 공포에 가까운 눈빛으로 나를 응시하고 있는 걸 발견했다. 물론 K였다. 그를 제외하고는 내 평생 우연히 누군가를 만난 적은 다섯 손가락에 꼽을 정도였으니까. 무시하고 나는 걸어 나갔다. 솔내음과 비슷한 향기가 멀어졌다 싶을 무렵 타다닥 달려오는 소리가 들렸고, 저기요, 하고 그가 나를 불러 세웠다. 이제부터 무슨 이야기를 해야 하는 것일까, 잠시 생각했지만, 아무리 생각해봐도 별로 할 말이 없었다. 내 앞에 선 그는 정확하게 이렇게 말했다.

"저기요, 혹시……"

세 박자쯤 쉰 후에,

"혹시 나 미행해요?"

무슨 뜻인지 해독하느라 역시 세 박자쯤의 시간이 흘렀고, 이해와 동시에 쿡 웃음이 터져 나왔다. 어려서부터 모든 이의 시선을 집중시켰을 잘생긴 외모와 외모를 더욱 빛나게 하는 도회적이고 냉소적인 분위기가 감히 그렇게 말하도록 한 원흉이었음을 이해하면서도 나는 제 것도 아닌, 하늘에서 뚝 떨어진 우연을 제 것인 양 뽐내는 그의 오만을 웃지 않고는 견딜 수 없었다. 그 순간 무시하려고 노력했으나 거듭되는 기이한 만남에 묶이지 않을 수 없었던 마음의 한자락이 가뿐해졌다. K는 좀 무안했던 듯싶다. 그날 이후에도 우리는 계속 만나졌고, 그는 다소 움츠러든 채 나를 관찰하는 것 같았다.

그해의 마지막 날이었다. 군대 간 과친구가 꼭 보내달라는 책을 사러 종로에 나가서야 그날이 12월 31일이라는 것을 알았다. 초저녁이었는데도 보신각 주위에는 벌써부터 타종을 구경 나온 젊은 연인들로 발 디딜 틈이 없었다. 그 무수한 연인들 중 적어도 반 이상은 조만간 헤어질 것이고, 어찌어찌 결혼으로 이어진다 해도 현재의 가슴 뜨거운 사랑은 세월 앞에 화석처럼 굳어갈 것임이, 내 눈에는 시간이 흐르는 것만큼이나 명료해 보였는데, 그러나 정작 팔짱을 끼거나 허리를 끌어안은 그들에게서는 조금의 두려움이나 안타까움도 느껴지지 않았다. 황홀한 어느 한때가 영원하지 않다는 것을 깨닫고 난 후에도 그 순간이 언제든 다시 찾아오리라고 굳게 믿을 것 같은, 죽기 전에는 도무지 그 착각을 버리지 못할 것 같은, 순진하다고 해야 할지 용감하다고 해야 할지, 아무튼 나는 행복해요,라고 얼굴에 써놓은 연인들이 점차 짜증스러워서 나는 고개를 푹 숙인 채, 착각도 환상도 없는, 지난 시간을 냉정하게 기록하고 있는 사람들의 신발이나 보면서 걷고 있었다. 흰 운동화가 내 앞에서 멈추어 섰다. 막 빨아 신은 듯 새하얀 운동화의 코 부분에 누군가의 발자국이 찍혀 있었다. 잠시 기다려도 운동화는 움직일 생각을 하지 않았고, 나는 이런 날 누가 새 운동화를, 그것도 흰 것을 신고 나온담, 속 좀 상하겠다, 뭐 그런 정도의 생각으로 몸을 틀었다. 순간 내 앞에 멈춰선 흰 운동화의 주인이 두 손으로 내 양 어깨를 짚었다. K였다. 그는 불쑥 내 손을 잡고 성큼성큼 걷기 시작했다. 뿌리치려고 했으나 부드러운 손가락은 뜻밖에 강했다. 내 손을 잡고 그는 근처의 지하다방으로 들어갔다. 주문한 커피가 나오기 전에, 그는 일어섰다.

"잠깐만 기다려요. 친구에게 말하고 올게요. 헤어지고 올게요. 조금 늦더라도 기다려줘요."

무슨 뜻인지 나는 이해하지 못했다. 그리고 물론 기다리지 않았다. 그날 밤, 나는 고향으로 내려갔고, 방학 내내 방 안에 틀어박혀 뒹굴었다. 간혹, 헤어지고 올게요, 그의 말이 떠올랐다. 사실은 자주. 한번 떠오른 생각은 거미줄처럼 머릿속에 엉겨 붙었다. 그러면 나는 아궁이에 불을 지폈다. 장판이 검게 변하도록 불을 때고 노골노골한 장판에 누워 있으면 생각도 흐물흐물 녹는 듯했다.

개학 첫날, K를 만났다. 이번에는 우연이 아니었다. 그가 과사무실 앞에서 기다리고 있었던 것이다. 여러 여자들의 시선이 그를 향해 있었고, 그가 또 내 손을 잡아끌기라도 할까봐 나는 좀 긴장한 상태였다. 내가 그를 무시하고 문을 열려 하자 그가 저기요, 하고 불러세웠다.

"아무래도……"

주변의 여학생들이 모두 그의 입을 주시하고 있는 것을, 나는 느꼈다.

"우리는, 운명 같아요."

주변에서 아쉬움인지 비아냥거림인지 숙덕이는 소리가 들려왔지만 이번에는 나는 웃지 않았다. K의 운명은 대체로 그의 편이었을 것이다. 외모도 그렇거니와 적어도 예술을 이해하는 고매한 정신의 소유자인 부모, 혹은 자식이 원하는 것이라면 무엇이든 하라고 할 수 있는 너그러운(돈이든 정신이든) 부모 밑에서 성장했음이 분명했다. 선의의 운명 속에서 성장하여, 새로운 무엇이 다가오든 일단 운명의 선의를 믿고 다가서는 그런 인간도, 운명은 만들어내는 것이다. 그러나 그 운명이란 것이 내게는 지극히 가혹했다. 이를테면 이런 식이었다. 우리 아버지는 내가 아주 어릴 때 공장에서 일하다 오른손 손가락 네개가 잘린 뒤 먹고살 방법이 없어 고향으로 돌아갔다. 고향에서의 아버지의 삶은, 동네 사람들의 표현에 따르면 '개망나니'였다. 죽을 때까지 그랬으면 차라리 좋았을 것을, 내가 열살 무렵, 무슨 바람이 불었는지 독하게 마음을 먹고 아버지는 술을 끊었다. 그후 몇년 동안 아버지는 아버지란 이런 것이구나 싶게 아버지다웠고, 우리집은 꿈같은 평화를 누렸는데, 누구나 짐작했을 테지만 행복은 길지 않았다. 운명은 참으로 모질게도 잠깐의 온기를 맛보게 한 뒤에 영원히 그 따스함을 거두어버렸던 것이다. 그방법 또한 사채업자처럼 모질었다. 손써볼 틈도 없이 늦게 발견하여 수술 한번 하지 못하고 죽었더라면 남은 자의 가슴에 회한이 남아 아버지라는 존재를 영원히 행복했던 짧은 순간에 박제해놓을 수도 있었으리라. 그러나 위가 좋지 않아 병원에 갔던 아버지는 뜻밖에 간암 초기였다. 아직도 희망이 창창하다고 하여 논 몇마지기를 팔아 간을 잘라냈는데, 그 일년 뒤에는 암세포가 간은 놔둔 채 위로 멀리뛰기를 하여 전이되었고, 이번에는 집을 팔아 위를 잘라냈다. 알코올중독으로 세상을 포기한 바 있던 아버지가 이번에는 어쩌자고 아직 젊은 아내와 어린것들을 두고 이대로 죽을 수는 없다며 죽어도 살아야겠다는데에야, 죽을 자는 죽더라도 남은 자는 살아야겠으니 이쯤에서 포기하라고, 누군들 그토록 잔인해질 수 있었겠는가. 우리 중의 누구도 운명처럼 잔인하지는 못했다. 그 뒤로도 수술을 한번 더 하고, 병원에서 등 떠밀려 집에 와서는 온갖 민간요법을 두루 거치고, 죽는 그날까지 살겠다고 발버둥 치면서 산삼 한뿌리를 씹어 먹다가 아버지는 죽었다. 누구도 입 밖에 내지는 않았지만, 그리고 그런 생각을 하게 된 지점은 조금씩 달랐겠지만, 우리 가족은 어디쯤에서 내심 아버지가 그만 포기하기를 간절히 바랐고, 반쯤 남은 산삼을 포기할 수 없는 희망인 양 한손에 움켜쥔 채 쓰러진 아버지 앞에서, 다시는 눈뜰 수 없는 아버지 앞에서, 비로소 안도의 한숨을 내쉬었다. 어머니는 아버지가 유일한 유품으로 남긴 반쯤 남은 산삼을 야멸차게 빼냈다. 채 식지 않은 아버지 시신 앞에서 오빠는 무표정한 얼굴로 어머니가 강제로 쑤셔 넣다시피 한 산삼을 오래도록 씹었다. 우리 집안에 닥친 불운한 운명의 상징과도 같은 산삼을 우물우물 씹고 있는 오빠에게서는 냉정한 항전의 자세가 느껴졌고, 그 모습이 어쩐지 비장하게 아름다워서 나 또한, 어디 한번 덤벼봐라, 얼마든지 상대해주마, 이길 수 없는 싸움이라 할지라도 고분고분 저주지는 않겠다,라고, 결사항전의 결의를 다졌던 것이다.

K가 그날 여러 학생들 앞에서 읊었던 우리는 운명 같아요,라는 신파조의 대사는 신파의 지상명령답게 다소 감동적이긴 했다. 그러나 설사 K의 말대로 우리의 만남이 운명이라 할지라도, 나에 대한 운명의 처사가 그러하였으므로, 나는 길 잃은 착한 양처럼 운명 앞에 고분고분할 수 없었다. 게다가 운명은 다시 한번 나를 시험대에 올리기로 작정한 것 같았다. 운명의 시험대라는 것은, 풍뎅이 한 마리를 잡아 뒤집어놓은 뒤 몇바퀴 맴을 돌리다가 싫증이 나면 날개를 뜯고 다리를 뜯어 기어이 죽음에 이르게 하는, 순진무구하게 잔인한 어린것들의 장난과 다를 바 없다는 것을, 고작 스물몇의 나이긴 했지만 나는 명징하게 깨닫고 있었다.

K 덕분에 나는 일약 유명인사가 되었다. K가 운명의 상대인 나를 만나기 위해 정리한 여자가 우리 학교뿐 아니라 주변 대학까지 널리 알려진, 요즘으로 치면 '얼짱'쯤 되었을, 남자들의 동경의 대상이었던 탓에, 그런 여자 대신 선택한 나라는 인간에 대해 세간의 관심이 집중되었던

것이다. 쌀밥만 먹던 사람이 잠시 꺼칠꺼칠한 보리밥에 한눈을 팔았을 것이라는 지극히 현실적인 분석에서부터 보조개 들어간 여자는 색을 밝힌다는 근거없는 속설에 기인하여 잠자리가 끝내준다더라는 상스러운 소문에 이르기까지, 나는 내 뜻과는 무관하게 저 풍뎅이 꼴이 되고 말았다. 잠자리가 끝내준다는 소문 덕분이었는지 난생처음 내 뒤꽁무니를 따라다니는 남자도 두엇 생겨났으니, 좋게 생각하면 인생의 봄날이라고 말할 수도 있을지 몰랐으나, 남의 풍뎅이를 뺏고 보려는 유치한 호기심의 발로인 줄을 아는 나로서는, 하루하루가 치욕이었다.

반년 남짓 나를 따라다니던 K는 군대에 갔고, 그가 제대하기 전 나는 사회인이 되었다. 밥 벌어먹고 산다는 것이 그리 만만하지는 않아서 나는 이내 그를 잊었다. 하기야 잊을 만한 추억도 없기는 했다. 마주치지 않으니 자연스레 잊혀갔을 뿐이다.

사회는 운명만큼이나 비정했으나 운명과 달리 특별한 행운을 바라지 않는 한 나 하기 나름으로 예측 가능했고, 운명의 마수에서 벗어났다는 안도감마저 들었으므로, 나는 대개의 젊은이들과 달리 직장생활에 아주 순조롭게 안착했다. 운명이었는지 뭐였는지 끈질기게 따라붙던 K의 그림자를 떨쳐버리고 나는 마침내 연애라는 것을 해보기도 하였다. 이쯤이면 당연히 눈치챘겠지만 나라는 인간은 애당초 이성 간의 사랑은 고사하고 세상에서 가장 고귀하다는 모성애조차 믿지 않는, 말하자면 좀 삭막한 인간이었다. 사랑을 믿지 않는 것은 아마 천성이라기보다 환경의 영향일 터인데, 우리 부모는 인근에 소문자자한 열렬한 연애담의 주인공이었다. 내림종이던 집안의 자식과 야반도주했을 만큼 사랑에 목숨을 걸었던 어머니가 운명의 시험 앞에서 어떻게 변하였는가는 이미 말한 바 있다. 부모를 버리고 도망치게 할 수 있었던 사랑이란 것이 그 사랑하는 이의 식지도 않은 시신에서 산삼을 꺼내 자식에게 먹이도록 야멸차게 변할 수도 있는 것이며, 반 남은 산삼이라도 먹이고 싶어했던 자식에 대한 애정이라는 것도 끝없는 실망 앞에서는 남편에 대한 사랑과 마찬가지로 돌변할 수 있는 것임을, 냉혹한 운명으로 하여 나는 일찌감치 깨달았던 것이다. 그래서 나는 오빠가 이런저런 산전수전을 겪은 후 별것 아닌, 그러나 어머니에게는 청천벽력이었을 폭력사건으로 감옥에 간 뒤, 대학 나와 번듯한 직장에 취직한 내게로 전이해온 어머니의 지극정성을 암세포의 전이나 되는 양, 차갑게 내칠 수 있었다. 사랑이란 내게 그런 것이었다.

　사랑을 기대하지 않는 내가 굳이 연애라는 형식에 발을 담근 것은 아마 외로운 탓도 있었겠지만 호감을 보인 이가 K와 달리 지극히 평범한 사람인 때문이었을 것이다. 같은 직장에 다니는, 나만큼 평범했던 그 선배는 삼십 줄에 들어서고 있었고, 석달 만에 손을 잡고, 여섯달 만에 키스를 한 후, 마음이 급했던 것인지 결혼을 하자고 했다. 첫 키스의 추억은 시인의 표현대로 날카로웠으나 살을 벨 듯 날카로운 추억이라도 생활 속에서 무뎌져 무 한 조각 벨 수 없는 무용지물이 될 것을 아는 나로서는 연애는 몰라도 수많은 책임이 뒤따르는 결혼이라는 현실 속으로 뛰어들 용기가 아무래도 나지 않았다. 머뭇거리는 나를 이년이나 기다려준 선배는 결국 떠났다. 함께 시간을 보내던 사람의 느닷없는 실종, 아니 그보다는 그로 인해 주체할 수 없이 남겨진 시간을 견디는 일이 쉽지는 않았지만 연애한 만큼의 시간이 흐르자 그럭저럭 나는 예전의 단조로운 일상으로 복귀할 수 있었다. 남은 시간을 오롯이 일에 투자한 덕분에 또래의 남직원보다 빠른 승진도 했다. 사랑을 기대하지 않았듯 나는 더이상의 성공도 기대하지 않았다. 불행은 언제나 행복 속에 도사리고 있는 법이니까. 성공이나 행복을 꿈꾸지 않는 것, 모든 기대를 버리는 것, 그것이 운명에 가할 수 있는 최고의 복수라고 나는 생각했던 모양이다. 욕망을 버리는 것이 욕망하는 것만큼이나 어려운 일이며, 설사 버리는 척 위장하며 버틴다 하더라도 잔혹한 운명의 집요한 시선으로부터 벗어날 수 있을 것인가 하는, 더 본질적인 문제에 봉착하고야 만다는 사실을, 나는 불행히도 알지 못했다. 욕망을 지움으로써 가급적 운명과의 불쾌한 조우를 회피하고 있었지만, 운명이 언제 어디서 그 섬뜩한 손길로 내 발목을 붙들지도 모른다는 불안감이 아주 없지는 않았다. 그 불안은 끝내 현실로 다가오고야 말았다.

자신의 미덕은 타인의 미덕보다 제 자신의 악덕에 가깝다는 옛 성현의 말을 굳이 빌려올 필요도 없을 것이다. 공평무사한 처신이라기보다는 무심의 결과로 누구의 편에도 서지 않고 누구의 미움도 받지 않음으로써 나는, 현실적으로 공간화하자면 한평도 되지 못할, 회사에서의 내 자리라는 것을 지켜올 수 있었는데, 결국은 바로 그 점, 그러니까 누구의 편도 아니라는 것 때문에 두번이나 승진에서 누락되고 말았다. 내가 부산행 고속열차에 올라탈 때의 정황이라는 것은 이러하였다. 그렇다고는 해도 내게는 아직 선택의 기회가 남아 있었다. 사표를 내거나 퇴직을 당하는 것, 자존심의 문제일 뿐 결과는 별다를 바 없는 가장 명료한 길 외에 구원의 밧줄도 있기는 하였던 것이다. 구원의 밧줄을 내려준 것은 회사의 실세로 알려진 김이사였다. 김이사는 몇년째 내게 자신은 '구원'이라고 표현한, 실제로도 구원일, 그러나 본질적으로는 추파에 지나지 않는 끈끈한 눈길을 보내고 있었다. 그 시선의 정체는 다름 아닌 정복욕이었다. 김이사가 왜 하필이면 아무리 후한 점수를 준다고 해도 평범 이상일 수 없는 나를 목표로 설정한 것인지는 정확히 알지 못한다. 다만 집안 좋고 성격 좋고 능력 뛰어나 모두의 관심 속에 살아왔을 김이사에게 남자로든 상사로든 가까이 닿으려 하지 않는 나라는 존재가 요령부득으로 보이지 않았을까, 그리하여 어디 한번 해보자는 오기를 불태우게 된 게 아닐까, 막연히 짐작할 뿐이다. 참으로 사소한 일에 정복욕을 불태우는 김이사가 우습기도 했지만 사실을 말하자면 나는 간혹 식사를 해주고 2차는 냉정하게 거절함으로써 그 정복욕을 적당히 이용하고 있었는데, 김이사의 정복욕은 아마 내 생각보다 강하지 않았던 모양으로, 몇년의 줄다리기 끝에 최후의 승부수를 던진 것이었다. 내 판단착오일지도 모르겠으나 이번 주말엔 뭐 하나, 별일 없으면 나랑 같이 부산 출장이나 가지,라던 김이사의 은밀한 제안은 마지막 구원의 밧줄임이 분명했다. 내 승진 누락에 김이사의 입김이 크게 작용했으리라는 것을 눈치채지 못할 만큼 어리석지는 않았다. 나락으로 등 떠민 뒤 구원의 밧줄을 내미는 김이사에게 분노를 느끼지 않은 것도 아니었다. 그러나 적어도 구원의 밧줄을 먼저 내민 뒤 가까스로 그 줄을 붙잡고 안도의 한숨을 내쉬며 한창 오르는 도중에 자신이 내민 밧줄을 잘라버리는 저 운명의 잔혹보다야 낫지 않은가.

우연을 가장하여 김이사와 마주치기를 바랐던 것인지 반대로 절대 마주치지 않기를 바란 것인지는 나 자신도 명료하지 않다. 다만 나는 좀 억울하였다. 남들은 어떻게 보았을지 모르지만 내 딴에는 운명과의 숨 막힌 줄다리기 끝에 겨우겨우 버텨온 삶의 평화를 고작, 한 남자의 사소한 정복욕으로 짓밟으려는 운명에 —— 김이사가 아니라 —— 다시 한번 창창한 오기가 솟았고, 아마 그 때문에 부산행 열차에 오르긴 하였을 것이지만, 내가 김이사 앞에서 냉큼 그러겠노라고 대답하는 대신 어떤 결정도 없이 혼자 기차에 오른 것은 김이사의 정복욕 앞에 무릎을 꿇는다고 해서 운명이 내 편으로 돌아서줄지 아무래도 확신할 수 없는, 냉정한 분석의 결과였다. 김이사 앞에 무릎을 꿇으면 아마도 몇년쯤은 보잘것없는 내 자리를 지킬 수 있을 것임이 분명했다. 그러나 정복함으로써 정복욕은 사라질 것이고, 그때가 되면 나는 무엇으로 운명에 대항할 것인가,라는 생각을, 김이사의 우스꽝스러운 제안을 받는 그 순간 나는 이미 하고 있었던 것이다. 몸은 허락하되 끝까지 냉정을 유지하는 것으로 명 다한 정복욕을 기신기신 연장하거나 불륜 사실을 폭로하겠다는 위협으로 꽤 오래 내 자리를 연장할 수 있을지도 몰랐다. 그러나 그것은 잔혹한 운명에 대항하여 어떻게든 살아보겠다고 집안 말아먹고 산삼 씹어 먹다 죽은 내 아버지와 다를 바 없는, 가장 참담한 몰락이나 다름없었다. 운명이 비정한 칼끝을 들이댈 때, 거기 머리 디밀어 산뜻하게 베어지는 것이 도망치고 또 도망치다 결국은 제 영혼을 파괴시키는 것보다는, 적어도 욕망하지 않는 그 산뜻한 포즈로서 최소한의 복수나마 될 수 있는 것은 아닐까. 기차에 올라탔을 때 이미 나의 오기는 한풀 꺾여 있었고, 그러니까 나의 부산행은 심정은 다소 복잡했으나 앞서 말했듯 일상적인 여행에 지나지 않았던 셈이다. 그런데 참으로 오지랖 넓은 운명은 김이사가 아니라 K를 비장의 복병으로 등장시킨 것이었다.

예전과 똑같은 향수를 쓰고 있어서 서울역에서부터 낯익은 향기가 풍겨오고 있음에도 불구하고 나는 그 향기를 기억해내지 못할 만큼 K를 까맣게 잊었거나 혹은 내 생각에 골몰해 있었던 모양이다. 대전역에 잠시 정차했던 차가 다시 속도를 높이기 시작했을 때 나는 결론 나지 않는 생각을 털어버리려 앞좌석의 등받이에 꽂혀 있는 잡지를 꺼내기 위해 몸을 숙였고, 순간 기억을 환기시키는 아릿한 향기를 느꼈다. 익숙한 향기가 미처 하나의 형상을 불러오기도 전에, 옆 좌석에 앉아 있던 K가 물었다.

"이번에도 도망칠 건가요?"

마지막으로 도망친 것은, 그러니까 십수년 전의 일이었다. 직장생활 삼사년 만에 약간의 돈을 모은 나는 그 무렵 유행이던 오피스텔에 전세나 들어볼까 하고, 방을 보러 다녔다. 내가 처음 찾아간 곳은 마포대교를 건널 때마다 보았던 강변의 오피스텔이었다. 내가 찾는 작은 평수는 나와 있는 게 없다고 하여 막 돌아서려는 찰나 전화가 울렸고, 부동산 주인은 운이 좋다며 지금 막 임대를 내놓은 방으로 나를 데려갔다. 익숙한 향기와 함께 문틈으로 얼굴을 내민 것은 K였다. 왜 그랬는지 모르겠다. 나는 아무 생각 없이 돌아서서 달렸다. K에게 거의 붙잡힐 뻔했을 때 마침 택시가 내 앞에 와 섰고, K는 닫힌 문을 두드리다가 차도로 한참이나 택시를 쫓아왔다. 그후 K는 내 인생에서 사라졌다. 인생의 갈림길에 선 순간 또 한번의 우연으로 맞닥뜨린 K는 세월조차 그의 편이었던 듯 예전과 조금도 다르지 않은 모습이었다.

"그때 나는 유학을 떠나려던 참이었어요. 그리고 오늘은 이혼서류를 접수했죠."

똑바로 내 눈을 응시하는 그의 시선에는 뭐랄까, 원망이라고밖에 해석할 수 없는, 비난 같기도 한, 석연치 않은 감정이 담겨 있었다. 아마도 K는 내가 운명이라던, 그 옛날의 생각을 여전히 갖고 있는 듯했다. 그의 말이 사실이라면, 그는 이혼서류를 접수하고, 나는 상사와의 불륜을 잠시나마 각오한 하필이면 바로 그날, 우리는 또다시 마주친 것이다. 부산역에서 그가 손을 내밀었을 때 나는 말없이 그 손을 잡았다. 순간 운명에의 복수라는 것이 가능하기나 한 것인지, 결사항전이든 투항이든 결국은 마지막 결과까지도 운명 속에는 내포되어 있는 것이 아닌지, 내 머릿속에 그런 생각들이 꿈틀거렸는데, 만일 그렇다면 항전이든 투항이든 무슨 의미가 있을 것인가.

K와 나는 함께 밥을 먹고 술을 마셨다. 그러나 별로 할

말은 없었다. 기이한 운명을 공유하고 있긴 했지만 우리
는 서로에 대해서 너무 무지했으며, 그렇다고 호구조사부
터 시작하기에는 또 너무 가까웠다. 다섯시간 가까이 술
을 마시는 동안 우리는 고작 의미없는 몇마디의 말을 나
누었을 뿐이다. 어색함 탓이었는지 결정적 순간에 나를
만난 흥분 탓이었는지 그는 급하게 술을 마셨고, 술기운
을 빌려 옆자리로 옮겨서는 내 손을 꼭 잡았다. 그는 호텔
에 투숙할 때까지 내 손을 놓지 않았다. 엄밀하게 말하면
처음 만난 것이나 다름없는 남자를 따라 호텔까지 간 것
은 아마 세월 속에서 체득한 뻔뻔함 덕이었을 것이다. 혹
은 운명과의 일전(一戰)에 두 손 들기 직전의 자포자기이
거나 마지막 앙탈 같은 것인지도 몰랐다. 흰 시트 위에 선
명하게 남은 혈흔을 보고 그는 다소 감동을 받은 듯했다.
사정할 때보다 더 격한 떨림으로 나를 안으며 이렇게 물
었던 것이다.

"이럴 걸 왜 그렇게 도망쳤어요?"

아마도 그는 내가 운명의 상대를 위해 처녀를 지켜온
것이라고, 그러니까 나 역시 자신을 운명으로 여긴 것이
라고 확신하는 모양이었는데, 어디까지나 그의 착각에 불
과했다. 그 순간 나는 처음 사귀었던 남자를 떠올리고 있

었다. 시트 위의 혈흔은, 이렇게 표현하는 것이 가능할지 모르겠으나, 그 남자의 몫이어야 했다. 오래전에 헤어진 그 남자에게 나는 어쩐지 미안했다. 사랑까지는 아니었다 할지라도 내 마음에 가장 가까이 다가온 것은 그 남자였고, 운명이건 뭐건 기차 옆자리에 우연히 앉은 K와 나눌 수 있는 일이라면 그것은 당연히 오랫동안 나와 세월을 공유한 그 남자의 것이어야 했다. 어쩌면 K는 나의 첫 남자로서 운명 속에 점지된 것이어서 스무살에 겪고 지났어야 할 운명을 이제야 겪는 것은 아닐까. K의 말대로 도망치지 말아야 할 때 도망침으로써 미성숙의 상태로 그 남자를 만났고, 그로 인해 어쩌면 결혼으로 이어졌을지 모를 그 남자와의 운명조차 실패로 끝난 것은? 나는 뭐가 뭔지 모르게 부끄럽고 미안하고 혼란스러웠으나 십칠년 전에 점지된 운명과 행복하게 조우한 K는 부력과 액체 사이의 관계를 발견하고 알몸으로 욕조를 뛰쳐나간 아르키메데스처럼 흥분해 있었다. 그 이상한 열정이 나를 잠시 붙들었다. 좀더 솔직해지자면 농밀한 세월의 흔적 속에 뭔가 핵심적인 것을 결여한 ── 아마도 나로 표상되는 운명이었을 것이지만 ── 원숙하면서도 소년처럼 앳된 K의 얼굴을 바라보는 것만으로 가슴이 두근거렸음을 고백하지 않을 수 없겠다. 나와 하룻밤을 보내고 난 다음 날 아침부터 결여를 대신한 것은 이상한 열기였는데, 그 열기가 불과 몇시간 사이에 전신의 세포를 사로잡은 듯, 과음 후였음에도 불구하고 그는 초여름날, 잔바람에 온몸을 뒤채는 포플러 잎사귀처럼 햇살을 튕겨내는 것 같았다.

듬성듬성한 그의 말을 종합하자면 그의 인생은 실패랄 것도 성공이랄 것도 없이 무난하게 흘러온 모양이었다. 그러나 그는 자신의 삶에 만족하지 못했고, 그 불만족은 운명을 거부한 나로부터 기인한 듯했다. 이혼으로 끝이 난 결혼생활도 상식적으로 아무 문제가 없었다. 결혼이라는 현실이 사랑의 환상을 무너뜨린다는 것쯤이야 미혼 남녀도 아는 상식 아닌가. 그럼에도 불구하고 사람들은 절반쯤의 환상을 붙든 채 결혼을 하고, 반쪽의 환상이 완전히 무너진 다음에는 자식에 대한 책임감이나, 어떤 인생을 택해도 별다르지 않을 거라는 비정한 현실에 무릎을 꿇는 것이다. 그는 비정한 현실을 직시하는 대신 오래전에 도망쳐버린 운명에 집착했다. 그리고 결정적인 순간 그야말로 운명처럼, 도망쳤던 운명의 상대를 만난 것이다. 그럼으로써 그는 맹맹했던 자기 인생의 화룡점정을 완성할 수 있다고 믿는 모양으로 느닷없는 창작열에 불타 피난지의 이중섭처럼 닥치는 대로 그림을 그리기 시작했다. 문외한인 나로서는 뿜어져 나오는 창작열의 결과를 평가할 수 없었지만, 설령 가히 천재적이라 할지라도 한순간의 우연으로 불타오르는 그의 열정을 나는 도무지 신뢰할 수 없었는데, 제 스스로 점화하지 않은 열정의 불꽃은 누군가 불을 붙였듯 한줄기 바람에도 꺼질 수 있을 터이기 때문이었다. 사랑이든 욕정이든 창작열이든 나로 인해 무언가 불타오른다는 사실이 제법 매혹적이기는 했다. 내가 가뭄 끝의 한줄기 소낙비라도 되어 K라는 목마른 대지를 적시는 느낌이었고, 세상의 일이란 상호적이어서 비에 젖어 충만해진 K라는 대지로 인해 나 또한 오뉴월 초목처럼 싱싱하게 되살아나는 느낌이었다. K는 오직 나만을 바라보았다. 그리하여 그의 붓끝에서 피어난 것은 이 세상 어디에도 없는, 내가 아닌, 그러나 또한 나인 낯선 존재였다. 한 남자의 오롯한 시선을 받고 적어도 그에게만은 우주가 될 수 있다는 사실을, 나는 처음 알았고, 그의 은밀한 시선이 펌프처럼 내 몸에 공기를 주입하여 하늘로 둥둥 떠오를 것도 같았는데, 떠오른 나는 번번이 천장에 부딪혀 추락하고 마는 것이었다. 선의의 운명 속에 살아온 그는 다른 모양이었지만, 운명의 비정을 일찌감치 조우한 적이 있는 나로서는, 지금은 내 편인 듯한 운명이 언젠가 저 천장처럼 내 앞을 막아설 것이라고밖에 생각할 수 없었다. 그래서 나는 운명에 대해서건 나에 대해서건 한점의 의혹도 불안도 없이 잠들어 있는 그의 곁을 조심스레 떠나온 것이다.

부산역에 내렸어야 할 것을, 나는 택시를 세우지 못했다. 태종대에서 내린 것은 달리 아는 지명이 없는 까닭이었다. 오래전, 아찔한 절벽 아래로 끊임없이 밀려와 흰 포말로 사라지는 파도를 망연히 내려다보던 나는 불현듯 뛰어들고 싶은 충동을 느꼈고, 나도 모르게 그때는 난간도 없던 절벽 쪽으로 몇발 내디뎠는데, 곁에 있던 부산 친구가 내 팔을 붙들고는 저만치 서 있는 팻말을 가리켰다. 팻말에는 한번 더 생각하세요,라고 적혀 있었다. 자살바위는 굳이 죽기를 작정한 사람이 아니더라도 누구의 마음속에서나 죽음을 끄집어 올리는 이상한 마력이 있는 듯했다. 내가 십수년 전의 기억을 더듬어 기어이 자살바위를 찾아간 것은 그때와 같은 죽음의 충동을 기대한 것은 결단코 아니었다. 그저 택시를 타고 오는 동안 K 몰래 도망쳐 나온 내 모양새가 모든 것을 버리고 뛰어들거나 아니면 또다시 누추한 현실로 복귀해야 하는 저 자살바위와 다를 게 없다는 생각이 들었을 뿐이다. 그러나 다시 찾은 자살바위는 바위 전체를 짓누르다시피 들어선 전망대로 인하여 이전의 비장미가 씻은 듯 사라져 그저 하나의 바위에 지나지 않았다. 쇠난간이 가로막은 바위 끝 풍경이야 달라질 바도 없건만 전망대를 등지고 내려다본 절벽 아래는 예전처럼 까마득하게 현기증을 불러일으키지도 않았고, 부서지는 포말 또한 예전처럼 막막하지 않았다. 이런 곳에서는 누구도 죽음을 떠올리지 않는 것인지 다시 한번 생각해보라는 팻말도 사라지고 없었다. 쇠난간에 기대고 서서 나는 막막하지도 않고 아찔하지도 않은, 그저 깊고 쓸쓸한 검푸른 바다를 오래도록 바라보았다. 바닷바람이 니트의 올 사이로 스며들었지만 초가을의 따가운 햇살 탓에 그리 춥지는 않았다. 지금쯤 느지막이 눈을 뜬 K는 또다시 자기를 등진 운명 앞에 통탄하고 있을 것인가.

예전과 똑같은 황금색의 똥파리 몇마리가 난간 너머 잡풀숲으로 날아들었다. 그것들의 종착지는 망초꽃 흐드러진 잡풀숲 입구에 누군가 토해놓은 허여멀건 오물이었다. 그제야 짭조름한 갯내에 섞여 시큼하게 쉬어가는 음식 냄새가 느껴졌다. 난간 앞에 선 사람들 중 누구도 코앞의 오물을 바라보고 있지 않았다. 그들의 시선은 먼바다

나 쪽빛 바다를 배경으로 더욱 두드러진 하얀 망초꽃을 향해 있었다. 나는 왠지 덜 삭은 콩나물 대가리 몇개 삐죽 솟은 오물에서 시선을 떼지 못했다. 누군가는 난간에 기대 괴로운 삶의 찌꺼기를 토하고, 꽃은 그 오물을 거름 삼아 무성히 자라나고, 누군가는 그렇게 자란 꽃과 바다를 바라보고, 누군가는 오물을 바라본다. 바다와 꽃과 오물이 어우러진 똑같은 자리에서. 이것이 바로 운명이라고, 득도의 순간인 양 감탄했으나, 생각해보니, 그 자세 또한 운명이거나 운명으로부터 비롯된 것일 터, 아무것도 달라진 것은 없었다. 자살바위에 선 인간이 무슨 생각을 하든 초가을의 햇살은 널리 골고루 비쳐, 먼바다도, 바람에 살랑이는 망초꽃도, 파리떼 들끓는 오물도 반짝거리며 햇살을 빨아들여, 익어가고 썩어가는 중이었다.

길

1

길은 어디에나 있다. 사람이 쉬 접근할 수 없을 것 같은 높고 험준한 산에도, 보잘것없어 누가 오를까 싶은 시시한 산에도, 버려진 들판에도, 허물어진 폐가 언저리에도. 언젠가부터 김은 길에 끌렸다. 아니 길이 김을 이끌었다는 편이 더 정확할 것이다. 김이 길과 처음으로 대면한 것은 근 십년 전, 몽골에서였다. 길과 처음으로 대면했다는 표현은 어폐가 있을지 모른다. 그러나 김은 그렇게밖에 표현할 도리가 없다. 그의 기억이 생성되기도 전부터 길은 있었을 것이고, 마을 고샅길부터 서울로 향하는 대로에 이르기까지 지난 칠십여년 동안 그는 숱한 길을 걸었을 것이다. 그러나 자신이 밟고 걷는 길을 의식해본 적은 없었다. 그가 본 것은 길이 아니라 그 길 너머의 보이지 않는 무엇이었다.

구년 전, 김이 몸담고 있던 병원은 오지에 사는 난치병 환자에게 새 생명을 주자는 취지로 기획된 어느 방송 프로그램을 후원하고 있었는데, 정년퇴직을 앞둔 김에게 휴가 삼아 몽골 현지 동행을 권했다. 몽골이라는 나라에 대해서 김이 아는 것이라고는 소비에트연방의 일원이었다는 정도였다. 평소 가난이라면 지긋지긋해서 눈길 한번 주지 않았던 김이 보나마나 사람들의 얼굴이며 행색에 가난이 진드기처럼 들러붙어 있을 게 뻔한 몽골에 가겠다고 흔쾌히 나선 것은 그 무렵 아들 녀석의 결혼 때문에 머리를 질끈 동여맨 채 자리보전을 하고 있던 아내로부터 잠시나마 벗어나고 싶어서였다. 당도할 나라에 대해 아무런 정보도 기대도 없었던 김은 비행기가 이륙을 하자마자 오랜만에 단잠에 빠져들었다. 육식동물의 그림자가 덮쳐오는 듯한 착각에 번쩍 눈을 떴을 때 어깨가 떡 벌어지고 광대뼈가 툭 불거진 여승무원이 그의 곁으로 다가오고 있었다. 그녀가 창의 덮개를 열기 위해 상체를 숙이자 뭐라 설명할 수 없는 콤콤한 냄새가 코를 찔렀다. 그 냄새는 승무원의 땀구멍을 통해 분출되는 것이 분명했다. 딱히 역한 냄새는 아니었다. 그러나 인간의 공포 혹은 본능을 건드려 목덜미의 솜털까지 바싹 곤두서게 만드는 힘이 있었다. 본능적으로 김은 고개를 돌렸고, 그 순간 좁은 창문으로 울란바토르 시내의 서쪽 끝이 한눈에 들어왔는데, 그 끝은 말 그대로 끝이었다. 촘촘한 그물의 망처럼 연결된 집이 문득 끝나면 완만한 경사의 초원이 시작되고, 초원과 경계를 이루는 마지막 집들은 다소 들쑥날쑥하긴 하지만 완만한 타원형을 이루고 있었다. 김이 본 것은 도시 서쪽의 일부일 뿐이었지만 보지도 않은 도시 전체가 그가 본 타원 한조각의 총체로서 선명하게 떠올랐다. 몽골의 전통가옥이라는, 일종의 천막 같은 게르 옆으로 두드러지게 드러난 길은 집이 끝남과 동시에 뚝 끊겼다. 그 너머는 끝없는 초원이었다. 그러나 길이 끊겼다는 것은 김의 착각이었다. 다음 날 아침, 김은 길의 끝을 목격했다. 김의 일행을 태운 9인승 혼다 승합차가 울란바토르 시내 한복판에 있는 호텔을 출발한 지 이십분도 지나지 않아 중앙선도 없는 2차선 포장도로가 뚝 끊겼던 것이다. 길이 그렇게 사라지는 것을 김은 생전 처음 보았다. 길이 없는데도 승합차는 씽씽 잘도 달렸다. 가만 보니 한뼘도 되지 않는 연둣빛 풀밭 사이로 수많은 길들이 뱀처럼 꿈틀거리고 있었다. 초원은 알고 보니 무수한 길, 그 자체였다. 김은 교미 중인 뱀처럼 얽힌 초원의 길에서 눈을 떼지 못했다. 부연 먼지바람을 일으키며 선두차가 초원 위로 내달렸다. 먼지바람이 시야를 가리고 길을 가렸다. 거기서 거기 같은 무수한 길 중의 어느 길이 목적지로 이어진 것인지 초행인 김의 눈으로는 도무지 분간이 되지 않았다. 그러나 몽골인 운전사는 안내판도 없는 수많은 갈림길이 나올 때마다 조금의 망설임도 없이 하나의 길을 선택했다. 열세 살의 김이 그 길에 서 있었다.

피란길에 나선 김의 가족은 몇날며칠 발이 부르트도록 길을 걸었다. 천안을 막 지났을 때 귀가 따가운 총성과 함께 한 남자가 풀썩 고꾸라졌다. 마침 길가에서 막내에게 젖을 물리고 있던 어머니는 천개의 팔을 가진 관음보살이라도 되는 듯 순식간에 팔을 뻗쳐 자식 셋을 쓸어 가슴에 안은 채 땅바닥에 납작 엎드렸다. 앙상하게 마른 어머니의 품은 뜻밖에 넓었다. 어머니는 자꾸만 팔에 힘을 주어 자식 셋을 가슴깊이 품었고, 김은 숨이 막힐 것 같아 어머니의 팔을 계속 밀어냈다. 가문 땅 위로 총알이 튀면서 마른 먼지가 피어올랐다. 어느 순간 총성이 사라지고 숨 막힐 듯한 정적이 찾아왔다. 귀가 따갑도록 울어젖히던 매미 소리도 들리지 않았다. 잠시 후 사람들이 움직이는 소리가 들리고, 어머니의 품에서 세 아이가 꼼지락꼼지락,

이처럼 기어 나왔다. 김은 한여름의 햇살에 부신 눈을 껌 벅거리며 어머니를 보았다. 처음에 어머니는 하얀 빛의 덩어리로 보였다. 그 빛이 조금씩 어머니의 형체로 바뀌었는데, 가장 먼저 김의 시선을 사로잡은 것은 어머니의 등에서 땅으로 흘러내린 붉은 핏줄기였다. 주춤주춤 뒷걸음질 치려는 찰나 어머니가 김의 발목을 무섭도록 세게 붙잡았다. 양건이, 송양건이…… 아무 단서도 없이 어머니의 입에서 흘러나온 그 이름이 피란길의 목적지인 외삼촌의 이름이라는 것을 어린 김은 단박에 알아차렸다. 이제 어머니 대신 자신이 외삼촌의 집까지 동생들을 이끌어야 한다는 것도. 그 말을 끝으로 눈을 부릅뜬 채, 김의 발목을 꽉 붙든 채, 어머니는 다시는 움직이지 않았다. 김은 발목을 파고드는 것 같은 어머니의 손을 겨우 떼어냈다.

그날 밤은 달이 밝았다. 세살짜리 여동생을 들쳐 업고 일곱살짜리 남동생의 손을 잡고 김은 길 위에 섰다. 시체 썩는 냄새에 어디라도 빨리 떠나고 싶었다. 생명이 떠난 시체는 무섭도록 빨리 부패하여 반나절도 지나지 않은 어머니의 시신이 도무지 어머니로 보이지 않았다. 젖빛 달이 하얀 감자꽃 위로 은은히 부서지고 있었다. 달빛을 받아 길도 새하얬다. 하얀 길이 김에게는 공포였다. 대체 어디로 가야 할까.

　초원의 무수한 길에서 김은 어린 자신의 모습을 만났다. 몽골에서 돌아온 후에도 길 위에 선 자신의 모습이 사라지지 않았다. 견디다 못해 김은 차를 끌고 집을 나섰다. 길 위에 서자 차라리 마음이 편했다. 경부고속도로를 필두로 온갖 고속도로를 달린 김은 내처 국도를 섭렵했고, 작은 마을의 고샅길까지 속속들이 훑고 다닌 후 차를 버렸다. 차로도 갈 수 없는 길이, 세상에는 많았던 것이다. 아직도 가보지 못한 무수한 길들이 마치 김을 부르는 듯했다.

　김은 신중하게 걸음을 내디뎠다. 아침을 먹고 백운산 정상을 출발한 김은 능선을 타고 무작정 동북쪽을 향해 걷고 있었다. 지도에도 표시되어 있지 않은 작은 봉우리들을 십여개나 넘었다. 산모롱이를 돌 때마다 산자락에 다소곳이 들어앉은 마을들이 여인네의 속바지처럼 감질나게 살짝살짝 엿보였다. 해발 육백 미터쯤 될까. 작은 산봉우리에서 김은 땀을 식혔다. 사람의 발길을 탄 정상은 중년남자의 숱 적은 머리처럼 군데군데 맨땅이 드러나 있었다. 그 맨땅은 제법 경사가 가파른 비탈을 따라 남쪽으로 이어졌다. 저 길이 끝나는 어디, 작은 마을이 옹골차게 들어앉았을 것이고, 거기서부터 다시 읍내로 향하는 신작로가 이어질 것이다.

외삼촌의 집도 저런 신작로 끝에 있었다. 송양건이라는 이름자를 가슴에 새기고 물어물어 찾아갔으나 그곳은 길의 끝이 아니었다. 외삼촌의 집에는 이미 처가식구들이 한 부대나 피란을 와 있었다. 겨울이 오자 쌀독이 비어갔고 쌀독이 비어가는 만큼 외숙모의 구박도 심해졌다. 길을 나서던 그날 새벽, 전날 하루 종일 굶었던 남동생이 몰래 부엌에 숨어들어가 생쌀 한줌을 훔쳐 먹었고, 외숙모는 호랑이불이 이글거리는 눈으로 남동생을 쏘아보며 뺨을 후려쳤다. 이런 후레자식 같으니라구. 외숙모의 야멸친 말보다 벌겋게 부어오른 동생의 뺨이, 아니 그보다 그 와중에도 허겁지겁 생쌀을 삼키는 동생의 아귀 같은 입이 김의 가슴을 후볐다. 그는 지체 없이 길을 나섰다. 외삼촌이 집에 있었으면 붙잡았을까? 오갈 데 없는 어린 김의 형제들이 집을 나서는 걸 알면서도 외숙모와 친정식구들은 눈길 한번 주지 않았고, 혹시나 싶어 돌아본 집에서는 아침밥을 짓느라 연기가 모락모락 피어오르고 있었다. 코끝에 구수한 밥냄새가 감돌았다. 김은 아직 익지도 않은 밥냄새를 먼저 알아차린 제 코를 짓밟듯 힘차게 걸음을 옮겼다. 여동생을 등에 업은 채 자꾸만 주저앉는 남동생의 손목을 질질 끌며 눈보라 휘몰아치는 길을 걸어 대전역에 도착한 것은 한밤중이었다. 사람들이 북적거리는 역사에서 김은 등에 업었던 여동생을 품에 안았다. 새파랗게 언 뺨과 곱은 손을 한참이나 주물러도 동생은 잠에서 깨어나지 않았다. 언제부턴가 울지 않아 김은 잠이 든 줄만 알고 있었다. 일곱살 남동생은 무슨 일이 생겼는지도 모르고 바닥에 쪼그려 앉은 채 깊은 잠에 빠져 있었다. 김은 미친 듯이 동생의 몸을 주무르고 또 주물렀다. 누군가 김의 손을 잡았다. 어디서 왔니. 만지기만 해도 소르르 잠이 올 것 같은 폭신폭신한 털코트를 입은 중년여자가 물었다. 옥천 비야골에서요. 여자는 이미 숨이 끊어진 여동생을 포대기 째 자기 가슴에 안았다. 그러고는 턱짓으로 바닥에서 잠든 남동생을 가리켰다. 네 동생이니? 예. 이제 어디로 갈 거니? 갈 데는 있니? 김은 대답하지 않았다. 갈 곳이 없다는 말을 생면부지의 남에게 하고 싶지 않은 것이 열세살 어린 김의 자존심이었다. 동생을 나에게 맡기면 안 되겠니? 내가 친아들처럼 잘 키워줄게. 죽은 여동생을 안고 있는 여자의 길고 하얀 손이 털코트처럼 부드러워 보였다. 잠든 남동생과 죽은 여동생을 털코트 입은 여자에게 맡기고 김은 아무 기차나 올라탔다. 무임승차로 차장에게 뒷덜미를 잡힌 채 내려보니 부산이었다. 혼자 내버려진 막막한 길에서 여기까지 김은 용케도 길을 찾은 것이다.

부산역에 내린 그날처럼 김은 사방을 두리번거렸다. 동쪽으로 희미하지만 한때는 사람들이 오갔을 성싶은 길이 이어지고 있었다. 김은 길의 추적자나 되는 듯 길의 흔적을 따라 걸음을 내디뎠다. 듬성듬성 풀이 솟았던 길은 이내 무성한 풀에 자취를 감췄다. 그러나 풀 밑으로 길이 숨어 있다는 것을 김은 본능적으로 알았다. 언제부터 길이 존재했는지는 몰라도 길이 있을 법한 곳에는 반드시 길이 있었다.

무성한 풀이 허리께까지 자라나 걸음을 내딛기가 쉽지 않았다. 바람에 살랑이는 풀숲을 헤치며 걸은 지 대여섯 시간 남짓, 멀미라도 하듯 속이 울렁거렸다. 마음이 조금 다급해졌다. 어느새 해가 기울고 있었다. 아직 중천에 솟아 있다고 해도 괜찮을 정도긴 했지만 산중의 해는 순식간에 자취를 감추는 법이었다. 종일 구름 한점 없이 내리쪼였는데 힘을 잃은 늦가을의 태양은 여직 풀숲의 이슬조차 떨치지 못했다. 이슬에 반사된 햇살이 눈앞에 어른거렸다. 얼굴에 휘감기는 거미줄을 걷어내며 유심히 풀숲을 살피던 김의 입가에 희미한 미소가 번졌다. 오래되어 빗물에 짓뭉개진 담배꽁초의 흔적을 발견한 것이다. 지금이야 인적이 끊겼지만 한때는 사람들이 오가던 길이 분명했다.

담배꽁초를 발견한 김은 사방을 두리번거렸다. 이 길은 어디로 이어졌을까. 경사가 급한 동쪽 비탈 아래, 아스라이 계곡이 흐르고 있었다. 그 너머는 다시 산이었다. 산 밑으로 가을빛에 하얗게 빛나는 이차선 시멘트도로가 구불구불 산을 따라 이어지고 있었다. 저 신작로는 아마 읍내로 이어질 터였다. 그렇다면 저 안쪽으로 마을이 있다는 뜻이었다. 비탈을 따라 김은 다시 걷기 시작했다. 신작로와 마주보고 있으니 가다보면 어디쯤에서 마을을 만나게 될 듯했다. 산모롱이를 돌아서자 느닷없는 공터가 나타났다. 공터라고 해야 산비탈의 댓평 남짓, 그러나 주변과 달리 큰 나무도 없고 잡초만 무성한 것으로 보아 언젠가 사람이 일군 화전 같았다. 널찍한 바위에 앉아 잠시 숨을 고르던 김은 땅 여기저기가 움푹 패어 있는 것을 발견했다. 십년 가까이 수없이 산을 올랐지만 김은 나무나 약초 따위는 젬병이었다. 그러나 사방에 진동하는 쌉싸래한 향기가 낯설지 않은 걸 보니 누군가 여기서 약초 따위를 캔 듯했다. 유심히 보니 여기서부터는 비록 시든 잡초와 낙엽에 가리긴 했으나 지금까지와 달리 유심히 보면 길 같은 것이 이어지고 있었다. 갑자기 힘이 솟았다. 힘차게 몇 걸음 내딛다 말고 김은 맥이 빠졌다. 김은 자신이 길인지 뭔지도 모를 가시덤불을 헤쳐 길을 만들어왔다고 자부하며 살아왔다. 힘든 순간도 적지 않았으나 그는 그때마다 자신이 걸어온 길을 생각하며 다시 힘을 얻었다. 아무런 부족함이 없는 집에 태어나서도 무엇 하나 변변히 끝맺는 법 없는 두 자식에게 실망하고 마음을 거둔 것도 그런 이유였다. 그러나 지금, 김 역시 누군가의 길을 따라 힘차게 걷고 있는 것이다.

부산에서 한뎃잠을 자던 어느 날, 가을이 깊어 찬바람이 뼈를 에었고, 김은 부산의 한 교회에 몰래 숨어들어가 잠을 청했다. 눈을 떴을 때 창으로 스며든 햇살이 후광처럼 십자가를 감싸고 있었다. 기도하듯 손을 맞잡은 것은, 아버지,라고 소리 내어 말해본 것은, 그저 며칠 주린 배와 우연한 햇살과 채 사라지지 않은 잠의 잔재 같은 것들이 뒤섞인 결과였을 것이다. 신자들을 흉내 내어 그렇게 해보긴 했으나 김은 기도라는 것을 해본 적이 없었다. 우두커니 손을 맞잡고 있을 때 언제 들어왔는지 한 남자가 물었다. 무엇을 빌고 싶니? 김 또한 그 생각을 하고 있었다.

무엇을 빌어야 할까? 가장 먼저 떠오른 것은 자신의 어리석음으로 인해 죽은 막내였다. 그러나 죽은 자가 살아올 리 없고, 살아온다고 해도, 제 한몸 건사하기도 힘든 김이 세살배기 동생의 인생을 책임질 수도 없었다. 차라리 어머니를 살려달라고 할까. 어머니 역시 다시 올 수 없는 다른 세계의 사람이었다. 그리고 설령 어머니가 살아온다고 해도, 아니 아버지가 살아온다고 해도 자신의 삶이 크게 달라지지 않을 것임을 어린 김은 영악하게도 알고 있었다. 잠시 생각한 후에 김은 대답했다. 의사가 되게 해달라고요. 전쟁이 나기 몇달 전 아버지가 느닷없이 쓰러져 숨을 거두었을 때, 의사의 하얀 가운을 붙잡고 살려달라며 애원하던 어머니의 모습을, 신처럼 위풍당당하던 그 의사의 모습을 떠올려서는 아니었다. 김은 아버지가 입원해 있는 며칠 동안 병원 안채에서 솔솔 풍기는 달콤한 냄새에 마음을 사로잡혔다. 무엇인지 몰랐던, 그러나 푹신푹신하고 풍요로운 뭔가를 연상시키던 그 냄새가 카스텔라 굽는 냄새라는 것을 김은 어른이 된 후에야 알았다. 외삼촌의 집을 떠나 굶기를 밥 먹듯 한 이래 기억 속의 카스텔라 냄새가 코와 위를 자극하여 미칠 지경이었던 김은 밥보다 굶주림을 먼저 알게 한 신인지 세상인지, 아무튼 알 수 없는 무엇인가에 화가 치밀어 복수라도 하는 심정으로 의사가 되고 싶다고 대답한 것이었다. 반년 가까이 옷 한번 갈아입지 않은 거지 행색의 김이 의사가 되고 싶다고 말했을 때 남자는 웃지 않았다. 어쩐지 조급해서 김이 십자가에 매달린, 거의 김만큼 야윈 사내를 가리키며 다그쳐 물었다. 이 사람에게 빌면 의사가 될 수 있을까요? 자신을 빤히 바라보는 김의 시선을 맞받던 남자는 곤혹스러운 듯한 표정으로 시선을 떨어뜨리며 우물우물 말했다. 글쎄다. 그날부터 김은 매일 그 교회를 찾았다. 기도를 한 것은 아니었다. 김이 기다린 것은 어느 새벽에 다시 찾아올 그 남자였다. 자신을 응시하던 남자의 시선에서 동정이나 사랑을 발견한 것은 아니었다. 그러나 뭐랄까. 혼자 길을 나선 이후 김의 눈을 그토록 뚫어지게 봐준 사람이 없었다. 마음속의 알 수 없는 무엇인가가 동정도 경멸도 없는 그 시선을 붙잡아야 한다고 김을 부추기는 듯했다. 한달 만에 남자는 김에게 손을 내밀었다. 가자. 하지만 의사가 되고 안 되고는 너에게 달려 있다. 나는 공부를 시켜줄 수 있을 뿐이다.

남자는, 그러니까 김의 양아버지는 전쟁에서 가족을 모두 잃고 혼자 살아남아 김보다 더한 지옥을 살고 있는 사람이었다. 골방에 틀어박혀 종일 책을 읽거나 빈둥거리는 게 전부였지만 재산은 넉넉하여 약속한 대로 김을 학교에 보내주었고, 잠자리와 먹을 것을 해결해주었다. 그것으로 충분했다. 아버지는 약속을 지켰고, 남은 것은 온전히 김의 몫이었다. 아버지가 교회에서 손을 내민 순간 김은 아버지의 등 뒤로 환하게 밝은, 빛 무더기 같은 길을 보았다. 공부를 열심히 하는 만큼 그 길은 단순하고 뚜렷해졌다. 초원의 길과 마주한 순간 양아버지를 만난 후로 걸어온, 그 명료하고 분명한 길이 수증기처럼 증발한 듯 김은 발밑이 아득했다. 김이 미친 듯 길을 따라 달리고 걷기 시작한 것은 그러니까 자신이 최선을 다해 걸어왔던 그 길을 확인하려는 안간힘이었을 것이다. 그러나 그 길은 동생을 죽이고, 살아 있는 동생을 버리고 얻은 길이었으며, 카스텔라의 길이었고, 세상의 길이었다.

상수리숲 사이로 바람이 지났다. 보이지 않는 바람은 소리와 흔들림으로 제 길을 보이고 있었다. 바람의 길을 따라 바싹 마른 낙엽이 흩날렸다. 거기서부터 길은 뚜렷이 아래로 이어지고 있었다. 분명 개울 건너 신작로로 이어져 있을 터였다. 시간으로 보면 서둘러 내려가야 할 터지만 김은 다시 푹신한 낙엽 위에 주저앉았다. 금연바람이 분 뒤로 끊은 담배가 간절히 그리웠다.

산의 정상은 우람한 암벽이었다. 정상에서 오십여 미터 아래에 널찍한 바위가 펼쳐져 있었다. 물어보나마나 멍석바위나 너럭바위일 것이다. 넓적한 바위는 충청도에서도 경상도에서도 전라도에서도 어김없이 그렇게 불렸다. 사람의 상상력이란 거기서 거기인 것이다. 바위 위로 하얀 점 같은 것이 어른거렸다. 나무에 가리지 않은 바위 위로 시든 가을햇살이 낙엽처럼 시들시들 흩뿌리고 있었다. 빛에 끌린 듯 김은 그쪽을 향해 걷기 시작했다. 하얀 점으로 보였던 것은 주름 자글자글한 노인네였다. 김을 기다리고 있었다는 듯 노인이 물었다.

"여개는 워짠 일이시오?"

길조차 희미한 깊은 산중에서 낯선 사람과 맞닥뜨렸는데도 노인은 놀란 기색도 없이 천연덕스럽게 물었다. 김은 잠시 말문이 막혔다. 이유 같은 것은 없었다. 그냥 길을 찾아 걸었을 뿐이다. 그러나 시골 노인네에게 그런 말이 무슨 소용이랴. 김은 양해를 구하듯 희미한 미소를 지으며 털썩 주저앉았다. 송골송골 맺힌 땀 위로 시원한 바람이 스쳐갔다. 쇠락한 가을 햇볕이나마 온종일 폭포처럼 쏟아지는 햇볕에 데워진 바위에서 모락모락 김이 피어오르는 듯했다. 아까 화전에서 맡았던 향기가 바위 위에도 진동을 하고 있었다. 향기의 진원지는 바위에 기대놓은 지게인 듯했다. 그제야 김은 더덕향이라는 것을 알아차렸다. 짓찧어 고추장 양념을 해서 숯불에 구운 더덕을 김도 한때는 즐겨 먹었다. 양아버지가 좋아했던 것이다. 그러나 서울내기인 아내는 육식을 좋아했고, 언젠가 한번 말을 꺼냈다가 그까짓 걸 뭘 먹고 싶다고, 하는 말에 다시는 찾지 않았다. 그 향기가 이토록 진한 줄은 미처 몰랐다.

"이거라도 잡솨볼라요?"

김이 지게를 빤히 바라보자 노인이 지게 망태 안에서 주섬주섬 뭔가를 꺼내 내밀었다. 찐고구마였다. 김과 노인은 불이라도 지핀 양 따뜻한 바위에 엉덩이를 붙인 채 아스라이 흘러가는 시냇물과, 바람이 불 때마다 우수수 잎을 떨어뜨리는 산자락을 바라보며 고구마를 먹었다. 점심때 간단히 요기를 했는데도 속이 헛헛했는지 김은 염치 좋게 고구마를 세개나 넙죽넙죽 얻어먹었다.

"질이 있습디여?"

뜬금없이 노인이 물었다.

"예."

노인은 김이 지나온, 길인 듯 아닌 듯 상수리나무 사이로 풀이 무성한 길을 돌아보았다.

"옛날에사 환헌 질이 있었지라. 요새는 통 사램들이 댕기들 않응게 질도 없어져부렀제 싶었는디 질이 안즉도 있그만이라이. 용케 질을 찾아왔소이."

용케도 길을 찾기란, 쉽지는 않았다. 아니 길을 제대로 찾아온 것인지조차 분명치 않았다. 어머니가 죽으며 일러준 외삼촌의 이름 석자만 들고 외삼촌 집에 당도했을 때, 외삼촌은 묻지도 대답하지도 않았건만 누이의 죽음을 눈치채고 눈물을 글썽이며 몇날며칠 감지도 않은 그의 머리통을 어루만졌다. 용케도 찾아왔구나. 정말 용케도 찾아온 것일까? 젊어서는 그토록 선명했던 자신의 길을 김은 도무지 확신할 수 없었다.

"몇년 생이시오?"

노인이 불쑥 물었다.

"37년생입니다."

"나랑 갑장이요이."

염색도 하지 않아 하얗게 센 머리하며 종잇장을 마구 구겨놓은 듯 주름이 자글자글한 노인은 김보다 열살은 더 많아 보였다.

"생일이 워찌 돼요?"

"시월 구일입니다."

노인이 톡톡 혀를 찼다.

"워매. 생일도 같네그랴."

노인의 생일은 십중팔구 음력일 것이고 김은 그 나이로는 드물게 양력이었지만, 단순한 우연의 일치를 더없이 반가워하는 노인의 흥을 굳이 깨고 싶지는 않았다.

"성씨는 워찌 돼요?"

"광산 김씨입니다."

"파는 워찌 되시오?"

김은 잠시 망설였다. 생의 대부분을 그 피로 살아왔지만 누군가 핏줄을 물을 때마다 김은 어머니를 잃고 길에 나섰던 그 순간처럼 막막해지곤 했다.

"문숙공파입니다."

"어허, 그라면 함짜는 워찌 되시오?"

"김기영입니다."

노인이 어리둥절한 눈으로 김을 응시했다. 그러고는 잠시 후 주변을 두리번거렸다. 다시 김을 응시한 노인의 시선은 막 잠에서 깨어난 듯 게슴츠레했다.

"그거이 내 이름이요."

"예?"

노인은 투박한 손으로 툭툭 제 가슴을 두드렸다.

"나가 김기영이란 말이요. 문숙공파 38대손, 김기영이."

차가운 바람이 산을 흔들고 지나갔다. 바람이 지나간 후 울긋불긋한 낙엽들이 두 노인의 머리 위로 천천히 맴돌며 내려앉았다. 김은 잠시 숨을 멈췄다. 찬 기운이 싸하게 목구멍을 훑고 지나갔다. 두 김기영은 어리둥절하게 서로를 마주보았다. 그러고 보니 자글자글한 주름을 걷어내고 나면 노인의 얼굴은 김을 닮은 듯도 했다. 아니, 그럴리는 없었다. 김은 사실 광산 김씨도 문숙공파도 아니었다. 김기영이라는 이름은 부산에서 그를 양자로 받아들인 양아버지가 전쟁에서 잃은 아들의 것이었다. 길조차 희미한 산중에서 만난 이 노인의 이름이 김기영이라는 것 역시 다만 하나의 우연일 뿐이었다. 그러나 김은 알았다. 때로는 우연이 인생을 바꾸기도 한다. 김이 양아버지를 만난 것도 우연이었다. 그 우연이 오늘의 김을 만들었다.

"한잔할라요?"

김과 이름도 같고 생년월일도 같다는 노인이 지게에서 막걸리 한병을 꺼내 흔들었다. 시큼한 냄새가 역겨워 오래전부터 먹지 않았으나 해가 서산으로 기울면서 바위의 온기가 식어가는 터라 김은 말없이 잔을 받았다. 이 빠진 사발잔을, 노인은 등을 기대고 있던 바위의 제법 깊은 틈에서 꺼냈다. 이 바위는 노인의 다락방과 같은, 그런 곳인 모양이었다. 냄새는 여전히 역했으나 막상 술을 넘기자 새큼달큼한 맛이 나쁘지는 않았다.

"여개 어데 연고가 있소?"

"예?"

"서울 양반이 이런 촌구석꺼정 오신 걸 봉게 먼 연고가 있능가 싶어서 말이어라."

"아닙니다. 그냥 발 닿는 대로 오다보니……"

"참 멀리도 왔소이. 나는 말이어라. 일평생 요 풍겡만 봤어라."

노인이 고갯짓으로 계곡과 신작로와 앞산의 어느 산모롱이를 가리키며 말했다. 노인은 이곳에서 태어나 이곳에서 평생을 보낸 모양이었다. 한평생을 보내기에는 너무 좁은 골짜기였다. 그러나 그렇게 말하는 노인의 어투에서 아쉬움 같은 것은 느껴지지 않았다. 김은 이 골짜기에서 태어나 이 골짜기에서 늙어가는 노인의 삶을 떠올려보았다. 답답할 것 같기도 하고 평화로울 것 같기도 했다. 이 마을에서 태어난 모든 사람이 이 노인처럼 여기 머무르지는 않았으리라. 노인의 발목을 잡은 것은 무엇이었을까. 김의 마음을 읽기라도 한 듯 노인이 혼잣말처럼 중얼거렸다.

"나도 가볼라고 한 적이 없지는 않았어라. 근디 말이어라. 뒷간 풀 때가 다 되았는디, 나 말고는 풀 사램이 없는디 싶어서 동구 밖도 못가고 부리나케 와부렀그만이라."

노인은 계곡 너머 구불구불 이어진 신작로를 우두커니 바라보고 있었다. 가득 찬 뒷간 걱정 같은 것은 까맣게 잊어버리고 길을 따라 나가서 만날 수도 있었을, 가보지 않은 길을, 노인은 떠올리고 있는지도 몰랐다.

"시상에는 좋은 디도 많겄지라?"

또다른 김기영은 선뜻 대답하지 못했다. 노인이 말하는 좋은 데가 뭔지는 몰라도 여기저기 가본 데는 많았다. 그러나 언제라도 와서 지친 마음 뉘여놓을 수 있는 이 노인의 바위 같은 곳을 김은 세상 어디서도 만나지 못했다. 의사라는 직업이 고단하기도 하거니와 성정이 메마른 탓인지 어린 날의 고단한 삶이 자격지심이 되었던 것인지, 김은 아내에게도 자식에게도 친구에게도 마음을 열어놓은 바가 없었다. 아니, 마음이라는 것을 생각할 여유나 기회 자체가 없었다. 양아버지와 함께한 이후의 시간은 쏜살같이 지나갔다. 코피를 쏟으며 공부해서 겨우 일류 고등학교에 진학하고 의대에 진학하고, 정신없이 전문의 과정까지 마치고 보니 열세살의 소년은 마흔을 코앞에 두고 있었다. 그제야 부랴부랴 중매로 결혼을 하고 아이 둘을 낳았다. 그러긴 했으나 아이들은 온전히 아내의 몫이었다. 갓 태어난 생명이 하나의 인간으로 성장해가는 기적의 순간도 김은 지켜보지 못했다. 병원 일만 해도 숨 쉴 틈이 없어서 집에 돌아오면 쓰러져 잠들기 일쑤였다. 심장전문의로 제법 인정을 받고 이 정도면 됐다 싶을 즈음에는 학교니 학회니 이런저런 활동이 많아졌다. 언제나 김은 바빴다. 요 몇년 전까지는. 그사이 김의 마음은 어디를 헤매고 있었을까. 외삼촌 집을 나오지 말았어야 한다고, 김은 부산까지 가는 내내 아직 어린 제 가슴을 쥐어뜯었다. 집을 나오지 않았다면 구박을 받더라도 동생들을 잃지는 않았을 것이다. 자존심이 길을 나서게 했고, 동생들을 죽게 했다. 소리 내어 울지는 않고 가슴을 쥐어뜯는 동안 김은 나는 고작 열한살이라고, 열한살일 뿐이라고, 수백번 수천번, 중얼거렸다. 김은 고작 열한살이었고, 부모를 닮아 자존심이 강했으며, 그 때문에 동생 하나는 죽고 하나는 남의 집으로 갔지만 산 자는 어떻게든 살아야 했으므로 살아남았고, 양아버지를 만난 이후 자신의 길이 뚜렷해질수록 아픈 기억은 흐려졌다. 남에게 맡긴 동생이 있다는 것을 양아버지도, 아내도 알지 못했다. 언젠가 이산가족을 찾느라 전국이 들썩이기 전까지는 김도 잊고 있었다. 정말로 까맣게. 머리로는 까맣게 잊었으나 김의 마음은 동생들을 데리고 섰던, 어머니의 시신이 놓여 있던 그 길의 어딘가를 여전히 서성거리고 있었던 것은 아닐까.

김은 무연히 앞을 바라보았다. 시든 태양이 건너편 산에 걸리고, 쌀쌀하다 싶은 바람이 불 때마다 산은 올 내내 제 몸을 먹여 키워왔던 잎들을 홀홀 털어내고 있었다. 이제 슬슬 내려가야 할 시간이었다. 그러나 아직 바위의 온기가 따스하고 조금 전에 마신 술이 속을 데워 스르르 눈이 감겼다. 옆의 노인 역시 무심한 시선을 허공에 던져두고 있었다. 곧 해가 질 것이다. 벌써 신작로는 산그림자에 가려 희미해지고 있었다. 그림자에 잠긴 길 위로 김이 걸어왔던 숱한 길들이 겹쳐졌다. 그 모든 길들은 노인의 이런 바위로 이어지는 것은 아닐까, 하고, 그렇다면 나는 왜 그리 많은 길들을 헤매고 다녔는가, 하고, 김은 생각했다. 몽골 초원의 헤아릴 수 없이 무수한 그 길들이 제각각 누군가의 어떤 바위로 향하는 것인지도 모른다는 데 생각이 미쳤을 때, 곁의 이름자 같은 노인이 덧없는 한숨을 날리며 지게 작대기를 짚고 일어섰다.

"그래도 내려가야지라."

그래도,라는 노인의 말을 김은 이해하지 못했으나 그러지 않아도 희미한 길이 벌써 산그림자에 잠기고 있던 터라 김은 바위에 붙들린 엉덩이를, 어쩌면 마음을, 힘겹게 떼어냈다. 노인의 지게는 김의 배낭까지 보태져 제법 묵직했고, 묵직한 짐에 눌려 한평생을 살아왔던 노인은 뼈밖에 남지 않은 어깨가 조이긴 했으나 외려 그 무게에 안도감을 느끼며 길 나설 채비를 마쳤다.

37년 10월 9일생 광산 김씨 문숙공파 두 김기영은 조심조심, 한때는 길이었으나 사람들이 찾지 않아 희미해진 길을 더듬어 아래로 내려갔다. 오래 쉰 탓인지 내리막길인 탓인지 무릎이 시큰거렸다. 죽을 때까지 앞으로도 그들은 더 걸어야 할 터였다. 두 김기영은 천천히 조심스레 걸음을 내디뎠다. 한평생 걸었음에도 길은 매번 새로워 긴장하지 않으면 안 되는 것이다. 두 김의 발소리가 자박자박 깊어가는 가을 속으로 울려퍼졌다. 살아 있는 목숨은 길을 걸을 수밖에 없을 터, 그렇다면 죽고 나면 과연 길로부터, 걸음으로부터 벗어날 수 있을 것인가. 두 김기영은 조금씩 짙어가는 어둠을 밟으며 이제는 죽음의 길을 떠올리고 있었다.

길

2

그는 막걸리 한통과 찐고구마 몇개가 달랑거리는 지
게를 진 채 우두커니 개울을 바라보았다. 병든 노인네마
냥 시난고난 내리는 듯 마는 듯했으나 가을비라고 우습게
볼 것만은 아닌 모양이었다. 지난 홍수 뒤끝, 마을의 무너
진 집터를 죄 돌아다니며 반반한 돌을 골라 겨우 모양새
를 갖춰놓은 징검다리가 밤사이 불어난 개울물에 잠겨 있
었다. 철들면서부터 이 개울에 몇개의 징검다리를 놓았던
가. 때로는 장정 두엇이 힘을 합쳐 어지간해서는 떠내려
갈 것 같지 않은 큰 돌을 갖다놓기도 했지만 기다렸다는
듯 더 큰 홍수가 덮치곤 했다. 끙끙거리며 겨우 자리잡아
놓았던 돌이 홍수에 휩쓸려 흔적도 없이 사라진 것을 발
견했을 때 그는, 내리 일곱이나 딸을 낳고도 기어이 아들
을 보겠다며 또다시 산통을 앓고 있는 늙은 산모처럼 아

등바둥 살아온 자신의 지난 삶이 그 돌과 더불어 사라지기라도 한 듯 가슴이 덜컥 내려앉았다. 칠십여년을 한결같이 그 자리에 있는 개울이지만 눈앞의 개울은 어린 시절의 그 개울이 아니었다. 홍수가 한번씩 휩쓸고 갈 때마다 바람난 여편네 밤도망 친 집구석처럼 뒤숭숭해진 개울은 별다른 오락거리 없는 산골아이들이 뙤약볕에 등껍질이 홀랑 벗겨지는 것도 모른 채 오금이 저리도록 쭈그려앉아 오물조물 제 마음 붙여놓은 기기묘묘한 돌멩이들을 사오리 밖의 토금다리 밑이나 깊은 소의 바닥에 은밀히 숨겨두곤 했다. 어느 해였던가. 맏이가 아직 코흘리개였을 적에 사나흘 공을 들여 제법 튼실하게 쌓아놓은 너럭바위 옆 돌담이 큰물에 떠내려갔다. 아이는 울지도 않은 채 황토물이 쓸어와 마구잡이로 쌓아놓은 낯선 돌을 망연히 쳐다보았다. 뒤도 돌아보지 않고 신작로를 따라 횡허케 사라지는 아버지의 뒷모습을 어린 그 역시 망연히 바라보았다. 어머니가 긴긴 겨울밤, 호롱불 아래서 침침한 눈을 비비며 지은 검정 두루마기를 휘날리면서 아버지는 구불구불 신작로를 따라 멀어졌다. 울며불며 바짓가랑이라도 붙잡고 늘어져볼 것을, 차마 그러지 못한 것은 읍내로, 서울로 이어졌다는 저 신작로가 그의 여린 손아귀 따위는 댈 것도 아니게 무시무시한 힘으로 아버지의 마음을 움켜쥐고 있다는 것을 일찌감치 알아버린 까닭이었다.

자라처럼 목을 움츠린 채 그는 조심스럽게 개울을 건넜다. 늦가을의 산은 여름내 무성했던 잎사귀를 떨군 채 횅한 제 품을 내보이고 있었다. 십여호 남짓, 마을 사람들이 대를 물려 먹을 것을 찾고 땔감을 찾기 위해 발자국을 찍어놓은, 길이랄 것도 없이 좁고 험한 길은 여름에는 숲이 무성하여 이 산을 잘 아는 사람이 아니고는 입구를 찾기도 어려웠다. 골이 좁고 험하여 산이 품은 것이라곤 고작 양지녘 몇평의 화전과 고욤, 개복숭, 똘배, 파리똥 따위였지만 그래도 먹고살기 힘들던 시절에는 마을 사람 누구랄 것 없이 죄 아침저녁으로 이 산을 오르내렸다. 빈 지게로 올랐던 길을 사람들은 하다못해 으름덩굴이나 칡 몇뿌리라도 척하니 지게에 얹어 내려왔고, 지겟짐이 무거운 만큼 마음의 짐도 덜었다. 먹고살 만해지고 보일러가 들어온 후 고사리나 두릅 철을 제외하고는 산길을 오르는 사람들의 발길도 뚝 끊겼다. 봄철마저 사람의 발길이 끊긴 것은 요 몇년 전부터였다. 집집마다 텃밭에 고사리나 두릅을 심어 굳이 험한 산을 오르지 않아도 되었던 것이다. 요 몇년 변함없이 산길을 오른 것은 그뿐이었다.

남달리 산을 좋아해서는 아니었다. 머리가 굵기도 전부터 그는 꼬마지게를 멘 채 산에 올랐고, 자기 덩치보다 더 큰 나뭇짐을 지고 내려왔다. 커다란 나뭇짐이 저 홀로 움직이는 줄 알고 에구머니, 엉덩방아를 찧은 사람들도 한둘이 아니었다. 아버지가 떠난 뒤 늙은 할아버지와 어머니의 생계가 고스란히 그의 어깨에 얹혀 있었고, 그 무게가 천근만근이라 나뭇짐 따위야 무거운 줄도 모르던 시절이었다. 번듯한 땅 한평 없던 그는 남보다 두세배는 더 자주 산에 올랐다. 나물이며 열매며 뿌리며 때로는 산짐승까지, 산은 세상 다른 것들과는 달리 그에게까지 넉넉한 제 품을 열어주었던 것이다. 여덟살 때부터 지금까지 육십년 넘게 걸어온 산길이 이제는 눈을 감아도 훤히 떠올랐다. 그 길은, 엄밀하게 말하면 그가 가본 길의 전부였다. 물론 신작로를 따라 읍내에도 다녔다. 나뭇짐을 메고 장터에 나가기 시작한 게 몇살부터였을까. 읍내까지 이십리, 한푼이라도 더 벌기 위해 지게 두개를 교대로 날랐으니 한번 장걸음에 육십리를 걸은 셈이었다. 읍내까지 가는 길에 번듯한 마을도 있고 단내 나는 목구멍 적실 술집도 있었으나 갈 때는 지겟짐 두개를 나르느라 녹초가 되어 신경 쓸 겨를이 없었고, 돌아올 때는 사위가 어둠에 잠겨, 저만치 마을의 흐릿한 불빛 외에는 볼거리가 없었다. 하여, 자주 걸었으되, 읍내로 향하는 신작로는 그의 길은 아니었다. 그의 길은, 산에 있었다. 인적 드물어 잡초 무성한 길은 그나마 낙엽에 가려 길인지 산인지 분간이 되지 않았다. 그러나 그는 이 길이라면 눈을 감고도 걸을 수 있었다. 걸을 때마다 낙엽이 바스락거리며 부서졌다. 그는 무심히 마음을 놓았다. 발이 그를 이끌어줄 것이다.

그가 이 산을 처음 오른 것은 여덟살 때였다. 여덟살 되던 해 가을, 할아버지는 어린 그의 어깨에 꼭 맞는 작은 지게를 만들어주었다. 어깨를 옥죄는 지게가 어른이 되었다는 징표라도 되는 양 그는 신이 나서 어쩔 줄 몰랐다. 가을걷이가 끝난 뒤 방에 틀어박혀 꼼짝 않던 아버지가 느닷없이 멍석바위에나 가보자며 자리를 털고 일어났을 때도 그는 달랑 지게를 메고 따라나섰다. 그놈의 지게는 머 흘라고. 아버지의 타박에도 불구하고 그는 끝내 지게끈을 풀지 않았다. 경중경중 노루처럼 뛰는 듯한 아버지의 걸음을 쫓느라 지금 같은 늦가을이었는데도 어린 그는 온통 땀범벅이 되었다. 해발 육백 미터가 조금 넘을 뿐이지만 정상까지 일직선으로 이어진 오르막은 코에서 더운 김이 나도록 힘에 부쳤다. 오백여 미터나 올랐을까. 전

272

력을 다해 아버지를 쫓아간 그는 마침내 털썩 주저앉고 말았다. 길가에 아름드리 주목 한그루가 붉은 열매를 조랑조랑 매달고 있었다. 힘든 것도 까맣게 잊어버린 채 그는 벌떡 일어나 홍갈색 나무둥치를 끌어안았다. 어린 그의 팔로는 어림도 없게 굵었다. 나무의 크기에 압도당할 새도 없이 그는 몇그루의 어린 주목 사이로 내비치는 마을 풍경에 마음을 빼앗겼다. 좁은 산비탈에 십여채의 집이 옹기종기 모여 있었고, 할아버지 방에 군불을 지피는지 신작로 옆 그의 집 굴뚝에서는 모락모락 연기가 피어오르고 있었다. 수직으로 피어오르던 흰 연기는 이내 대기 중에 흩어졌다. 그런데도 쉴 새 없이 굴뚝 밖으로 뿜어져 나오는 연기를 보면서 그는 턱없이 눈물을 터뜨렸다. 폴세 집에가 가고 잦냐? 아버지가 언짢은 기색으로 차갑게 내뱉었다. 그런 것은 아니었다. 그러나 손바닥만 한 마을과 대기 중으로 흩어진 굴뚝의 연기가 그의 마음에 일으킨, 알 수 없는, 알 수 없긴 하나 뭐랄까, 생의 비밀을 알아버린 것 같은, 묵직하면서도 처연한 그 심정을 어린 그는 뭐라 설명할 수가 없었고, 집에 가고 싶은 투정으로밖에 생각해주지 않는 아버지가 못내 서운하여 자꾸만 솟구치는 눈물을 어찌할 수가 없었다. 그는 눈물콧물 범벅이 되었던 바로 그 주목 아래서 지게를 내렸다. 그때처럼 숨이 차지는 않았다. 다만 그날 이후 그는 산에 오를 때면 주목 아래서 마을을 내려다보는 게 습관이 되었다. 주목은 칠십년 가까운 세월에도 별로 자라지 않았고, 그는 세월이 흐른 만큼 덩치가 커졌다. 그러나 그 역시 언젠가부터는 성장을 멈추었고 또 언젠가부터는 키도 줄고 덩치도 줄어 그 옛날처럼 도로 작아지는 듯했다.

그는 담배연기를 깊이 들이마셨다. 한줄기 연기가 잔바람에 일렁이며 대기 속으로 흩어졌다. 마을은 변하기도 했고 변하지 않기도 했다. 기와집과 초가집이 섞여 있던 마을은 칠십년대에 죄 울긋불긋한 슬레이트지붕으로 바뀌었고, 최근 들어서는 타지 사람 셋이 그럴 듯하게 새집을 지어 이사를 왔으나, 새집을 지은 자리는 타지로 나간 옛사람들의 허물어진 집터였으므로, 멀리서 보면 그때나 지금이나 별다를 게 없어 보였다. 달라진 것은 사람뿐이었다. 주목에 기대앉아 마을을 바라보노라면 드문드문 오가는 사람이 고물고물 개미 새끼로 보였고, 그런 사람들이 이 집에서 저 집으로, 혹은 논에서 밭으로 옮겨 다니곤 했다. 마을을 이루고 사는 것이 사람임에도 불구하고 그는 어쩐지 마을의 주인은 사람이 아니라 마을 그 자체인 것 같았다. 사람은 잠시 마을에 깃들어 살다 연기가 대기 중에 흩어지듯 흔적도 없이 사라지는 게 아닐까. 그러면 늙은 그는 어린 그날처럼 처연하여 담배라도 한대 깊이 흡입하지 않으면 견딜 수 없는 심정이 되고 마는 것이다.

필터가 타들어갈 지경으로 담배 한대를 알뜰하게 피운 그는 주목에 기댄 등에 힘을 주며 겨우 자리에서 일어났다. 요즈음에는 앉고 서는 일조차 마음대로 되지 않았다. 벽이나 아내의 어깨를 버팀목 삼아야 일어나는 게 수월했다. 살면 살수록 남에게 의지하는 일이 많아졌다. 젊어서는 없던 가려움증이 생겼고, 아무리 용을 써도 제 손이 닿지 않는 곳이 있었다. 아내 역시 마찬가지였다. 허연 살비듬 사이로 손톱자국 벌건 아내의 등이 그는 때로 자기 몸인 양 애처롭고 친근했다. 아내의 다리에 척하니 그의 다리를 얹고, 아내의 팔이 그의 허리를 휘감고, 두 사람은 그렇게 자기도 하였는데, 연중행사로나 찾아올 둥 말 둥 한 성욕 따위와는 무관한, 서로의 몸을 편안한 베개쯤으로 여기게 된 늘그막의 어느 날부터였다. 전립선이 좋지 않아 두어시간마다 잠을 깨는 그는, 아내의 다리나 몸통을 죽부인인 양 끼고 있는 제 몸뚱이가 어색하고 신기하여 요의조차 잊고 물끄러미 바라본 적이 한두번이 아니었다. 여느 부부들은 어쩐지 몰라도 그는 젊은 날에는 제 아무리 피곤한 날도 똑바로 천장을 보고 누워 시체처럼 꼼짝도 하지 않았다. 아버지가 떠난 뒤 꼬마지게를 메고 산에 올랐던 시절부터 그는 제 어깨에 지워진 짐을 한순간도 잊은 적이 없었고, 부릴 수 없는 짐 탓인지 그 짐이 부여한 책임감인지 자존심인지 뭔지, 누구의 어깨도 빌리지 않으려 했다. 그런 그를 차갑다 하는 사람도 있었고 대견하다 하는 사람도 있었다. 그랬던 그가 척하니 아내의 몸뚱이에 다리를 걸치게 만든 세월이란 것이, 그는 무섭기도 하고 어쩐지 마음이 놓이기도 했다. 기대고보니, 진작 이럴걸, 싶게 몸도 마음도 가벼웠던 것이다. 기대게 하는 것은 사람만이 아니어서 그는 요즘 해바라기하는 담벼락이나 잠시잠깐 기대어 담배 태우는 대들보나 지금 기대앉은 주목 따위도 아내이기나 한 듯이 느릿느릿 쓰다듬어보곤 하였다. 어색하고 다정하게 쓰다듬어본 주목의 홍갈색 등걸은 아내의 손마냥 거칠고 두툼하였다.

그는 다시 길을 걸었다. 오를수록 길은 더욱 가팔랐다. 길은, 늘 오던 그 길이었으나, 젊은 날에는 경보라도 하듯 올랐던 길을 그는 가쁜 숨을 토하며 젊은 날의 자신의 자취를 따라 느릿느릿 걸었다. 도토리가 수북하게 떨어진 곳에서 그는 왼쪽으로 길을 틀었다. 거기에는, 아주 오래 전에는 길이었으나 중이 절을 떠나고 버려진 절마저 제 육신을 거두어버린 뒤로는 아무도 찾지 않아 잡목 무성하다가 그가 다시 수없는 발자국으로 다져 만든, 그 말고는 아무도 모르는 길이 있었다. 정상으로 이어진 길밖에 없던 이 산에 그는 그만이 아는 무수한 샛길을 만들었다. 그가 요즘에도 즐겨 산을 찾는 것은 아무도 먹지 않는 고욤이나 개복숭 따위를 따기 위해서가 아니라, 제가 만든 길이 다시 잡초에 뒤덮여 산의 일부로 화할 것 같은, 두려움이라고 해도 괜찮고, 그보다는 제 목숨 붙어 있는 한 자신의 길을 걷고 싶다는, 뭐라 설명할 수 없는 욕망 때문이었다.

한달 전쯤 찾은 적 있던 절터 가는 길은, 그사이 나무들이 떨어뜨려놓은 낙엽에 뒤덮여 길의 임자라 할 수 있는 그조차도 사방을 유심히 살펴야 했다. 절터임을 짐작게 하는 유일한 흔적인 주춧돌 옆에 그는 지게를 부렸다. 송골송골 맺혔던 땀이 이내 차갑게 식었다. 그는 지게에서 호미를 꺼내들었다. 어제 내린 비 덕분에 땅은 쉽게 파였다. 절 마당이었을, 산비탈이라 서너평 남짓에 불과한 평평한 땅에는 더덕이 지천에 널려 있었다. 저희들끼리 나고 자라 어느새 절마당을 수북이 뒤덮은, 그만 아는 이 더덕밭은, 오늘 저녁 온다는 큰딸의 것이었다. 큰딸은 와본 적도 없건만 대학에 가고 싶다는 녀석의 뜻을 기어이 꺾을 수밖에 없었던 그날부터 그는 내심 그렇게 생각하고 있었다. 꺽꺽 목 잠긴 딸아이의 울음을 피해 도망친 곳도 바로 여기였다. 그날, 그는 언 땅을 곡괭이로 파서 댓 뿌리의 더덕을 캤다. 딸아이는 방망이로 자근자근 찧어 고추장에 찍어 먹는 더덕을 제일 좋아했다. 못난 아비가 제 못남을 짓밟듯 방망이로 쿵쿵 찧어 밥상에 올려놓은 더덕을 보고 딸아이는, 이번에는 소리도 없이 뚝뚝 눈물만 떨어뜨렸다. 그 아이의 눈물 덕분에, 청춘과 맞바꾼 봉제공장의 서푼 월급 덕분에, 밑으로 아들 둘은 대학 문턱을 밟을 수 있었다. 이제 쉰이 된 딸은 머리도 손끝도 남달리 야무져 못난 부모 만난 팔자치고는 남부럽지 않게 잘살고 있는데도, 잘사는 것을 번연히 알면서도 대학 못 가르친 미안함만은 끝내 가시지 않았다. 그 미안함을 상쇄라도 할 듯, 딸아이가 온다고 하면, 봄이든 겨울이든, 그는 이곳으로 달려왔다. 봄 더덕이 맛이 있을까만, 그래도 그는 밥상에 더덕이라도 올리는 것으로, 딸이 알든 모르든, 제 마음의 빚을 덜고 싶었다. 비 온 뒤의 무른 땅을 헤집어 그는 서른개 남짓 더덕을 캤다. 개중에는 어린아이 팔뚝만큼이나 굵은 놈도 있었다. 이십년은 너끈히 묵은 것 같았다. 오늘내일 먹어봐야 대여섯 뿌리일 것이고, 이 정도면 서울 가서도 며칠은 고향생각을 덜 만했다.

차가운 태양은 이제 막 그의 집 위를 지나고 있었다. 배꼽시계가 울어대는 걸 보니 한시쯤 된 모양이었다. 그는 더덕을 뿌리의 흙째 가져온 비닐부대에 담아 지게에 싣고는 다시 길을 되짚어나갔다. 정상을 향해 걷던 그는 커다란 바위 앞에서 오른쪽으로 접어들었다. 이름도 없이 동네 사람들이 앞산이라고 부르는 이 산은 정상 부근이 커다란 암벽으로 이루어져 있었다. 암벽은 끝으로 갈수록 경사가 급하고 매끈하여 누구도 오르지 못했다. 전문적으로 바위를 타는 사람들이야 물론 너끈히 오를 수 있을 테지만 그런 사람들이 도전해볼 만큼 또 대단한 것은 아니어서 아무도 찾는 사람이 없었고, 그리하여 해발 612미터의 앞산 정상은 아무도 오르지 못한 미개척지로 남아 있었다. 암벽을 끼고 오른쪽으로 돌면 장정 십여명이 드러누울 수 있을 만한 널찍한 멍석바위였다. 여덟살의 그가 아버지를 따라 처음 온 바로 그곳이었다. 정상의 암벽이 절벽을 만나기 직전, 치맛자락처럼 펼쳐놓은 널따란 바위 위에 서서 아버지는 아래를 굽어보았다. 좁은 산비탈에 십여채의 집이 옹기종기 모여 있었고, 한줄기 신작로가 뱀처럼 마을을 휘감고 있었다. 아버지의 눈은 산의 형세를 따라 구불구불 이어진 신작로를 좇고 있는 듯했다. 아버지가 불쑥 그에게 등을 내밀었다. 서울을 보여주마. 그는 냉큼 아버지의 목덜미에 올라탔다. 잘 봐라. 오른짝으로 큰 마을이 보이지야? 거그가 서울이다. 무등을 탄 채 허리를 곧추세우면 산과 산이 겹쳐진 골짜기 사이로 설핏 마을이 보였다. 너무 먼 데다 늦가을의 투명한 햇살이 하필 그 골짜기로 쏟아지고 있었다. 그는 이내 부신 눈을 감았다. 아버지는 그를 내려줄 생각도 않고 오래도록 서울을 바라보았다. 그곳이 서울이 아니라 읍내라는 것을 그는 몇년이나 지난 후에 알았다. 읍내든 서울이든 그에게는 마찬가지로 멀고 낯설었다. 아득한 길 끝에 꿈인 듯 아련하게 펼쳐진 읍내를 아버지는 하염없이 바라보았다. 아버지는 틈만 나면 읍내에 나갔다. 나가서는 며칠씩 오지 않았다. 어머니는 칭얼거리는 그를 들쳐 업고 길을 서성이며 아버지를 기다렸다. 아버지가 또 훌쩍 떠나버릴 것만 같아서 그는 얼른 아버지의 목덜미를 꽉 붙들었다. 부들부들 손이 떨렸고, 절벽에 선 것이 겁이 나 그러는 것으로 이번에도 오인한 아버지는 매섭게 그의 손을 풀며 목에서 내려놓았다. 부들부들 떨며 바위 끝에 선 그를 아버지는 쳐다보지도 않았다. 어린 그의 마음을 돌아봐주지도 않은 채 아버지는 매정하게 돌아섰다. 아버지가 절벽 끝에서 훨훨 날기라도 할 것 같아 그는 쫄래쫄래 뒤를 쫓았다. 아버지의 걸음이 멈춘 곳은 멍석바위 끝, 동굴 앞이었다. 동굴에 관해서라면 그도 들은 바가 있었다. 장정 걸음으로 하루를 걸어도 끝이 없다는 동굴은 남해로 이어져 있다고도 했고, 바다 밑으로 이어져 있다고도 했다. 빨치산의 시체가 즐비하다는 동굴 입구는 소문이 무색하리 만큼 좁았다. 아버지는 기다리라거나 따라오라는 말도 없이 어깨를 좁혀 불쑥 동굴 안으로 사라져버렸다. 따라가야 한다고 채 익지도 않은 그의 뇌가 분명하게 명령하고 있었지만 어찌된 영문인지 꿀단지에 빠진 개미 새끼처럼 도무지 발이 떨어지질 않았다. 돌아갈 수도 없고 따라갈 수도 없어서 여덟살의 그는 새파랗게 질린 채 닭똥 같은 눈물을 뚝뚝 흘리다 마침내 그 눈물도 말라붙고 꺽꺽 마른 울음소리마저 잦아들 때까지, 중천에 솟았던 해가 뒷산에 걸려 저만치 보이는 마을이 산그림자에 잠길 때까지 제자리걸음을 뛰며 아버지를 기다렸다. 아버지는 검어지는 하늘이 노을의 마지막 붉은 기를 막 집어삼키기 직전에야 되돌아왔다. 니는 가보고 싶도 않디야? 이 질이 워디꺼정 났을랑가 궁금하도 않디야? 그날 달빛을 밟아 산을 내려오며 아버지는 그렇게 물었다. 그는 뭐라 대답해야 아버지의 얼굴에 웃음이 떠오를까 궁리하다가 발을 헛디뎠고 그 바람에 죽 미끄러져 길가 나무둥치에 별이 번쩍이도록 머리를 부딪쳤지만 그래도 마땅한 대답은 떠오르지 않았다. 그는, 무엇이 살고 있을지 알 수 없는, 바다 같은 곳으로 뚝 떨어질지도 모르는, 동굴의 끝으로는 결단코 가고 싶지 않았다. 동굴 앞에서 그는 따뜻한 아랫목과 어머니의 등이 사무치게 그리울 뿐이었다. 그러나 그렇게 말하면 아버지가 실망할 게 분명했고, 거짓말할 재주도 없는 그는 입을 다문 채 사방천지 세우(細雨)처럼 잔잔히 내려앉는 달빛을 꾹꾹 지르밟았다. 나는 니만 헐 직에 질만 보면 달리고 싶었어야. 질을 따라 나도 모리게 읍내꺼정 나가분 것이 일곱살 때였는디, 가봉게 시상은 넓고도 넓드라. 사램은 그런 시상에서 살아야 하니라. 어쩌면 그날부터 그는 알고 있었다. 아버지가 언젠가 넓은 세상으로 훨훨 날아가고 말리라는 것을. 가족을 두고 떠난 길의 끝에서 아버지는 무엇을 찾았을까. 아버지는 다시는 돌아오지 않았고 무엇을 찾았는지도 당연히 말해주지 않았다.

그는 멍석바위에 자리를 잡았다. 바람은 찼지만 햇빛은 맑았다. 온종일 햇볕에 데워진 바위는 미지근한 온기를 품고 있었다. 안방인 양 자리를 잡고 앉은 그는 지게에서 찐고구마를 꺼내들었다. 꼬마지게를 메고 산을 오르던 시절부터 그의 점심은 찐고구마였다. 살림이 편 뒤에도 산에 올 때의 점심은 언제나 찐고구마였고, 꾸역꾸역 고구마를 먹다보면 그는 마치 동굴 앞에 서서 아버지를 기다리던 여덟살로 돌아간 것 같았다. 언젠가 한번은 동굴 앞에 서보기도 하였다. 동굴은 그때처럼 시커먼 아가리를 벌린 채 그를 노려보는 듯했는데 떠꺼머리총각이 된 뒤에도 그는 차마 그 아가리 속으로 머리 들이밀 엄두가 나지 않았다. 마지막으로 용기를 내어본 것은 수백의 생명을 앗아간 태풍 사라가 지나간 얼마 뒤였다. 수천년에 걸쳐 바위를 잠식해온 흙이 쏟아져 동굴 입구는 완전히 막혀 있었다. 차라리 다행이다 싶었다. 이제 누구도 아버지처럼 그 음험한 어둠에 끌리지는 않을 터였다. 그런데도 그는 때때로 동굴이 내뿜는 한숨인 양 등 뒤로 모골 송연한 서늘한 기운을 느끼곤 했다.

젖은 낙엽이 뭉개지는 소리가 들렸다. 동물의 것이라기

엔 더디고 규칙적인 소리였다. 절터 쪽에서 나는 소리가 조금씩 가까워졌고, 잠시 후 알록달록한 등산복 차림의 한 사내가 상수리숲을 통과하여 불쑥 모습을 드러냈다. 사내는 저만치서부터 그를 향해 온 듯 반가운 기색이 완연했다.

"아이고, 반갑습니다."

청한 것도 아니건만 사내는 멍석바위 위에 털썩 주저앉았다. 하기야 멍석바위가 그의 것도 아니니 청하고 말고 할 일도 아니긴 했다. 환갑이 막 지난 듯한 사내는 자리에 앉자마자 배낭에 매달려 있던 물통을 꺼내 벌컥벌컥 들이켰다.

"여개는 워짠 일이시오?"

자기 집에 찾아온 손님이기나 한 듯 그는 물었다. 묻고 보니 등산객에게 물을 말은 아니었다. 아마 백운산에 왔다가 길을 잃었을 터였다. 등산객이 나물 뜯는 아낙네들이나 간혹 들르는 보잘것없는 이 산을 찾을 리 없었다. 길을 잃었어도 골마다 마을을 품고 있으니 아래로 내려갔으면 됐을 일, 어지간히 답답한 등산객인 게 분명했다.

"글쎄 말입니다. 길 따라 걷다보니 여기까지 오게 됐네요."

길이 있을 리 만무했다. 마을로 이어지는 길 말고는 이 산에는 도무지 길이란 게 있어본 바가 없었다. 해방 뒤, 지리산이나 백운산에 집중되는 공격을 피하기 위해 빨치산들이 간혹 이 산에 숨어들었고, 대규모의 토벌대가 한꺼번에 우 산을 오른 적이 몇 차례 있기는 했지만, 그들이 군홧발로 마구 짓밟아 만들어놓은 길은 무성한 풀에 점령당했다. 잠시 길이었던 사람 다닌 흔적이 다시 산으로 돌아가는 데에는 그리 긴 세월이 필요하지 않았다.

　"질이 있습디여?"

　길이 있다면, 이 산의 터줏대감이랄 수 있는 그가 모를 리 없었지만 궁금하여 그는 물었다. 사내가 허리에 찬 만보기 같은 것을 들여다보며 말했다.

　"또아리봉에서 간전 쪽으로 방향을 틀었는데 중대리까지는 길이 있더군요. 한 십 킬로 남짓, 담배꽁초나 사탕껍질을 따라 여기까지 왔습니다."

　그러니까 사내는 없는 길을 만들며 이 첩첩산중까지 기어온 것이다.

　"참 신기하지요? 서로 모르는 사람들일 텐데 어김없이 비슷한 곳으로 다닌다니까요. 사람 다닌 흔적이 있으면 그게 길이지요 뭐."

사내의 말에 그는 저도 모르게 고개를 끄덕였다. 낯선 곳까지 거침없이 길을 만들며 온 이 사내는 길 따라 나선 적 없는 그와는 전혀 다른 부류의 인간일 터인데, 생긴 게 천차만별이면서도 따져보면 거기서 거기듯 사람이란 성격이나 성향이 달라도 느끼는 것도 거기서 거기인 모양이었다. 예전에 이 산에도 제법 사람이 나고들 적에, 그는, 이 산이 처음일 게 분명한 나물꾼이나 약초꾼 들이 비슷한 경로를 밟아 비슷한 장소에서 자신들이 원하는 것을 찾는 걸 보고 내심 탄복한 바가 있었다. 생각해보면 찾는 약초나 나물의 습성에 따라 살 만한 장소를 찾아가는 것일 테지만, 사람이 찾는 것 또한 거기서 거기일 터, 그렇다면 길은 그렇게 모르는 사람들의 무수한 반복으로 만들어지는 것일 터였다. 나물이 날 철은 아니고 약초꾼으로 보이지도 않는 이 사내는 무엇을 찾아 여기까지 온 것일까. 더덕향을 맡은 것인지 사내가 코를 킁킁거리며 지게를 기웃거렸다. 그제야 그는 길을 찾아 헤매느라 사내가 끼니를 챙기지 못했을 거라는 데 생각이 미쳤다. 고구마는 둘이 먹기에 충분했고 아직 막걸리병도 뜯지 않은 상태였다.

"이거라도 잡숴볼라요?"

그는 바위 틈 사이에서 사발 하나를 꺼냈다. 가지고 다니기 번거로워 그는 술잔뿐만 아니라 때로는 김치 따위도 아이 머리통만 한 공간에 두고 다녔다. 말하자면 그의 전용 창고인 셈이었다. 내키지 않는 듯 천천히 두어모금 목을 축이던 사내가 이내 벌컥벌컥 막걸리를 들이켰다. 막걸리 두어잔이면 땀이 식으면서 느껴지던 한기도 가실 것이다. 그는 거푸 사내의 잔을 채웠다. 술이 센 편은 아닌지 사내의 얼굴이 금세 벌겋게 달아올랐다. 막걸리병이 빈 뒤에야 사내는 스윽 입가를 훔치며 주변을 두리번거렸다. 외줄기 길이 뻗은 보잘것없는 마을을 사내는 그 옛날의 아버지가 읍내를 바라보듯 아련한 눈빛으로 응시하고 있었다. 그는 사내가 여기까지 오기 위해 걸어왔을 그 머나먼 길을 생각하며, 계곡 넘어 구불구불 이어진 신작로를 우두커니 바라보았다. 그는 저 신작로가 끝나는 산 밑 마을에서 태어나 칠십년을 살았다. 대부분의 친구들과 친척들과 자식들이 저 길을 따라 도회지로 나갔다. 길 나설 용기가 부족하거나 용기의 부족이라기보다 미련이 더 강하여 떠나지 못한 몇몇 중의 몇은 뒷산이나 밭 가장자리에 묻혔다. 그런 자들은 떠났다고 할 수 있을 것인가, 남았다고 할 수 있을 것인가. 죽음이 떠남이라면, 떠날 날이 가까워오는 그는, 길을 나선 자나 머무른 자나 떠나기는 매한

가지, 떠난 자를 탓할 것도, 머무른 자를 가여워할 것도 없는 게 아닌가, 그렇게 자신을 다독이며, 평생 걸은 길을 다람쥐 쳇바퀴 굴리듯 걸어보곤 하였다. 그때마다 길은, 질을 따라 가보고 싶도 않디야, 아버지의 말을 먼지처럼 피워 올렸다.

"질을 나성게 좋습디여?"

길 따라 나선 아버지에게도 묻지 못한 것을, 그는 낯선 사내에게 불쑥 물었다. 여덟살, 아버지를 따라 처음 이 산에 올랐을 때부터 그의 마음속에 꾸역꾸역 차오른 물음이었다. 뜻밖의 질문이었을지도 모르지만 사내는 별로 당황한 것 같지는 않았다.

"글쎄요. 세상천지 아무데나 길이 있고, 큰길이든 작은 길이든 그 길 끝에는 사람들이 살고 있지요. 신기하지 않습니까?"

길을 따라 떠나지 않은 그도 그 정도는 알았다. 겨우 그것을 알자고 아버지는, 이 사내는, 제 둥지 떠나 발품을 팔아온 것일까. 그는 어쩐지 억울하고 맥이 풀렸다. 허망하기도 하였다. 그의 마음을 짐작조차 못할 사내는 팔베개를 한 채 멍석바위에 벌렁 드러누웠다. 낯선 남자가 자신의 안방을 차지하기라도 한 듯 그는 못내 불쾌하였다. 사내는 질끈 눈을 감은 채 차기는 하지만 햇볕과 어우러져 제법 즐길 만한 대기에 제 몸을 내맡기고 있었다. 엊저녁 비에 말끔히 씻겨 가을 강처럼 깊은 하늘도 볼 만하였으나 사내는 꼭 감은 눈을 뜨지 않았다. 눈을 뜨고 있을 때는 보이지 않던 주름이 눈가에 자글거렸다. 그의 짐작보다 나이가 많을지도 몰랐다. 한평생 길을 걸어온 피로가 한꺼번에 밀려오기라도 한 듯 사내의 얼굴에는 지친 기색이 역력했다.

사내처럼 천지의 길을 싸돌아다닌 것은 아니고, 고작 집에서 바라보면 한뼘 남짓한 앞산 자락에 불과하긴 했으나, 그 역시 사내처럼 길을 만들기는 하였다. 정상 뒤편의 두릅나무 군락지나 옛 절터의 더덕밭까지 이르는 길은 일종의 그의 작품이었다. 사람들은 주(主) 길 주변에서 나물을 뜯고 나무를 할 뿐, 깊이는 들어가려 하지 않았다. 그래도 그가 모르는 사이 몇몇은 그가 만든 소로(小路)를 따라 걷기는 해보았을 것이다. 산이 제 것일 리 없으니 그 길 또한 제 것일 리 없음을 그 또한 모르지 않았다. 하지만 제가 낸 길을 볼 때마다 호된 산통을 겪고 낳은 자식을 바라보는 어미마냥 뿌듯한 것은 어쩔 수 없었다. 그가 길을 낸 것은 아니나 절벽 뒤편의 천리향도 그러했다.

처음으로 천리향의 존재를 눈치챈 것은 아버지가 떠난 직후였다. 평지의 매화가 다 지고 난 삼월 초, 그는 나무를 하러 산에 올랐다. 개울을 막 건너자 은은한 향기가 코끝에 감돌았다. 달콤하면서도 상서로운 듯한 그 향기는 산을 오를수록 짙어졌다. 멍석바위에 올랐을 때는 짙은 향에 취하여 진원지를 찾을 수가 없을 지경이었다. 그 뒤로 몇년이나 그는 향기가 나는 곳을 찾아다녔다. 온 산이 향기에 젖어 있었으나 정작 향기의 원천은 어디서도 찾을 수 없었다. 그가 멍석바위 끝의 절벽을 기웃거리게 된 것은 장가를 든 후였다. 향기는 분명 절벽 저쪽에서 풍겨오는 듯했다. 길이 있기는 하였다. 바위에 딱 붙어서면 어른 발끝이 절벽 밖으로 살짝 삐져나올 정도의 길이었다. 길이라기보다는 바위의 층이라고 하여야 옳을지도 몰랐다. 고개를 기웃거리기 석삼년, 한 발 내딛고 돌아오기를 또 석삼년, 그렇게 한 발 한 발 나아가 마침내 향기의 진원지에 닿은 것은 죽어도 별 아까울 것 없는 환갑의 봄이었다. 정상 암벽의 끝부분이라 둥그렇게 휘어 멍석바위 쪽에서는 아무리 몸을 기울여도 볼 수 없는, 그렇다고 뒤편에서도 볼 수 없는, 햇빛 한줌 들지 않는 오목한 바위틈, 수만년 쌓였을 약간의 흙 속에서 그의 키만이나 한 천리향 한

그루가 막 꽃망울을 터뜨리고 있었다. 검은 바위를 배경으로 하얗게 피어난 꽃은 향기와 달리 소박했으나, 그 소박한 모양으로 인하여 향기는 더욱 고결했다. 그에게 모습을 드러낸 후에도 천리향은 봄마다 더욱 진한 향기를 피워 올렸다. 삼월이면 천리향 향기가 아지랑이처럼 산을 에워쌌지만 사람들은 때때로 바람에 실려 마을까지 전해지는 그 향기를 봄의 향기려니 대수롭잖게 넘겼다. 누구 하나 묻는 이가 없기도 했지만 설령 누가 물었다고 해도 그는 향기의 진원지를 알려주지 않았을 것이다. 달콤하면서도 상서로운 듯한 그 향기는 오롯이 그만의 것이었다.

천천히 구름이 흘러갔다. 한줄기 바람이 일었다. 산은 그 바람에, 마지막 미련인 듯 매달고 있던 몇장의 낙엽들을 떨어뜨렸다. 산그림자가 정상에서부터 달음박질을 시작했다. 하늘의 태양은 느릿느릿 움직여도 그 그늘은 쏜살같이 대지를 덮치는 법이었다.

"내려가야지라."

사내는 벌떡 일어나, 분명 자기가 걸어왔으나 낯설디낯선, 산그림자에 잠긴 희미한 길을 바라보았다. 그는 바위에 붙들린 엉덩이를 힘겹게 떼어냈다. 지게는 제법 묵직했고, 묵직한 짐에 눌려 한평생을 살아온 그는 뼈밖에 남지 않은 어깨가 조이긴 했으나 외려 그 무게에 안도감을 느끼며 길 나설 채비를 마쳤다. 사내가 아직도 어리둥절한 표정으로 그의 뒤를 따랐다. 그는 한때는 길이었으나 사람들이 찾지 않아 희미해진 길을 더듬어 아래로 내려갔다. 오래 쉰 탓인지 내리막길인 탓인지 무릎이 시큰거렸다. 죽을 때까지 앞으로도 더 걸어야 할 터였다. 두 사람의 발소리가 자박자박 깊어가는 가을 속으로 울려퍼졌다. 그에게는 평생 걸어온 길이지만 뒤따라오는 사내에게는 낯선 길, 그러나 길은 길일 뿐이다. 길은 땅거미 속에 아련히 이어져 있었다. 산 밑 막다른 그의 마을로도, 어딘지 알 수 없는 사내의 마을로도, 그리고 또 가보지 않은 세상의 어딘가로도 그 길은 이어져 있을 터였다.

세월

시방 워디 있소? 워느 질을 시방 허청허청 걷고 있소? 워느 질을 걸음시로 워느 때를 살고 있소? 오거리를 지남시로 그 질, 자전차로 씽씽 달려 철도에 근무하던 청춘을 살고 있소? 섬진강을 지남시로 한겨울 얼음장을 알몸으로 밀치며 도강허던 지긋지긋헌 시절을 살고 있소? 손바닥만 헌 읍내, 워느 질에라도 이녁의 한때가 조각조각 흩뿌려 있겄지라.

여기서 봉게 이녁이 걷고 있을 읍내 질마다 봄볕이 환하요. 옛날에는 우수 겡칩 지나면 해바라기를 안 했소이. 천지사방 흔하디 흔헌 볕도 귀헌 시절이 있었어라. 벵든 달구새끼모냥 꾸벅꾸벅 졸다보믄 어느새 볕이 저만치 비켜가불곤 했지라. 저만치 비켜가븐 볕이 애달파서 석양에 비낀 해를 봄시로 울기도 많이 울었어라. 어릴 직에는 봄

벨이 간지빡이라도 멕인 것맹키 간지러와서 캐득캐득 웃기도 했는디라. 늙어서 긍가 워쩡가, 벨에 데워진 살이 넘의 살맹키 덤덤허그만이라. 징헌 놈의 세월이 살껍닥에 징으로 박혔는갑소. 글고 보믄 옛말 하나도 틀린 것 없어라. 산 목심은 워치케든 살아진다고 안 헙디여. 세월은 참말 잘도 가요. 등껍닥허고 배껍닥이 짝 달라붙어 허리를 못 피던 시절에는 하루해가 무정시럽게 길기도 길드만은 워치케 된 영문인가 한평생이 후딱 지나가부렀당게요. 술에 취한 것맹키 말이요. 나도 딱 한번 술에 취한 적이 있어라. 이녁은 모릴 것이요. 원제 다정히 무릎 맞대고 도란도란 얘기를 나눈 적이 있어야 말이제라. 이녁헌티 씨알도 안 멕힐 것맹키라 입을 꾹 다물고 살았제만 나는 다정금침이 그리웠어라. 이녁은 베개에 머리만 닿으면 코를 골고, 눈 번쩍 뜨고 일나면 해도 뜨기 전에 사립을 나섰지라. 육십오년을 부부로 살았음서도 나는 이녁이 만날 그리웠어라. 내 곁에서 코를 고는 이녁이 아득히 멀었어라. 그런 이녁이 말이요. 워느 장날 봉게로 쩌그 오거리 식당 과부댁 궁뎅이를 따독이고 있습디다. 모리겠소. 궁뎅이만 따독였으면 내 맘이 괜찮았을랑가…… 투실투실한 과부댁 궁뎅이를 두들김시로 이녁이 장마 끝에 둥실 떠오른

해처럼 웃고 있습디다. 이녁 그리 웃는 얼굴을 나넌 첨봤소. 그 질로 집에 들어와 이녁 줄라고 담가놨던 막걸리를 찔끔찔끔 묵다봉게 한 주전자나 마셔부렀어라. 그 술이 워찌나 달고 맛나던지, 속창아리도 없제, 그 술 맛나게 잡술 이녁 얼굴이 눈앞에 새록새록 밝아옵디다. 시상이 빙빙 돌드만은 눈을 떠봉게 긴긴 여름해가 저물고 땅거미가 도둑괭이모냥 실금실금 마루로 기어오르고 있대요. 한평생 산 것이 꼭 그때맹키그만이라.

이녁을 처음 본 날, 하필 나는 친정 아부지헌티 지게작대기로 맞고 있었어라. 몰래 야학에 갈라다가 들켰던 것이지라. 달구똥 겉은 눈물을 뚝뚝 흘림시로 가시내는 그라면 사램도 아니냐고, 사램도 아닌 것을 멀라고 낳았냐고, 바락바락 괌을 지르는디 첨 보는 총각이 느닷없이 내 앞을 막아서지 않었어라. 아매 우리 아부지는 그때 눈앞이 캄캄했을 것이요. 담장 안에 숨게두고 고이 기른 딸내미가 야학질도 모자라 연애질꺼정 헌 줄 알았것제라. 지각시 지가 선보러 왔다는 이녁 말에 우리 아부지, 작대기를 놓고 손을 탁탁 텀시로 본데없고 경우없기가 그 나물에 그 밥이니 한통속으로 비벼노먼 볼 만은 허겄다, 두말 않고 이녁헌티 나를 내줬소.

시집갈 날을 받아놓고 나는 밤도망을 쳤어라. 이녁이 싫어서는 아니었고라. 등만 본 이녁이사 싫을 것도 좋을 것도 없었제만 부산서 밀항을 할라고라. 일본 가서 원없이 공부를 할라고라. 추위에 벌벌 떰시로 새복기차 탈라고 지둘리는디 아부지가 들이닥칩디다. 우리 아부지, 내 머리를 싹뚝 잘라서라 기언치 이녁헌티 시집을 보냈고만이라. 선머시매맹키 싹둑 자른 머리 우게 쪽두리를 쓴 내 꼴을 보고 이녁은 웃도 않음서 글을 알고 싶냐고라, 그리 물음서 책 한권을 툭 던져줬어라. 시집간 첫날밤에 가갸 거겨, 고교구규, 처음 배운 여덟 글자가 나헌티는 천지개벽이었어라.

이녁이 집안일에는 신겡도 안 쓰고 밤낮 밖으로만 돌아도라. 나는 그때게는 글 읽는 재미에 서운한 줄도 몰랐어라. 호롱불 밝혀놓고 『춘향전』 읽고 『유충렬전』 읽니라 이녁도 없는 밤이 씽 달음박질쳐분 것도 몰랐어라. 이녁은 에미 제비모냥 나헌티 읽을 것을 물어 날랐지라. 읽을 것 물어다주는 재미에 이녁을 눈이 빠지게 기다렸어라. 정히 읽을 것이 없으면 이녁이 갖다주는 단선반대 삐라를 읽고 또 읽고 통째로 외웠지라. 삐라의 글자들이 아궁지에서 활활 타오르는 불맹키 붉은 혀를 낼름거림시로 살아

움직이드만이라. 아궁지 밖으로 겨 나온 불이 치맛자락을 휘감고 그 붉은 혀로 우리 앞날을 홀랑 집어삼킨 것도 나는 몰랐소. 아이가 아이가. 안팎으로 한통속이라 부부금실 하나는 좋겠다, 혀를 차던 어무이 음성만 시방도 귀에 선하요. 돌이켜봉게 그때가 젤 좋았어라. 젤 좋은 것을 그때게는 몰랐어라. 내 앞으로 쑥쑥 다가온 시상을 더 알고자파서 안달복달 애만 탔지라. 세월이 이리 훌쩍 가불 중 알았으면, 이녁이 이리 될 중 알았으면 고마웠다고, 이녁 땜시 따박따박 시상 구겡 잘했니라고 인사라도 헐 것을 그랬소. 너무 머라고는 글지 마씨요. 나라고 이리 될 중, 알았가니요.

이녁이 준 삐라를 읽고 이녁 따라 동네걸음을 할 때도 나는 몰랐어라. 그것이 나라가 금허는 질인 중도 모리고 나라가 금허는 질을 가는 일이 월매나 고된가도 몰랐어라. 이녁 말만 철석같이 믿고 그것이 사램답게 사는 질인 중만 알았지라. 쪼깨만 참고 지둘리면 존 시상이 온다던 이녁은 겡찰헌티 쫓겨 산으로 가부렀소. 그후제야 내 배 속에 아가 든 중 알았어라. 배가 남산맹키 불렀는디 마을을 다 비우라고 합디다. 넘의 집을 전전허다가 통증이 오드마요. 넘의 집에서 애를 낳을 수도 없는 노릇이라 어무이랑 둘이 우리집 문을 뿌시고 들어갔소. 눈보라가 휘몰아치는 밤이었어라. 머시매였소. 머시매 고추를 만짐시로 어무이가 하염없이 웁디다. 막 탯줄을 잘랐는디 갱찰들이 들이닥치드만요. 따신 물 데우니라고 불을 뗐는디 그 연기를 보고 득달같이 달레온 것이라. 그 사램들, 참 야속하기도 합디다. 핏덩이를 씻기도 안 했는디 나가라대요. 어무이가 바짓가랭이를 붙잡고 사흘만 몸 좀 풀게 해달라고 통사정을 했는디도 눈도 깜짝 안 헙디다. 갓난아를 들쳐 업고 그 질로 나는 산으로 갔소. 워차피 죽을 목심 이녁 곁에서 죽고 자팠어라. 아이고, 눈도 눈도 그런 눈은 첨 봤소. 워디가 질이고 워디가 산인지, 천지사방 허연 눈밭이등마요. 눈밭을 뽁뽁 기어서 암 디로나 갔어라. 위로만 위로만 올라갔어라. 위로 위로 가다보믄 이녁이 있을 것만 같아서라. 눈을 떠봉게 워떤 남자가 짠한 눈으로 나를 보고 있등마요. 당신 따라 멘당 모임에 갔을 적에 본, 이름도 모르는 사람입디다. 자기들이 못 봤으면 산에서 꼼짝없이 얼어 죽었을 것이라고라, 함시로 멀건 죽 한그릇을 줬어라. 정신없이 묵다봉게 들쳐 업고 나온 애가 생각납디다. 근디 등이 허전해라. 포대기도 없고라. 뚤레뚤레 찾응게 짠허디짠헌 눈으로, 다 잊으라고라, 없었던디끼 잊으라고라, 자개들이 나 대신 눈물을 글썽입디다. 고추 달고 나온 우리 애를 나는 얼굴도 못 봤어라. 낳을 때는 불이 새나갈감시 불도 안 켰응게라. 시상에 나오자마자 동태마냥 꽁꽁 얼어 눈 속에 묻힌 아를, 그때꺼정 천지사방 아득하게 퍼붓는 눈 속에다 보내불고라, 나는 울도 안 했어라. 후제로도 나는 생각도 안 했어라. 이녁헌티 말도 안 했어라. 없었던디끼 까맣게 잊었어라. 근디 말이요. 이상도 허제. 우리가 여기 봉산 밑으로 이사 온 것이 언제요? 나 환갑 지나고 암수슭헌 홍게, 그것이 폴세 이십년도 넘었그만이라. 이사 온 메칠 후에, 그때가 가실이었어라. 비가 와서 옥상에 널었던 고추를 걷어다 마루에 너는 중인디 말이요. 문득 고개를 들어봉게 비가 그침시로 지리산 골짝마동 눈구름 겉은 안개를 뭉게뭉게 피워 올리는디, 그 안개 너머로 그날 밤 걷던 질이 뜬금없이 환히 밝아옵디다. 그날 밤 퍼붓던 눈발맹키 눈물이 쏟아집디다. 나도 몰라라. 매운 고추내 땜시 그랬능가도 모르고라. 이름 석 자도 읎이 왔던 질로 돌아간 그 아가 평생 내 맘에 얹혀 있었능가도 모를 일이제라. 나는 까맣게 잊은 중만 알았어라. 그란디 말이요. 그날 밤, 얼음장 겉은 구들 위에서 어무이가 시키는 대로 만져본 말랑말랑 쬐깐헌 고추가,

손으로만 더듬어본 곰실곰실 쬐깐헌 눈코입이 잡힐 듯이 삼삼해서 말이어라. 다시 만져보고 자파서 말이어라. 손이 근질근질 환장을 허겄등마요. 정제칼로 손을 똑 잘라내불고 싶드랑게요. 죽을 중만 알았다가 덤으로 살아난 목심이라 그랬을까라? 그때게는 그런 생각이 들등마요. 살아보도 못하고 간 그애가 지 목심을 나헌티 얹어줘서라. 지 몫꺼정 산 목심의 고통을 겪어보라고라, 꼭 그런 것 맹키었어라. 이녁이나 나나 그런 중도 몰라라. 애헌티 진 죗값으루다가 참말 질기게도 살아서라, 세월의 감옥을 살고 있능가도 몰라라.

하기사 거꾸로 사는 이녁이야 먼 고민이 있겄소. 세월이 앞으로 가거나 뒤로 가거나 이녁이야 어느 한시절을 살고 있겄제라. 이녁은 돌아서서 워디꺼정 갈라요? 기억나요? 어제 우리 딸헌티 전화가 왔잖애라. 시집가 애놓고 고걸로는 모잘라 파토꺼정 내고 돌아온 딸내미헌티 원제 시집 갈라냐고 천연덕시럽게 이녁이 묻습디다. 아부지헌티 이혼하고 돌아온 불효는 없어졌으니 불행 중 다행이라고 당신 닮은 딸내미도 천연덕시럽게 웃등마요. 딸 말마따나 다행인가 싶다가도 나는 무서라. 은어맹키 세월을 거슬러 올라간 이녁이 이름 석자도 읂이 가분 큰애를 내노라고 하먼 워쩌끄나, 그애가 시방 내 배 속에 있는 중 알고 어느 날 내 늙은 배라도 쓰다듬으면 워쩌끄나 싶어서라. 넘사시럽게 넘들 손주 볼 마흔에 아가 들어섰는디라, 넘들은 다 경사 났다고 좋아라 했는디라, 이녁은 웃도 안 했어라. 아니 웃다 말고 지우개로 싹 지운디끼 웃음을 지웠어라. 이녁이 말은 안 했어도 나는 알았어라. 가분 애헌티 미안해서 그랬겄지라. 나도 그랬어라. 고물고물 자라나는 딸내미가 이쁠수록 맴 가득 차오르는 기쁨이 미안해서라. 죄진 것맹키, 이녁맹키, 웃음을 지웠어라. 지나고 봉게 그것도 죄그마요. 어차피 간 놈헌티는 지울 수 없는 죄인 것을 둘째헌티나 맘껏 웃어줄 것을 그랬어라. 지나온 세월 천지에 지우고 자픈 기억들이 지뢰맹키 널려 있어서 나는 돌아가는 이녁이 무서와라. 젤로 아픈 디서 이녁이 오도가도 않고 딱 서불깨비 무서와 죽겄어라. 지발 존 일에 멈추지 말고 가씨요이. 날 때맹키 아무 기억도 읎는 디꺼정 내처 가씨요이.

거그 노인정에 계셨소? 인자 밥 자시러 가시오? 거기 있는 중도 모리고 워느 질을 헤매고 있능가, 괜시리 걱정했잖애라. 이녁은 질바닥을 보믄 그 질에 고인 기억이 뭉게뭉게 피어 올른갑서라이. 그 기억따라 걸음이 옮게진갑서라이. 지난 장날은 장에 갔던 이녁이 해가 저물도록 올 생각을 안 했어라. 쩌번 설날 조카 택이가 맹글어준 솔나무 지팽이를 짚고 질따라 하염없이 가봉게라. 이녁이 옛날옛날, 이녁하고 나허고 인자 막 주름살 패가는 얼굴 들다봄시로 쓸쓸허니 웃기도 했던, 긍게 이녁 감옥서 나와 처음 살던 가축병원 안집 푸른 대문 앞에 우두커니 서 있었어라. 왜 이러고 있냥게는, 그 집 들어갔다 퇴짜 맞고 나온 기억도 곰방 잊어불고는이라, 집에 갈라고, 암시랑토 않은디끼 그랬어라. 그 뒤로 이녁이 대문만 나서면 겁이 나그만이라. 영영 집에 안 와불깨비, 단선반대투쟁허다가 지리산으로 가분 그 밤맹키 늙은 몸땡이 끌고 산으로 가불깨비, 철렁철렁, 내 가슴이 파도를 치그마요. 거그 있응게 되았소. 동무들허고 항꾼에 있응게 되았소. 오늘은 출석생들이 솔찮으요이. 이녁맹키 늙고 주름진 그 동무들, 오늘은 몇살로 뵈요? 지난겨울, 김과장이 독헌 감기를 앓고 보름 만에야 나왔등마 이녁이 그랬지라. 감기를 앓고는 김과장이 폭삭 늙어부렀다고라. 오뉴월 김장김치맹키 폭 삭아서 영감이 돼부렀다고라. 이녁이 거울 본 지 오래인 것을 그때게사 알았어라. 그거이 원제요. 조카사우 온다고 거울 좀 보라갰등마는 이녁이 멀뚱멀뚱 거울 앞에서 있었지라. 쩌 영감이 누구다냐, 당최 모르겄다는디끼 눈을 꿈벅임서 말이요. 그때게 폴세 이녁 정신이 젊은 날로 훨훨 날아가분 것을 나는 몰랐어라. 나도 그랬응게라. 거울 보고 지 못난 디 찾아보고 속이라도 상하면 그건 아적 젊은 것이어라. 늙웅게 말이어라. 못나고 잘나고 그런 것보담도, 거울 속의 늙은이가 영 남인 것만 같고라, 내 살을 만져도 내 살 같지가 않고라, 긍게는 내 살도 내 얼굴도 더는 안 돌아보게 되고라, 내 맘이 내 몸을 벗어나불고라, 글다가 아주 벗어나불면 고것이 바로 세상 뜨는 것이등마요. 그란디 말이요. 그렇게나 암시롱도 나는 이녁만은 안 그럴 중 알았어라. 이녁은 원제나 두 눈 부릅뜨고 있었응게라. 죽을 때도 그렇게나 두 눈 부릅뜨고라. 늙은 이녁 몸땡이 노려봄시로나 천연덕스럽게 잘 살았다고 인사도 하고라, 그리 갈 줄 알았당게라. 베를린장벽이 무너지던 날에도라. 이녁은 태산맹키 꿈쩍도 안 했어라. 사램들이 뿌사진 베를린장벽 쪼각들을 무신 기념품이나 된디끼 앞다퉈 줍고 있는디라, 내 몸땡이가 고렇게나 쪼각이 나분 것맹키 쓰림시로나 나는 나도 모리게 울어부렀소. 뭣이 북받쳐서라. 원도 아니고 한도 아니고 고것을 뭣이라고나 허까. 지리산서 모닥불 피우던 밤이 떠오름시로, 그때게 춤추고 노래하던 젊은 동지들의 모습이 환히 밝아옴시로, 뭣이냐, 눈보라 휘몰아치던 천왕봉을 걷니라 얼음이 백혀 푸리딩딩 죽은 내 발이 심장 우게 떡하니 얹힌 것 같습디다. 후회는 아니었어라. 후회도 뭣도 아닌디라. 그냥 매겁시 막막하고 먹먹헙디다. 내 손으로 노를 저서가꼬 워디를 간다고 나왔는디 나와봉게 워디가 워던 중도 모르겄는 망망대해드랑게요. 나는 그후제로 맥을 놔부렀는디 이녁은 한나 벤한 데도 읎이, 겡찰 몰래 삐라 돌리던 시절맹키, 두 눈 부릅뜨고는 가던 질 계속 갑디다. 그런 이녁이 존겡스럽기도 허고 무섭기도 허고, 나는 그랬어라. 나는 말이어라. 우뚝 서부렀그만이라. 어매 따라 장에 갔다가 어매 손 놓쳐불고는 뚤레뚤레 어매 찾는 애기맹키 말이어라. 나도 이녁맹키 눈 똑바로 뜨고 달려온 것맹킨디라, 참말 이상하지라. 일본에 가고 자파서, 솥단지 앞이나 빨래터 앞에 말고 워디 다른 시상에 가보고 자파서 가갸거겨, 선머시매 머리 우게 족두리 쓰고 거추장시러븐 활옷 벗을 염도 읎이 글자를 배웠는디라, 따박따박 한시도 안 쉬고 앞으로 앞으로 달렀는디라, 고작 당도헌 디가 와봉게, 읍내며 지리산이 환히 내레다뵈는 여그, 봉산 밑이그만이라.

세월이 앞으로만 흘러서 어느 항구엔가 기언치 닿게 되어 있다고 믿었던 시절에 이녁은 뭣을 바랬소? 나는 말이어라. 이녁이 다정히도 뽀듬아주는 그런 시상을 바랬어라. 콩 볶듯 총알이 쏟아지는 지리산 능선에서도 나가 바란 것은 그런 시상이었그만이라. 이녁 팔을 베고 누워 도란도란 책 얘기도 허고라, 아직 흙도 안 붉은 우리 애기 보들보들한 발도 만짐서라, 반짝반짝 윤이 나는 장독대 위로 햇살이 춤추는 날에는 말이어라, 나넌 콩을 삶고 이녁은 콩을 찧고, 주거니 받거니 웃어감시로 조물조물 메주도 만들고라, 부끄럽제만 정제 밖으로 노란 은행잎이 바람에 쏠릴 적에는 시도 한수 읊어보고라, 참말이제 나가 꿈꾼 것은 고것뿐이었그만이라. 이녁허고 나허고는 같음서도 달랐어라. 천양지차로 달랐어라.

병보석으로 나왔던 이녁이 도로 잡혜갔을 적에 말이어라. 나는 한나도 정신이 없었어라. 팔방사방 쫓아댕김서 워치케든 이녁을 빼볼라고 미친년 널뛰드끼 돌아댕기는디 말이어라. 이녁 펜지가 왔습디다. 연애펜지라도 되디끼 콩닥콩닥 심장이 뛰어서라, 가쁜 숨을 멫번이나 들이쉬고 내쉬고 나서라나 펜지를 열었는디라. 워치케 사냐는 안부 한마디도 없이 무정한 이녁은 보고 자픈 책 이름을 한장이나 줄줄이 적고서라, 혹시나 허고 뒷장으로 넘겨 봉게 거그는 누구헌티 돈을 얼매 빌렸고, 누구헌티는 무신 연장을 빌렸다고라, 잊지 말고 반드시 갚으라고라, 끄트러기 십원꺼정 차돌맹키 야무지게도 적어놨습니다. 곁에 있을 적에도 이녁은 그리 무정했어라. 그 무정이 나를 죽일 뻔도 했어라. 내 배 속에 암덩이가 있당게, 수술해봤자 석달이나 살까말까 싶당게, 이녁, 뭐라겠소? 그라믄 수술 안 헐란다고, 나헌티 묻도 않고 냉큼 나섭디다. 자석이라고 한나밖에 없는 딸년, 그때게 스물셋이었어라. 그 어린것 두고 눈 못 감겠다고 기언치 수술을 하겄당게 이녁이 그랬지라. 애맨 돈 날리지 말고 깨끔허니 가는 것이 좋다고라, 죽어도 골백번 죽었을 목심, 오만 복을 다 명(命)으로 받아 오늘꺼정 산 것만도 다행으로 알라고라. 그런 사램인 중 암시롱도, 서운했어라. 죽을지 살지 모리는 내 곁에서 하루 세 끼 밥 한그럭썩 따박따박 비워내는 이녁이 참말 서운했어라. 그 한달 동안 일 안 허고 벵원서 농게 피둥피둥 살이 오른 이녁이 서운타 못해 밉기도 했어라. 시상 일이 워치케 마음 묵은 대로만 된당가요? 이녁은 워치코롬 그래라? 우리 어매는요. 열여섯에 우리 아부지헌티 시집을 왔어라. 시집을 와봉게 서방이라고, 콧물 줄

줄 흘림시로 제기 차는 얼뚱애기드랑마요. 우리 아부지 눈에는 말이어라. 우리 어매가 동네 아짐씨맹키로 보였던 모양이제라. 열여섯 떠꺼머리총각이 된 후제야 부모 손에 등떠밀려 합방이란 걸 했어라. 그려서 맹글어진 것이 어매 근원 품고 태어난 근원둥이 나였지라. 아들 맹글란 성화에 못 이겨 칠년 가뭄 끝에 단비 내리디끼 어매 방을 찾았을까, 우리 아부지, 어매 있는 쪽으로는 눈길도 안 줬어라. 우리 성제 다섯, 그 다섯 밤이 우리 어매 평생 아부지 품에 안긴 전부그만이라. 그랬어도 우리 어매, 밤이 되면 자박자박 우물물 길어 깨끔하니 씻고라, 문밖으로 바람만 스쳐도 혹 아부진가 하고라, 귀는 문밖에 세워두고라, 동창이 훤히 밝도록 한땀 한땀 횃보에 학을 떴어라. 우리 어매 죽고봉게 방베락 가린 커다란 횃보에 그리운 만치 목 길게 잡아 뺀 외로운 학이 무신 벵아리모냥 오글오글 모여설랑 외다리로 달도 없는 어둔 하늘, 우두커니 쳐다보고 있습디다. 그 한땀 한땀, 아부지를 그리는 어매 맘이었어라. 오도 않는 아부지를, 오도 않을 것을 훤히 암시롱도, 이랄 수도 읎고 저랄 수도 읎어서, 지둘릴 수밖에 읎는, 고것이 마음이지라. 죽음시로 우리 어매, 아부지 원망하는 딸네들 앉혜놓고, 느그 아부지, 할 만큼 했니라, 죽음서도 자개 서방, 그리 보듬고 갔어라. 사램이야 나면 죽는 것이 이치인 것을 나라고 모리겄소. 나도 알제만 어린 자석 눈에 볿혀 오도가도 못하겄는 것이 부모 마음인디, 벵든 각시, 가기사 원젠가는 가겄지만서도, 그래도 안 보내고 자파서, 아적 보낼 수가 읎어서 맘에 보듬고 뒹구는 것이 서방 마음 아닌가라? 갈 때 됐응게 가라는, 똑 부러지는 이녁이 나는 참말 서운했어라.

딸은 어매 팔자 닮는다는 옛말이 참말인갑서라. 그리 무정한 이녁이 나는 자꾸만 눈에 볿혀서라, 이녁 감옥 있던 그 기나긴 밤마다 어매맹키 이녁 조끼를 뜨고 양말을 떴어라. 그 옷이 이녁이기나 헌디끼 말도 걸어쌈시로나 볼도 부베봄시로나 말이어라. 딸내미 얼굴에 허연 버짐 꽃이 피어도 고기 한번 안 사맥인 독한 에미였는디라, 그래도 우리는 따순 방에 등 지지고 상게 쪼까 굶어도 된다고라, 철도 안 난 어린것을 따독임서라, 이녁헌티는 그때 게는 젤로 비싼 오공오 게실을 새로 사다 떴는디라, 이녁은 그거를 금메, 옷 한벌 넣어줄 사람도 없는 불쌍한 청년이 있다고라, 냉큼 줘부렀어라. 멘회 가서 잔소리를 했등만은 이녁이 말이어라, 존 세상 맹글자고 헥멩운동 헌 여자가 넘 도울 줄도 모리고 지 식구만 챙긴다고라, 교도관도 있는 디서 야멸차게 면박을 줌서라, 오분 멘회시간이 아적 일분이나 남았는디라, 찬바람 쌩하니 돌아서붑디다. 이중삼중 쇠그물창 너머라도 이녁 얼굴 한번 보고 자파서 한달음에 달레온 나를 두고 말이어라. 앓아누운 딸을 혼자 두고 오분이라도 이녁 보겄다고 먼 질 달레온 나를 두고 말이어라. 집에 옹게 옥상 올라가는 계단 밑, 손바닥만 헌 창으로 석양이 지는디, 벌겋게 열꽃 오른 딸내미, 오줌이라도 쌌는끼 폭 젖은 이불 우게서 열에 취해 흥얼흥얼 노래를 부르고 있습디다. 얼음이나 있었가니요. 손목이 저리도록 찬물로 몸을 닦고 제우 열이 내리기에 황도 통조림 하나 까멕이고 나는 논으로 달려갔어라. 이쁘도 않은, 배가 볼록한 반달이 밤하늘을 절반이나 달려부렀등마요. 멀리서 새복닭이 울 때꺼정 못줄도 없이 삐뚤삐뚤 모를 심었어라. 여럿이 어울려 앞서거니 뒤서거니 어깨춤도 춰감시로, 그래야 고달픔도 잊고 후딱 해치울 일을 달빛을 벗 삼아 혼자 했그만이라. 딸년 아침 줄라고 걸어 나오는디 무르팍이 팍 꺾입디다. 아스팔트를 뽁뽁 기었그만이라. 암도 없는 어둔 질을 개맹키 네 발로 기었그만이라. 긴 시로, 무정히 돌아서던 이녁 얼굴이 떠오름시로, 그 쌩하던 찬바람이 창자를 뚝뚝 끊습디다. 푸르스름한 새벽기운이 세상에 그득한디라, 그 푸른빛에 잠긴 산이며 들이며 집들이 아득히 멀고라. 깊디깊은 바닷속에 나 혼자 잠긴 디끼 뼈가 시리게 고독했어라. 이녁 곁에 있음시로 그런 날이 많았어라.

무정한 이녁헌티 줘분 내 맘, 무 자르듯 뚝 잘라내들 못허는 내가 한심한 적도 있었어라. 하도 미와서 내 맘 싹 거둬불라고 그런 적도 있었어라. 거둬분 중만 안 적도 있었어라. 그란디 말이요. 이녁이 농협에 돈 갚으러 갔다가 안 갚아도 괜찮은 것을 갚아불고, 정작 갚을 것은 비싼 이자 지러나게 그냥 두고 온 날 말이어라. 통장을 들이댐시로 조목조목 따징게는 이녁이 먼 소리냐고, 지대로 했다고 큰소리 뻥뻥 치는디라, 혼자 아스팔트 뽁뽁 기던 그날처럼 말이어라, 무르팍이 팍 꺾입디다. 자기 노망 든 중은 꿈에도 모리고 이녁은 나헌티 쌩사람 잡는다고 벽력겉이 호통을 치고는, 베랑박에 머리가 닿자마자 잠에 곯아떨어집디다. 덜컥 겁이 나서 통장을 죄 꺼내놓고 들에다봤어라. 거그, 감옥서 나와 아등바등 살았던 당신 말년이 조목조목 적혀 있등마요. 헥멩을 꿈꾸던 이녁이 고것배끼는 할 것이 읎어, 벌 치고 소 키우고 지겟짐 지던 고욕의 세월이 열개도 넘는 대출통장으로 남아 있등마요. 한달에 육만원짜리 농가목돈적금이 십여개 몇푼 되도 않는 적금 타서 이 빚 메우고 저 빚 메우고, 통장 가득 빚 메운 자국입디다. 그 자국 위로 동에 번쩍, 서에 번쩍, 산을 날라댕기던 젊은 이녁이 꿈인디끼 보였어라. 잠든 이녁을 봉게 그 젊은 날이 꿈이었던 것맹키, 주름지고 힘 빠진 영감 하나가 힘이 빠져 지대로 코도 못 곰시로, 거렁거렁 가래 끓는 소리나 힘알태기라고는 한나도 없이 내뱉음시로나, 죽은디끼 잠들어 있습디다. 살아가고 있는 중 알았등만은 알고봉게 죽어가고 있었다고라, 애달븐 생각이 머리를 스침스로나, 어째 볼 수도 읎이 눈물이 났어라. 그런 중도 모리고 이녁은 모지리맹키 헤 입을 벌리고 두툼한 입술 사이로 헐거운 숨을 내뱉음시로 그 긴긴 밤 죽은디끼 잘만 잤어라.

이녁이 그리 되고야 알았어라. 이녁이 우리 아부지 매를 막고 나선 그날부텀 나는 이녁 등만 바라봄시로 살았그만이라. 미음조차 삼키지 못하는 환자라 이녁 곁에 못 있고 도로 산을 내레왔지만, 밤이면 군인들 피운 모닥불이 귀신불처럼 훤한 지리산 능선을 봄시로 마음을 달랬어라. 저그 워딘가에 이녁이 있을 것잉게라, 지리산 자락을 나는 이녁 보디끼 봤그만이라. 이녁이 멀리 감옥에 있을 적에도 나는 눈을 뜨면 이녁 있는 먼 서쪽 하늘을 올레봤어라. 긍게 이녁은 곁에 없었어도 곁에 있었어라.

이녁 등은 무정하기는 했어도라, 솔찬히 든든허기는 했어라. 이녁 없을 적에는 놉 한나 안 얻고 열 마지기 농사를 나 혼자 다 지었는디라, 이녁이 나온 뒤로는 말이어라, 생각해봉게 장에 한번 간 적이 없습디다. 내 몸이 션찮기도 했제만은 그보담은 이녁이 곁에 있응게 마음이 푹 놓여서 그랬겄지라. 저물어 집에 온 이녁이 마루 우게 툭 던져논 꺼멍 봉다리 속에 동태 들고 뚜부 들고 꼬막 들고, 이녁 기분 좋을 적에는 나 좋아하는 홍옥도 몇개 들어 있었어라. 물짜디 물짠 놈만 사왔다고 잔소리는 했제만 속으로는 자꼬 웃음이 났어라. 다 늙은 각시 줄라고 과일전 기웃거리는 이녁 구부정한 등이 생각나서라. 맛나게 묵으라고 사왔네, 고 말 한마디를 못해서, 떠리를 허둥마, 둘러치는 이녁이 재미나서라. 낯 간지런 말은 목에 칼이 들어와도 못허는 이녁이제만, 그래놓게 알콩달콩, 사는 재미는 한나도 없었제만은, 남자가 하늘인 세상을 살아온 이녁이 넘의 눈 신겡 안 쓰고 스스럼없이 장도 봐오고 걸레질도 허고, 워쩔 때는 빨래도 해주고, 몸 아픈 나를 위할 만치 위해줬그만이라. 아들 나오라고 넘들이 들쑤셔쌀 때도, 나 자석 필요없어라, 먼지맹키 툭툭 털어분 이녁이 참말 고마왔어라. 다른 사람 만났으먼 허물이 많았을 것인디 이녁 만나 이녁 허물만 탓함시로 살았어라. 어먼 생각허다 밥 태와묵은 적도 많고 밤늦도록 책 보다 넘의 집 새참 묵을 때게나 아침을 묵은 적도 많았제라. 안 묵어도 배고픈 중 모리는 나와 달리, 산에서 하도 굶어 그렁가 밥때 놓치면 큰일 나는 중 아는 이녁이제만 밥허라고 나 깨운 적 한번도 없었그마요. 손재주라고는 젬병인 이녁이 딸각딸각 소리도 요란케 밥 채리는 소리에 내가 절로 깼제라. 고맙단 말도 못하고라, 먼 일을 해도 두루뭉수리로 솜씨가 없다고 밤낮 타박만 했어라. 근다고 너무 미와라 마씨요. 워디 미와서 그랬가니요. 이녁은 나나 마찬가징게로 워디 가서 요만헌 나쁜 소리도 안 듣게 하고 자파서 그랬지라. 나헌티 이녁은 시상 전부나 마찬가징게로, 그 잘난 이녁이 잘난 만큼 넘들헌티 대접받게 하고 자파서 그랬지라. 한나 있는 딸자석헌티 폐 끼치면 안 됭게로, 못난 부모 만나 고생만 죽어라 헌 딸년, 우리가 잘 죽어주는 것이 유일한 선물잉게로, 딸자석 고생 안 시킬라고 담배 끊어라, 술 끊어라, 입이 석자는 닳도록 잔소리를 했제라. 귓구녕에 못이 박히겠다고 그때마동 성질을 부리등만은 내 말이

맞기는 맞았제라? 쎗바닥 깨물고 죽어불제 나가 자석헌 티 짐이 되도록 살 것맹키냐고 큰소리 탕탕 치등만은 보씨요, 영감, 이녁 목심 이녁이 못 끊게 헐라고 이녁만치 무정한 하늘이 기억을 쏙 빼가불지 않소. 시상은 무서와라. 벨것 아닌 것맹키라도 무설 땐 무서와라.

내 말이 맞으면 뭐할 것이요. 기왕지사 이녁은 이리 돼부렀고, 글고낭게 이녁 타박헌 것이 젤로 마음 아프요. 워디 가서 애맨 소리나 풍풍 해댈까비, 넘들이 정신 이상헌 이녁 우습게 볼까비, 암말도 하지 말라고 멜치 볶디끼 이녁을 볶아댔는디라, 요리 되고 봉게, 말문 막아분 나 땜시 더 빨리 이상해져부렀능가, 짠허고 애통허요. 나는 늙어서도 제 할 나름인지 알았어라. 정신 반듯허고 입성 깨끔허면 늙어도 안 늙을 중 알았어라. 그란디 말이요. 늙어봉게 늙은 고것이 쵑다. 옛일 새록새록한 나나 옛일 까맣게 잊어가는 이녁이나 한나 다를 것도 없그만이라. 늙응게 말이어라. 곱던 이나 못난 이나 흉하기는 매한가지고라, 흰 피부나 검은 피부나 죽을 기운 서려 거무튀튀 검버섯 피기는 마찬가지고라, 깨끔하던 이나 지저분하던 이나 씻을 기운도 없고 씻어봐야 이뻐도 않고 그래 늙은내 퐁퐁 피우기는 매일반이고라, 늙은내 감추라고 딸내미가 향수라냐 뭣도 사쒔는디라 몸땡이 저 속부터 솟아나는 늙은 내가, 세월의 고약한 냄새가 그런다고 가려지겄어라. 젊어서는 부잣집 딸내미, 동경유학생, 시상에 부러운 것이 많고도 많았는디라, 시상천지에 펭등한 거 딱 하나, 세월만은 왕후장상도 피할 도리가 없그만이라. 핵멩도 못 이룬 펭등을 세월이 지 혼차 가랑비에 옷 젖디끼 부잣집 딸내미며 동경유학생을 이녁이나 나와 하등 다를 바 없는 늙은네로 맹글어놓지 않았어라? 연락 뚝 끊고 승승장구 허던 동창들이 칠순 지낭게 한나둘 노인정에 걸음을 헌다고, 군수 했던 이나 군청 과장 했던 이나 시계방 했던 이나, 늙응게 백원짜리 화투나 침시로, 노작노작, 세월과 희롱이나 허고 있다고, 이녁도 안 그랬소. 똑똑허고 잘난 것도 암 소용없어라. 잠시잠깐 눈 감으면 먼 이벤이나 날 것 맹키 눈 부릅뜨고 시상 지켜봤던 이녁이 인자 눈 질끈 감고 감은 눈 속에 떠오르는 까마득한 시절로 도로 따박따박 걷고 있잖은게라. 워디 우리뿐이겄어라. 베랑박마다 자석새끼들 겔혼사진이며 손주새끼들 돌사진이며 두줄 세줄 빈 데 없이 걸어놓고 틈만 나면 들에다보는 늙은네들 전부가 그렇지라.

살아봉게 말이어라. 시간은 앞으로만 흘르는 것이 아니

고라. 멫살부텀이었능가는 몰라도라. 옛 기억들이 시방의 시간 속으로 흘러들어서라, 앞도 뒤도 읎이, 말하자면 제 꼬리를 문 뱀맹키 말이어라. 나는 말이어라. 갇힌 시간 속에서 살아온 날의 기억을 되씹는 한마리 소가 된 것맹키어라. 이럴 중 알았으먼 말이어라, 날 서고 아픈 기억 말고라, 되새기기 좋게, 되새기면 함박웃음이나 벙글어지는 말랑말랑 보들보들, 그런 기억이나 맹글어서라. 요리 벱 좋은 날에 벱 속에 나앉아 따독따독, 이삔 기억이나 따독 임시로 따순 아지랑이로나 모락모락 피어올라 이승과 작별했으먼 안 좋았겄소이. 누군들 그리 살고 싶지 않았겄어라. 그리 살고 싶어도 안 되는 것이 시상지사(世上之事)지라.

영감, 더 놀제 왜 올라오요? 화투치기도 재미가 없소? 밥이 안 맛났소? 허기사 달고 밍밍한 식당음식이 이녁 입에 맞을 리 없지라. 야들야들 어린애기 손톱 겉은 돈나물이나 한 접시 짭조름허니 무칠까라? 그놈에다가 소주 한잔할라요? 그놈의 술 땜시 잔소리도 많이 했소. 딸년 말마따나 어차피 이리 될 것을, 기분 좋게 술이나 잡수라고 할 것을 그랬어라. 어서 오씨요. 오늘은 나가 곁에서 술을 칠라요. 쩌그 오거리 과부댁맹키 뽀시랍게 웃음시로 술 한잔 쳐줄라요. 그 과부, 시방은 워디서 뭣을 할랑가, 나는 가끔 궁금하기도 했어라. 이녘의 그리 환한 웃음 맘에 담은 과부댁이 샘이 나서라. 그랬는디라, 이만치나 살고 봉게라, 이녘헌티 그런 웃음 웃게 해준 과부댁이 고맙기도 하고라, 샛서방 만나 그 포실한 궁뎅이 이쁨받음시로나 일찍 서방 잃은 설움 가셨으면 싶어라. 아들딸도 풍덩풍덩 낳고라. 늙어봉게라. 미울 것도 이쁠 것도 벨라 없어라. 세월은 가랑비맹키 짜작짜작 흐름시롱도 황톳물맹키 오만 기억을 다 집어생켜갖고라, 암것도 없어라, 누런 제 빛깔로 싹 쓸어가분갑그만이라. 그렇게 한세월이 흘러가고 나면 쌓인 황토 우게 또다른 목심들이 아웅다웅 살아가겄지라.

영감, 젊어서는 보고 자파도 곁에 없등만 늙웅게 인자 제우 내 차지가 돼요이. 잘 왔소. 안 잊아불고 내 곁으로 찾아들어 고맙소이. 내일랑도 잊지 말고 내 곁으로 찾아오씨요. 다 잊아부러도 내 곁에, 여그 이녘 자리 있응게, 고것만은 야무지게 새겨뒀다가 따박따박 찾아오씨요. 이리 오씨요예. 요기 봄벹 밑으로. 인자 서산으로 해가 기울어 봄볕이 요만치배끼 안 남았제만 그러면 워떻소. 우리 둘이 해바라기할 만은 허그만이라. 에레서는 쩌그 손바닥만헌 읍내가 태평양만치 넓드만은, 쑥쑥 키가 크고 가슴이 뿔룩해징게 감옥맹키 좁아터져 숨이 막히드만은, 늘어다시봉게 좁고도 넓소예. 늘웅게 좁으나 넓으나 매한가지 그만이라. 쩌그 저 오거리, 이녁 다시 잡혜가고 허둥지둥 맨발로 달려갔던 저 오거리, 이녁도 포승줄 묶여 저 길로 갔겄지라. 워디 우리뿐이었어라. 숱헌 사램들의 이야기가 그 질바닥에 켜켜이 쌓였겄지라. 그러니 좁고도 넓지라. 사램들의 평생을 품고 있응게라.

영감, 그 좋아하던 소주도 인자 싫소? 제우 한잔 묵고 마다요? 차라리 잘됐소. 맛난 것도 잊아불고, 좋던 것도 잊아불고, 그립던 것도 다 잊아불고, 올 때맹키 홀가분히 가씨요. 징헌 기억일랑 쩌 아지랭이맹키 날레불고 말이어라. 영감, 보이요? 민들레 꽃씨가 날리그만이라. 모르제라. 우리맨치 징헌 세월을 산 워떤 영감의 징헌 기억이 꽃가루로 날린가도 말이어라. 자요, 영감? 그리 자고 또 자요? 거그는 워떻소? 꿈도 없이 다디단 이녁의 잠 속은 워떤게라? 나도 잠 델꼬 가씨요. 나도 이녁이랑 한날 한시에 갈라요. 혼자된 딸년이 걸리기는 하제만 인자 다 컸응게 원도 한도 없소. 항꾼에 갑시다. 가설랑은 다시 안 올라요. 암만 존 시상을 준다개도 나는 싫어라. 이녁 각시로도 싫어라. 무정한 이녁이 싫어서는 아니고라. 이만허먼 됐소. 말로는 못해도라, 나는 알 것만 같그만이라. 생명이란 것의 애달븐 운맹을 말이어라. 헥멩도 뭣도 아니고라. 생명은 말이고라, 살아봉게 애달프요. 짠허고 애달프요. 긍게 우리, 허공 중에 산산이 흩어져, 생명 가진 잡초로도 말고라, 사램으로도 말고라, 뵈도 않는 먼지 같은 것으로나 날라먼 나서 말이어라, 슬픔도 없이 기쁨도 없이, 여그저그 떠돔시로나, 암것에도 맘 주지 말고 말이어라, 시시허게 고로코롬이나 살아볼라먼 살아보등가요. 삘이 좋소. 짜울짜울, 나도 잠이 와라. 안 깼으면 좋겄소. 이냥 이대로 봄볕 속에 잠을 잠시로 다시는······

풍경의 기원과 파국

김경수

정지아의 소설들을 읽다보면 어떤 풍경이 떠오른다. 그 풍경은 지리산 산골 외딴 집 툇마루에 백살 된 노모와 예순살 먹은 아들이 함께 앉아 있는 풍경(「풍경」)이거나, 다 큰 '반병신'이 봄볕에 우두커니 몸을 맡기고 나앉은 풍경(「못」), 또는 치매 걸린 노인이 개나리 앞에 웅크리고 앉아 있는 풍경(「봄빛」) 등으로 그 구도가 엇비슷하다. 그리고 더러는 그 변이형으로서, 치매 걸린 남편 앞에서 그의 아낙이 한없는 넋두리를 풀어내는 풍경(「세월」)이 출현하기도 하고, 지나온 삶에 대한 회한을 견디지 못해 술상 앞에 울면서 잠이 든 사내의 풍경(「순정」)이 있기도 하다.

이렇게 몸도 마음도 제 뜻대로 어찌해볼 수 없는, 그야말로 변변치 못한 등장인물이 등장하는 일종의 정물적 풍경으로부터 정지아의 소설은 시작되며, 더러는 그 풍경 그대로 끝나기도 한다. 사정이 이런 만큼 정지아의 소설에서 어떤 역동적인 삶의 모습이라든가 긴박한 이야기 전개를 기대하기란 어렵다. 삶의 변전무쌍함을 담아내는 격정극이라든가 활극의 가능성은 애초부터 정지아에게는 있지 않은 것이다. 그럼에도 불구하고 정지아는, 이제는 삶의 막바지에 도달한 인물들이 등장하는 풍경을 통해, 또는 그러한 풍경 속으로 들어가 그 풍경이 만들어진 과거의 시간대를 거슬러 올라간다. 그리고 그 순간 정지아 소설의 그러한 풍경들은, 빛바랜 사진이 거쳐왔을 푸릇푸릇한 시간대로 거슬러 올라가 천연색의 선명한 삶의 기원을 복구해내는데, 이렇게 시간을 거슬러 올라가 인물들의 젊은 시절을 회상해내는 작업이 바로 정지아 소설의 한 문법이라고 할 수 있다.

삶의 복원이라는 측면에서, 정지아 소설이 곧이라도 생과 사의 문턱을 넘어버릴 만한 황혼녘의 삶, 대체로 노인들의 쇠락한 삶의 한 장면을 이야기의 주된 출발점이자 상징적 장면으로 삼는 것은, 그래서 그리 이상한 일이 아니다. 아마도 그 단적인 예는 한 노인이 치매에 걸린 남편에게 한없이 이야기를 건네는 풍경을 담고 있는 「세월」이라는 작품일 것이다. 이 작품은 해방 이후의 현실에서 모두가 잘사는 세상을 위해 좌익운동을 한 죄로 감옥생활을 해야 했던, 그러나 이제는 치매에 걸리고 만 남편을 향한 아내의 넋두리로 이루어져 있다. 마치 박상륭의 「남도·1」을 연상시키듯, 작가는 남도의 살아 숨 쉬는 사투리를 활용하여, 한국근대사의 험한 세월을 헤쳐온 노인들의 삶을 반추하고 있다.

노인은 말도 없고 기억조차 해체되어가는 남편을 향해 이야기하면서, 남편으로 인해 글을 읽게 되어 새로운 세상을 접하게 되었던 자신의 청춘에서부터 혼란기에 첫아이를 잃었던 기억, 그리고 뒤늦게 얻은 딸이 겪은 이혼의 상처와 젊은 이상주의자였던 남편이 쇠락해가는 과정까지 모두 풀어낸다. 그러면서 자신의 삶과 남편의 삶을 정리하고, 끝내는 자신들이 살았던 세상에 대한 마지막 회한을 풀어낸다. 그 세상은, 그리고 그런 세상에 대한 회한은 대체로 이렇다.

살아봉게 말이어라. 시간은 앞으로만 흐르는 것이 아니고라. 몇살부텀이었능가는 몰라도라. 옛 기억들이 시방의 시간

속으로 흘러들어서라, 앞도 뒤도 없이, 말하자면 제 꼬리를
문 뱀맹키 말이어라. 나는 말이어라. 갇힌 시간 속에서 살아
온 날의 기억을 되씹는 한마리 소가 된 것맹키어라. 이럴 중
알았으면 말이어라, 날 서고 아픈 기억 말고라, 되새기기 좋
게, 되새기면 함박웃음이나 벙글어지는 말랑말랑 보들보들,
그런 기억이나 맹글어서라, 요리 볕 좋은 날에 볕 속에 나앉
아 따독따독, 이쁜 기억이나 따독임시로 따순 아지랑이로나
모락모락 피어올라 이승과 작별했으면 안 좋았겠소이. 누군
들 그리 살고 싶지 않았겠어라. 그리 살고 싶어도 안 되는 것
이 시상지사(世上之事)지라. (「세월」316~17면)

개별적인 인간들의 삶에 대한 회한을 자신의 문학적
자양으로서 취급하는 것은 많은 작가들의 일반적인 방법
론이다. 그리고 그들의 회한이 많은 부분 개개 인물들의
꿈과 현실의 완고한 대결이라든가 갈등에서 기원하는 것
또한 일반적인 일일 것이다. 그런데 정지아 소설에 등장
하는 인물들, 특히 노년 인물들의 회한을 한꺼풀 더 벗겨
들어가보면, 독자들은 오늘날 사람들이 거의 망각하고 있
는 우리 근대사의 상처와 만나게 된다. 「순정」과 「세월」,
그리고 「풍경」의 이야기를 참조해보면, 그것은 여순반란

사건과 그 뒤를 잇는 오랜 세월 동안의 빨치산 무장투쟁의 역사와 긴밀하게 연관되어 있다. 「풍경」에서 삼십년 넘게 치매에 시달리고 있는 노모의 상처는 어린 시절 빨치산을 따라 산에 들어가 종적이 없는 두 아들과 연결되어 있다. 「순정」에서는 주인공이 현실 속에서 겪는 삶의 부적응은, 배고픔 때문에 여수 14연대에 지원했으나, 제주도 반란 진압 파병을 거부한 채 이현상 부대에 들어갔다가 동지들을 배반하고 살아남았다는 자괴감 혹은 부채감과 연결되어 있다. 그리고 이야기 속에 녹아들어 있기는 하지만, 「세월」에서도 그러한 상처를 읽어내기란 그리 어렵지 않다.

이 세 작품이 공히 빨치산 활동에서 비롯된 인물들의 상실과 생존의 아픔과 연결되어 있기는 하지만, 그렇다고 작가 정지아가 이 근대사의 상처에 대해 이념적으로 어떤 입장을 피력하는 것은 아니다. 작가로서 정지아의 관심은, 그러한 공적 역사(public history) 자체가 아니라 그러한 공적 역사에 가려진 이름 없는 사람들의 생존 이야기 그 자체이며, 그것이 그의 소설을 소설이게끔 해주는 관건이다. 생존 때문에 택한 최선의 선택이 이후의 삶을 구속하고 옥죄는, 그리고 더러는 살아남기 위해 기억에서 지워버려야 하는 원죄가 되어야 했던 부조리한 삶이 여전히 우리와 동시대적인 삶이라는 것, 바로 그것이 작가 정지아가 그들의 삶의 풍경에서 읽어내고 동시대를 살아가는 우리에게 전하고자 하는 메시지이다.

이 삶의 원죄에서 자유로운 인물들은 그리 많지 않다. 「풍경」에서 산사람들을 따라간 뒤로 소식이 끊긴 두 형과 도시로 분출한 셋째 아들의 부재로 인해 치매에 걸린 어미는 물론이려니와, 그런 어미의 정신적 충격을 육십여년 내내 고스란히 자신의 몫으로 떠안아야 했던 막내아들 또한 예외가 아니다. 「순정」의 주인공 배강우도 그렇고, 그와는 정반대로 여순사건 때 좌익에게 붙들렸으나 경찰을 그만두는 조건으로 풀려나 그후 어떤 의미인지도 모를 삶을 살아야 했던 고순경의 존재 또한 마찬가지이다. 작품에서 고순경은 자신의 과거와 현재 사이에서 분열되어 술로 자기학대를 일삼는 주인공 배강우에 대해 "미친눔. 넘들은 손바닥 뒤집디끼 요리조리 옳게 다님시롱도 잘만 살들만, 뽈갱이도 지대로 못 돼본 놈이 펭상을 이것이 먼 짓이다여"(150면)라고 말한다. 이런 진술이야말로 『봄빛』에서 정지아가 문제 삼고 있는 인물들의 집단적 정체성을 대변한다고 해도 과언이 아니다.

공적 역사의 기술(記述)과 평가 아래에 부정적으로 평가된 이들 삶의 복원 따위는 애초부터 소설의 몫도 아니고 소설가의 몫도 아니다. 그리고 단지 그런 저항의 목소리만이 전경화되었다면 정지아의 소설은 이념이라는 것이 이미 흉물스러운 무엇이 되어버린 오늘날 더이상 독자들과 소통될 기반을 갖기도 쉽지 않을 것이다. 정지아 소설에서 그러한 역사적 상처가 아직 채 아물지 않은 것만은 분명하지만, 그것은 이미 어떤 선험적 우위도 확보하지 못한다. 왜냐하면 이제 작가의 눈은 그러한 상처 하나하나의 문제가 아니라 그럼에도 불구하고 살아야 하는 삶의 관성 자체의 수수께끼 같은 것에 많이 기울어져 있기 때문이다. 그 수수께끼성은 「봄빛」에서처럼 "죽음보다 더한 치매 선고를 받고도" 돌아오는 차 안에서 "잠들 수밖에 없을 만큼 부모님의 몸이 늙었"다는 깨달음에 의해 인식되기도 하고(62면), 더 나아가서는 삶을 있는 그대로 받아들이는 체념으로 이어지기도 하는데, 일반적으로 사람들은 그것을 삶의 연륜이라고 말한다. 「풍경」에서 산속 밖 세상을 모른 채 한평생을 치매 걸린 노모와 함께 산 늙은 아들이 견지하는 노모와의 관계는, 그래서 정지아의 풍경 해부가 지향하는 더 속 깊은 풍경의 발견이 무엇인지를 단적으로 보여주는, 아름답고도 힘 있는 장면이다.

　그는 담요 한장을 어머니의 어깨에 덮어주었다. 얇은 담요
조차 이겨낼까 싶게 어머니의 어깨는 앙상했다. 그림자는 시
시각각 짙어지는데 그는 밥할 생각도 잊고 어머니 곁에 다시
앉았다. 노망든 어머니가 하루빨리 가기를 바란 적도 없었고,
오래 살기를 바란 적도 없었다. 해가 뜨면 새로 주어진 하루
를 살아내듯 곁에 있는 어머니와 함께 살아왔을 뿐이다. 어머
니는 어머니였고 세상이었으며 유일한 동무였다.
　영원처럼 느리게 그러나 쏜살같이 빠르게 시간이 흘렀다.
아랫마을부터 기어 올라온 어둠이 어머니와 그를 집어삼키
고 산 정상을 향해 달려갔다. 낡아 부스러질 듯한 두개의 기
둥처럼 어머니와 그는 세월을 버티고 있었다. 아직 달은 떠오
르지 않았다. 잠시 후면 손톱 끝만 한 그믐달이 어둠속으로
스며들 것이었다. (「풍경」 92~93면)

　현실세계가 초래한 상처는 역사가 되돌려지지 않는 한
원칙적으로 복원되지 않는다. 죽은 이를 다시 현세로 불
러올 수 없는 것과 같은 이치다. 그럼에도 불구하고 목숨
이 붙어 있는 한 삶은 유지되어야 하는데, 이 부정할 수

없는 진실을 견뎌내거나 이겨내는 방법 가운데 하나가 치매이거나 망각, 또는 그와 유사한 어떤 육체적 병리현상일 것이다. 그리고 무연한 듯 삶을 살아가는 거의 불수의적인 의지까지 그것에 포함될 것은 자명한데, 이쯤 되면 우리가 노추(老醜)라고 부르는 것이 그다지 부정적으로만 인식되지는 않을 법하다.

정지아의 소설은 바로 그런 노추의 풍경을 취재하고 그로부터 풍경을 해부하되, 많은 작가들이 손쉽게 접근하는 심리적인 해석법을 버리고 시간을 거슬러 올라가는 행로를 취한다. 「소멸」이라는 작품에서 드러나듯이, 주어진 현실에서 끊임없이 도망하고자 했던, 그러나 끝내는 성공하지 못하고 문가에서 태아처럼 몸을 구부린 채 죽고 만 아비의 일생 또한 그 어떤 삶의 비의, 혹은 그것의 관성적 본질에 관한 인식에서 예외가 아닐 것이다. 「소멸」에서 드러난 부모의 삶을 재구하고 회상하는 주인공의 존재는, 그런 의미에서 정지아의 이번 소설집을 특징짓는 인식 주체의 성격을 확연하게 보여주는 존재라 할 수 있다.

여성적 삶의 매 단계가 제의적인 삶의 반복이지만, 정지아 소설에서 보이는 상처 입은 사람들에 대한 인식의 심화는, 그들의 삶을 바라보는 주체들이 더이상 젊은이도 아니고 늙은이도 아닌, 지나온 삶과 다가올 죽음을 동시에 쳐다보아야 하는, 불혹을 넘어선 인물들이기 때문에 일정 부분 가능했다고 판단되는데, 이번 정지아 소설집에서 마흔을 훌쩍 넘어선 인물들의 새로운 자기발견은 앞서 살펴본 여러 인물들의 사적(私的) 역사와 더불어 중요한 테마를 형성한다. 특히 「스물셋, 마흔셋」 같은 작품은, 마흔줄에 들어서야 자신의 육체에 눈을 뜨는 중년여성의 놀람과 기쁨을 아름답게 그려 보이고 있는데, 이는 정지아의 여성성 탐구가 어떤 차원으로 옮아가고 있는지를 암시적으로 보여주고 있다는 점에서 눈여겨볼 만하다. 「소멸」에서 작가는 여주인공의 입을 통해 "생은 소멸과 소멸 사이의 한토막에 불과"(106면)하다는 인식을 내보이는데, 「양갱」까지를 포함해서, 바야흐로 진행된 여성의 육체성에 대한 탐구도 일정 부분 그러한 인식과 연관되어 있을 것이다. 정지아의 후속 작업이 기대되는 이유가 바로 이런 점에 있다.

金慶洙 | 문학평론가

옛날, 고향 마을에 한 어른이 있었다. 놉을 얻어 일을 할 때 그 어른은 자기는 두고랑을 잡고 일꾼들에게는 한 고랑씩을 맡겼다. 주인은 아무래도 자기 일이라 열심이고 놉은 대충대충 하기 마련이라는 것을, 그것이 인간의 본성이라는 것을, 어른은 알고 있었던 것이다. 그러나 그분은 또한 알고 있었다. 제 몸을 아껴 설렁설렁 일을 하면서도 주인이 너무 앞서나가면 놉의 마음의 편치 않다는 것을. 그래 그분은 비록 조삼모사일지언정 자기는 두고랑을 잡아 놉들과 속도는 비슷하게 맞춰주었던 것이다. 그 마음이 놉의 마음을 움직여 우리 동네 사람들은 제 일 다음으로는 그 댁 일에 발 벗고 나섰다.

언젠가부터 소설 쓰는 일에 너그러워진 것 같다. 지면에 실린 내 소설을 보고 낯 화끈거리는 일도 줄었다. 못쓰면 좀 어떠랴 싶기도 하다. 부끄러운 두번째 소설집을 내면서도 처음처럼 낯이 뜨겁지는 않다. 뜨겁기는커녕 뻔뻔하게도 딴에는 제법 안간힘을 쓰며 버텨온 나의 중년을 위해 소주라도 한잔 건배하고 싶은 심정이다.

어려서는 하늘만 우러렀으나 나이 드니 발밑에 자꾸 마음이 쓰인다. 남은 물론이거니와 용서할 수 없을 것 같던 나의 실수, 나의 못남조차 애처롭다. 사람이란 기대어 사는 것이라고 스무살이나 어린 제자가 알려주었다. 모두 다 아는 것을 나는 몰랐다. 기대는 것을 끔찍하게 싫어했다. 누군가에게 기대는 것은 나를 버리는 행위라고 생각했던 모양이다. 물고기가 자유롭게 바다를 누빌 수 있는 것은 부레 덕분이다. 부레는 빈 공간에 불과하다. 그 비어 있음이 자유를 가능케 하고 세상을 품게 한다. 비어 있어야 남도 끌어안을 수 있다는 것을 마흔 훌쩍 넘어서 알았으니 죽기 전에 소설은 관두고 인간 노릇이나 제대로 할 수 있을지 모르겠다.

정확하게 보고 단숨에 달려들어 적의 숨통을 끊는 맹수와 같이, 내가 던져진 세상이라는 것의 숨통을 찾는 것이 문학의 소임이라 믿은 적이 있었다. 젊음이 흘러간 지금, 제 자신과 타인의 못난 마음에도 오롯한 시선 줄 수 있는, 그리하여 못남조차 일순간이나마 반짝이게 하는, 그런 소설이라도 쓸 수 있으면 다행이려니 싶다. 낮에는 태양빛에 가려 존재조차 희미하고, 때로는 달빛에 가리고, 그러던 어느 달 없는 밤, 외로운 누군가의 앞을 밝혀주는 산골 마을의 희미한 가로등이면 어떠랴. 그 순간 외로운 누군가에게는 태양보다 소중한 빛이 아닌가.

기댄 바 없다고 생각했으나 돌이켜보니 무수한 것에 기대어 살아왔다. 기억을 잃어가는 아버지, 눈 감을 때까지, 아니 죽어서도 못난 딸을 떨쳐내지 못할 어머니, 위태로운 나의 행보를 때로는 엄중하게 때로는 따스하게 지켜봐준 신상웅 선생님, 전영태 선생님, 이동하 선생님, 살갑지도 않고 애교도 없고, 제멋대로인 데다 불퉁불퉁 아픈 말이나 지껄여대는데도 오라비 같은, 언니 같은 너그러움으로 나를 품어준 김사인, 방현석, 김형수, 강금희 선배, 제대로 기댈 줄도 모르는 내게 미우나 고우나 한결같이 어깨를 빌려준 정남이, 윤희, 진경이. 무엇보다 시시한 나의 소설을 읽어준, 얼굴 한번 본 적 없으나 누구보다 나를 잘 알고 있을, 그래서 가장 감사하고 무서운 독자들. 그들의 다정함과 때로는 남보다 더 무서운 채찍질이 나를 키웠다. 언젠가 그분들 얼굴 대면하고, 감사했노라고, 살갑게 말할 수 있는 날이 오기는 할까. 제대로 채우지도 비우지도 못한 지금으로서는, 더 높이 날든, 더 낮게 기든, 지금보다는 나아지기 위해 노력은 해보겠노라고, 감사의 말을 대신할 수 있을 뿐이다.

2008년 봄

정지아

출간된 2008년 이후 『봄빛』을 다시 읽지 않았다. 젊은
시절 쓴 작품을 읽는 게 껄끄러워서다. 유치하고 철없던
젊은 날의 내 민낯을 마주할 자신이 아직 없는 모양이다.
개정판 출간을 위해 오랜만에 『봄빛』을 읽고 책장을 덮으
면서 문득 까맣게 잊었던 한 장면이 떠올랐다. 사학년 겨
울방학을 앞둔 즈음이었다. 나는 사촌언니와 큰고모 집으
로 가고 있었다. 작은고모 집에 들렀던 걸까. 작은고모네
서 멀지 않은, 사람 하나 간신히 지나갈 만한 좁은 샛길이
었다. 우리 뒤를 따르는 발소리가 들렸다. 우리 또래였는
지 사뿐사뿐 경쾌한 발소리였다. 어느 순간 우리 셋의 발
소리가 하나로 맞춰졌고, 이내 낮은 노랫소리가 들렸다.

한번쯤 말을 걸겠지. 언제쯤일까 언제쯤일까아아. 떨리는 목소리로 말을 붙여오겠지. 시간은 자꾸 가는데 집에는 다 와가는데 왜 이렇게 망설일까. 나는 기다리이는데.

언니가 불현듯 걸음을 멈췄다. 한발 앞서게 된 나는 무심코 뒤를 돌아보았다. 노란 방울이 달린 털모자를 쓴 언니 얼굴이 노을처럼 새빨갰다. 뒤따라오던 남자애도 걸음을 멈췄고, 나도 숨을 멈췄다. 시간도 멈춘 듯했다. 언니는 이내 노란 방울을 달랑거리며 집을 향해 내달리기 시작했다. 언니의 모습이 시야에서 사라진 뒤에도 나는 발을 떼지 못했다. 한숨을 푹 내쉰 남자애가 내게로 다가와 뭔가를 내밀었다. 딱지처럼 접힌 편지였다. 언니한테 주라는 말도 없었지만 나는 당연히 눈치챘다. 남자애는 발길을 돌려 언니와 반대 방향으로 천천히 사라졌다. 일출 직전처럼 발그란 마음을 나눠야 할 두 사람은 사라지고 땅거미가 내리는 길에 나 홀로 남았다. 귓가에 오래도록 나는 기다리이는데, 남자애의 마지막 노랫가락이 어른거렸다.

그 겨울, 나는 남자와 여자 사이의 일렁임 같은 건 전혀 알지 못하는 풋내기였고, 겨울방학을 하면 서울로 전학 갈 처지였다. 사람들은 잘 다니지 않는 좁디좁은 샛길, 땅거미가 내려 곧 어둠에 잠길 그 길에서 나는 왠지 쉽게 걸음을 옮기지 못했다. 그 장면이 내 마음 깊은 어딘가에 자리 잡고 있었나보다. 왜 그랬을까? 아직 알지 못하는 미지의 어떤 세계를 그 순간 잠시 엿보았던 것일 수도, 서울에서의 새로운 삶을 간절하게 기다렸기 때문일 수도 있겠다. 그래서, 나는 기다리이는데, 그 한 구절이 오래 귓가에 맴돌았는지도.

『봄빛』을 다시 읽으니 이유도 모른 채 내 기억에 각인된 어떤 장면들이 나를 소설의 길로 이끈 게 아닌가 싶다. 『봄빛』의 여기저기, 중요하지도 않게 툭 흩뿌려진 어떤 장면들은 흐르는 시간 속에서 저 홀로 생명을 얻고 쑥쑥 자라나 다른 단편의 주제가 되기도 하고, 하나의 온전한 인물이 되기도 했다. 『아버지의 해방일지』에 중요한 에피소드로 등장한 이야기 여럿도 『봄빛』 속에 씨앗처럼 던져져 있었다. 그러니 내 소설은 우연히 맞닥뜨린 삶의 신비, 비의, 같은 것들을 해석해내려는 발버둥이었을 뿐인지도 모르겠다. 나는 그것들을 오래 마음에 품었을 뿐, 스스로 자란 건 어떤 장면, 어떤 사람, 어떤 이야기였다.

장면이나 사람, 이야기를 품은 나는 그것들처럼 잘 자라지 못해 부족한 데가 많다. 『봄빛』을 다시 읽으며 여러 표현이 거슬렸다. 요즘의 인권의식이라면 감히 생각도 못했을 표현들이다. 고칠까 여러번 망설이다 그냥 두기로 했다. 등장인물들의 인권의식을 옹호한다는 의미는 결단코 아니다. 그저 그것이 그 시절이었고, 그 시절의 한계를 뛰어넘고자 했던 어떤 인물들의 한계였다. 오늘의 우리는 누군가가 그 시절의 한계에 갇혀 있음에도 불구하고 그 한계를 견딜 수 없어 어떻게든 넘어서보려 치열하게 발버둥 친 결과로 만들어진 세상을 살고 있다. 그 시절의 도전과 한계까지를, 그 시절의 소설은 담고 있어야 한다는 게 내 결론이었다.

요즘처럼 책이 읽히지 않는 시기에 개정판을 낼 수 있다는 건 큰 축복이다. 이런 날이 올 거라고는 상상조차 하지 못했다. 많은 분이 『아버지의 해방일지』를 사랑해준 결과일 것이다. 그 많은 분께 진심으로 감사드린다.

2024년 봄
정지아

| 수록작품 발표지면 |

못 …『ASIA』 2006년 가을호

봄빛 …『문예중앙』 2006년 여름호

풍경 …『문학과 경계』 2005년 여름호

소멸 …『문학수첩』 2005년 가을호

순정 …『실천문학』 2005년 겨울호

양갱 …『황해문화』 2005년 가을호

스물셋, 마흔셋 …『내일을 여는 작가』 2007년 여름호

운명 …『한국문학』 2005년 여름호

길1 …『좋은 소설』 2007년 겨울호

길2 … 미발표작

세월 …『문학사상』 2007년 4월호

봄빛

초판 1쇄 발행 • 2008년 3월 31일
개정판 1쇄 발행 • 2024년 2월 28일

지은이 / 정지아
펴낸이 / 염종선
책임편집 / 이진혁
조판 / 박지현
펴낸곳 / (주)창비
등록 / 1986년 8월 5일 제85호
주소 / 10881 경기도 파주시 회동길 184
전화 / 031-955-3333
팩시밀리 / 영업 031-955-3399 · 편집 031-955-3400
홈페이지 / www.changbi.com
전자우편 / lit@changbi.com

ⓒ 정지아 2024
ISBN 978-89-364-3950-7 03810